TARA SIVEC

Na Cama com a Fera

Traduzido por Mariel Westphal

1ª Edição

2019

Direção Editorial:	**Arte de Capa:**
Roberta Teixeira	Dri KK Design
Gerente Editorial:	**Revisão:**
Anastacia Cabo	Fernanda C. F de Jesus
Tradução:	**Diagramação:**
Mariel Westphal	Carol Dias

Copyright © Tara Sivec, 2019
Copyright © The Gift Box, 2019
Copyright © In Bed With the Beast by Tara Sivec, 2019
Todos os direitos reservados.

Nenhuma parte do conteúdo desse livro poderá ser reproduzida em qualquer meio ou forma – impresso, digital, áudio ou visual – sem a expressa autorização da editora sob penas criminais e ações civis.

Esta é uma obra de ficção. Nomes, personagens, lugares e acontecimentos descritos são produtos da imaginação da autora. Qualquer semelhança com nomes, datas ou acontecimentos reais é mera coincidência.

Este livro segue as regras da Nova Ortografia da Língua Portuguesa.

CIP-BRASIL. CATALOGAÇÃO NA PUBLICAÇÃO
SINDICATO NACIONAL DOS EDITORES DE LIVROS, RJ
Leandra Felix da Cruz - Bibliotecária - CRB-7/6135

S637n
    Sivec, Tara
        Na cama com a fera / Tara Sivec ; [tradução Mariel Westphal]. - 1. ed. - Rio de Janeiro : The Gift Box, 2019.

        Tradução de: In bed with the beast
        ISBN 978-85-52923-58-9
        1. Romance americano. I. Westphal, Mariel. II. Título.

19-54909
        CDD: 813
        CDU: 82-31(73)

Capítulo um

MINHA FILHA ESTÁ PIRIGUETEANDO

— Pelo amor de Deus, tire o carboidrato da sua vida! — Minha amiga Ariel murmura, raivosa, para mim.

Suas mãos estão na minha bunda, e ela resmunga e faz força para me empurrar pela janela que deixei aberta, antes de sair mais cedo nesta noite. Assim que meus braços começam a tremer de exaustão, pelo esforço de passar por aquela janela idiota, me pergunto pela centésima vez por quanto tempo vou continuar fazendo isso.

— Fique quieta e me empurre! — Sussurro para ela, conseguindo levantar uma das minhas pernas e passá-la pela janela, perdendo um dos meus sapatos no processo e rezando para que nenhum dos nossos vizinhos me veja adentrar nossa casa usando um vestido extravagante e chame a polícia, pensando que eu sou algum tipo de ladra bem-vestida.

— Ai! Filha da puta! O seu sapato bateu no meu rosto! Vou matar você, se eu ficar com o olho roxo! — Ariel briga comigo, batendo a mão com força na minha bunda, enquanto eu continuo a lutar para conseguir passar pela janela.

Depois de todo o estresse dos últimos meses, era bom finalmente sair de casa, colocar um vestido bonito e ir ao jantar beneficente da Liga Protetora dos Animais. A biblioteca que eu administro está a ponto de fechar, e eu estou ficando cada vez mais descontente com o fato de ainda morar com o meu pai superprotetor, e me sinto culpada por manter meus problemas escondidos das minhas duas melhores amigas e sócias, Cindy e Ariel; mas, por uma noite, eu poderia deixar tudo isso de lado. Por um tempinho, esqueci dos meus próprios problemas enquanto bebia champanhe e via Cindy e seu namorado, PJ, dono do Charming's – Clube de Cavalheiros, terem um final feliz na vida real, bem na frente dos meus olhos. Depois de todos os problemas pelos quais Cindy passou, era maravilhoso ver que ela tinha encontrado o seu Príncipe Encantado.

Nós três nos tornamos amigas rapidamente quando percebemos que tínhamos problemas financeiros bem semelhantes. Cindy tinha ficado com uma mão na frente e outra atrás quando o ex-marido fugiu com a babá e levou todo o dinheiro junto com ele. Ariel foi forçada a vender a sua loja de antiguidades quando o *seu* ex-marido ferrou com ela. E eu? Bem, eu, aos vinte e cinco anos de idade, ainda moro no porão da casa do meu pai, e estou ficando sem ideias de como manter a biblioteca da cidade aberta e funcionando por mais tempo, se eu não conseguir encontrar uma maneira de arrecadar dinheiro. Estávamos bem desesperadas quando nos conhecemos.

Usávamos fantasias de princesas para a festa anual de Halloween do bairro, na rua onde Cindy e Ariel moram, quando um dos vizinhos da Cindy se aproximou e nos contratou para animar o que acreditamos ser uma festa de aniversário de uma garotinha. Acabou que, na verdade, fomos contratadas para tirar nossas roupas na festa de aniversário de um *homem*, e este homem era PJ. Claro, a primeira festa foi desastrosa e terminou com um dos convidados me pedindo para fazer algo imencionável com um balão, e nós três saindo correndo e berrando da casa do PJ, mas eu não mudaria em nada o que aconteceu. Decidir começar o nosso negócio de festas de strip-tease a domicílio, chamado *The Naughty Princess Club*, podia não soar como uma boa ideia para três mulheres que nunca tinham tirado a roupa por dinheiro antes, mas tinha se transformado na melhor ideia que já tivemos.

E mesmo que eu não tenha feito nenhuma festinha de strip marcada por nossa empresa, ainda ganho uma pequena porcentagem dos pagamentos da Cindy, por ajudar com a parte administrativa do negócio. Até agora, tem sido o suficiente para manter as portas da biblioteca abertas, graças ao fato de eu ser extremamente econômica e não ter que me preocupar com as minhas próprias contas, já que ainda morava em com o meu pai. Infelizmente, as contas da biblioteca tinham começado a se amontoar, e logo o dinheiro extra não seria suficiente.

E, *pior ainda*, eu não sabia por mais quanto tempo conseguiria continuar pulando janelas no meio da noite, depois que o meu pai dormia. Seria legal me esgueirar para dentro de casa usando a minha chave, como uma pessoa normal, mas aprendi uma dura lição quando tentei fazer isso, algumas semanas atrás... aparentemente, meu pai gosta de se levantar no meio da noite e colocar uma corrente na porta. Depois de dormir no seu carro na garagem, até ele acordar e se levantar para pegar o jornal da manhã, e então entrar em casa enquanto ele está tomando banho, agradeci a Deus por meu pai não fazer o mesmo com as janelas, na sua ronda noturna.

Com um último e forte empurrão da Ariel, e usando cada músculo do meu corpo, consegui passar pela janela, caindo desajeitada no chão de madeira da sala de jantar.

O barulho seco dos meus braços, pernas e quadril se chocando no chão soou como um grito ressoando pelo cômodo silencioso. Encolho-me, seguro a respiração e fico totalmente parada, rezando para que o barulho não tenha acordado meu pai.

— QUEBREI UMA UNHA, CARALHO!

O grito de Ariel faz com que eu me ajoelhe e passe a cabeça pela janela, para olhar para baixo, enquanto ela continua a xingar e olhar para a mão.

— Você pode falar mais baixo?! Você vai acordar os vizinhos *e* o meu pai! — Sussurro, nervosa, para ela.

— Estou pouco me fodendo para *quem* vou acordar! Você quebrou a minha unha *e* me deixou com um olho roxo. A vizinhança inteira precisa saber COMO É DIFÍCIL SER EU! — Ela berra com toda a potência da sua voz.

— ISABELLE MARIE READING! O QUÊ VOCÊ ESTÁ FAZENDO?

Solto um gritinho de surpresa ao escutar a voz irritada do meu pai e me levanto do chão, enquanto Ariel olha para mim com uma carranca.

— É o seu pai?! Puxe-me pela janela, para que eu possa falar umas verdades para ele. Esse velhote filho da pu...

Fecho a janela na cara da Ariel, abafando suas palavras, e me viro para enfrentar o homem que está do outro lado da sala, e a quem nunca vi tão furioso. Ele está vestindo uma calça de pijama de flanela e uma camiseta amarrotada, e seu cabelo grisalho está todo bagunçado, mas a visão dele me faz murchar. Sinto como se eu fosse a pior filha do mundo.

Dizer que ultimamente as coisas estavam estremecidas entre nós, era o eufemismo do ano, e eu odiava isso. Odiava ter que mentir para ele, e também porque eu não tinha sido honesta com a Cindy e a Ariel sobre como estava o meu relacionamento com o meu pai. Ele sempre foi a pessoa mais importante na minha vida, mas algumas coisas você não pode conversar com o seu próprio pai, não importando o quão próximos vocês sejam, e eu já estava sentindo os efeitos desse desgaste.

Como eu poderia lhe dizer que ele estava me sufocando, quando ele passou a vida toda cuidando de mim, sendo um pai *e* uma mãe desde que a minha tinha falecido, alguns anos depois que eu nasci? Como eu poderia lhe dizer que queria criar asas e voar, me divertir e fazer escolhas idiotas, como qualquer mulher de vinte anos, e, o mais importante, me apaixonar? Como eu poderia lhe dizer que não posso me apaixonar, a menos que beije um monte de ogros, e que eu não posso beijá-los ou fazer qualquer coisa mais imprópria com esses ogros, se ele está constantemente monitorando tudo o que eu faço, com medo de que alguém se aproveite de mim ou me machuque? Preciso viver a minha vida e fazer coisas diferentes e emocionantes.

Tentei, muitas vezes, dizer para ele que eu era uma mulher crescida e que precisava fazer coisas de mulheres adultas, mas nunca consegui fazer com que as palavras corretas saíssem. E tudo isso fez com que ultimamente eu falasse pouco e fosse monossilábica com ele, e isso resultou em mais discussões entre nós. Na minha vida inteira, nunca me comportei assim.

Eu sempre fui a filha quieta e respeitosa, que fazia o que lhe pediam e o que mais pudesse para fazer o meu pai feliz. Mas tudo isso começou a me deixar exausta. Vivi minha vida em preto e branco, contente por ser a garota tímida que sempre ficava pelos cantos, apenas lendo, esperando para que algo emocionante acontecesse comigo, como acontece com as mocinhas dos meus livros. Quando Cindy e Ariel entraram na minha vida, percebi que estar contente não me deixava mais feliz. Percebi que não poderia ficar sentada, esperando que algo acontecesse comigo. Se eu queria me divertir e experimentar as coisas da vida, eu precisava ir lá e fazer acontecer. Eu precisava tomar as rédeas da minha vida e ir atrás do meu destino, em vez de esperá-lo vir até mim. Depois de ver Cindy encontrar seu próprio príncipe encantado, tirar a máscara afetada e de nariz empinado, e seguir em frente com a sua vida, para algo melhor e maior, eu agora queria isso para mim, mais do que qualquer outra coisa no mundo.

Eu queria o conto de fadas, só não sabia como faria isso se precisava sair escondida de casa todas as vezes que eu queria fazer algo que não fora previamente aprovado pelo meu pai, levando em consideração a minha segurança e proteção.

— Isabelle! Responda-me! Você saiu de casa, escondida esta noite? E que diabos você está vestindo?!

Olho para o vestido amarelo, elegante e reluzente, de um ombro só, que a Ariel me emprestou, e pela primeira vez desde que o coloquei naquela noite, não me sinto como uma mulher bonita e sofisticada. Sinto-me como uma criança que fez algo errado.

Percebo que um dos meus sapatos ainda está em algum lugar lá fora no quintal, e que provavelmente *pareço* uma criança enquanto caminho. Mancando ao redor da mesa de jantar, me aproximo do meu pai, que está parado à porta, e paro a alguns passos de distância.

— Sim, papai, eu saí escondida, mas foi só para ir a um baile de caridade. Era perfeitamente seguro, e eu estava com as minhas amigas o tempo todo — explico, suavemente, ficando mais triste a cada segundo quando minha explicação não surte o efeito que eu desejava.

Cada palavra que saía pela minha boca deixava o seu rosto cada vez mais vermelho, até que eu começo a me preocupar que a sua cabeça pudesse explodir.

— Eu sabia! — Ele fala, jogando as mãos para cima, frustrado. — Escutei alguns cochichos pela cidade, sobre essas suas novas amigas, mas eu ignorei porque pensei 'Ah, não, minha Belle é esperta demais para se misturar com esse tipinho de mulher!'

E com isso, eu esqueço de todos os meus esforços de tentar ser a filha doce e respeitosa.

— Tipinho?! Você acabou de chamar as minhas amigas de *tipinho*?! — Eu grito. — Você nem ao menos as conhece! Elas são gentis, são maravilhosas, e elas são minhas *amigas*! Você tem alguma ideia de como é legal ter amigos de verdade, que não são as pessoas fictícias dos livros, e que não são parentes seus?!

— O que há de errado em ter o seu pai como amigo? Eu sou um amigo maravilhoso de se ter! — Ele argumenta, claramente não entendendo o que eu quero dizer.

— Eu não preciso de você como meu amigo, eu preciso de você como meu pai! Mas parece que nem isso você consegue *ser* ultimamente!

Começo a me sentir mal por ter sido tão dura, mas as próximas palavras que saem da sua boca fazem com que eu me esqueça de tudo.

— Você está saindo com prostitutas, e vadiando por aí! Você acha que só sai escondida de casa e mantém segredos de mim? Quer dizer que eu não sei o que está acontecendo?! Eu sou o seu pai! Nasci com dois olhos na parte de trás da cabeça, mocinha. Eu sei quando minha filha está pirigueteando!

— ESSA NÃO É NEM UMA PALAVRA DE VERDADE! — Eu grito. — Para a sua informação, eu tenho saído de casa para começar meu próprio negócio com as minhas amigas, QUE NÃO SÃO PROSTITUTAS! E você sabe o quê? Nosso negócio decolou e está indo muito bem! Mas eu não posso realmente apreciar todas as maravilhas do negócio que eu ajudei a construir, até que eu me comporte como a mulher adulta que sou, experimentando coisas novas e emocionantes, e não tendo que fugir da porra da casa do meu pai, no meio da noite, como uma criança!

— LINGUAJAR DE PROSTITUTA! — Ele ruge, apontando o dedo para mim. — Um estudo recente mostrou que xingar é o resultado da falta de educação, preguiça ou impulsividade. Em vinte e cinco anos, eu nunca usaria nenhuma dessas palavras para descrever você, até agora. Até você começar a se misturar com esses tipinhos de mulheres de moral questionável! E agora você começou um negócio com essas vadias?! O que está acontecendo com você, Isabelle?

Ele leva as mãos ao queixo e olha para o teto.

— Por que, Deus, *porquêêêêêê*?! — Ele geme.

— Você pode parar com o drama? E pare de me tratar como uma criança! Você tem que me deixar ir, pai. Tem que me deixar tomar as minhas próprias decisões e, sim, meus próprios erros. Você não pode me blindar de tudo e de todos. Você não entende? Eu estou *morrendo*, vivendo assim o tempo todo. Eu não *quero* sair escondida de casa, e eu não *quero* ter segredos, mas você não me dá outra escolha!

Bufando, ele coloca as mãos para baixo e levanta a cabeça.

— Tudo bem. Se eu estou *matando* você tanto assim, por amá-la, por manter um teto sobre a sua cabeça e por passar cada segundo da minha vida mantendo sua segurança, então você deveria ir. Arrume as suas coisas e vá. Espero que você encontre tudo o que quer, com as suas amigas prostitutas. — Com isso, ele se vira e sai da sala, mas é claro que eu precisava dar a última palavra.

— PELA ÚLTIMA VEZ: ELAS NÃO SÃO PROSTITUTAS! MAS ELAS SÃO STRIPPERS! E VOCÊ SABE O QUÊ? EU VOU SER UMA STRIPPER TAMBÉM! E AÍ, GOSTOU DESSA? EU VOU TIRAR AS MINHAS ROUPAS POR DINHEIRO, PORQUE SOU ADULTA E POSSO FAZER O QUE EU QUERO!

Enfatizo cada frase com uma batida de pé no chão, mesmo que meu pai já tenha ido para o seu quarto, fechando a porta com um estrondo. O que é bom, considerando que eu acabei de gritar para ele que sou adulta e então bati o pé no chão... mas, tudo bem, estou finalmente livre!

Finalmente vou sair da casa do meu pai, das suas regras ridículas e da sua superproteção!

Tirando o único sapato que tinha sobrado, caminho, contente, até o porão, para pegar as minhas coisas, mas então paro à porta.

Ah, merda. Eu finalmente estou livre e saindo da casa do meu pai.

Mas, aonde eu vou morar?

YOLO

— Essa é a coisa mais triste que eu já vi.

Paro de abrir a caixa de livros, que foi entregue na biblioteca, e sinto uma onda de vergonha passar por mim, imaginando se a sra. Potter está falando de *mim*. Quando vejo que ela está olhando para uma pequena caixa com cinco livros, com um olhar triste, percebo que não estava se referindo às minhas olheiras ou às minhas roupas amarrotadas.

Saí do único lar que eu conhecia, na noite passada, com uma pequena bolsa cheia das coisas que eu consegui juntar rapidamente, o que não era muito. Eis aí o motivo das minhas roupas amarrotadas.

Já que era praticamente de madrugada quando saí de casa, e eu não queria fazer com que Ariel voltasse para me buscar, principalmente porque ela, provavelmente, ainda estava um pouco irritada pelo olho roxo e a unha quebrada. Eu sabia que a Cindy estava ocupada com o PJ, e não queria interromper. Eu não tenho carro, então fui para o único lugar que eu consegui pensar que era perto para ir andando: a minha biblioteca.

Minha casa longe de casa, que agora tinha se transformado *realmente* no meu lar. Eu estava muito envergonhada pelo que tinha acontecido com o meu pai, para ligar para uma das minhas amigas hoje e perguntar se eu podia ficar com elas por um tempo. Eu odiava me impor na vida das pessoas, mas era para isso que se tem amigos, certo? Eles deveriam apoiar você e ajudar quando preciso. Eu só precisava reunir coragem suficiente para perguntar, e parar de me preocupar em atrapalhar a vida delas.

— Eu me lembro dos dias em que precisávamos de dez pessoas para abrir as caixas de livros que eram entregues, catalogar no sistema e depois colocá-los nas prateleiras — a sra. Potter relembra, sonhadora, enquanto descansa os cotovelos à mesa.

Tento sorrir para ela, enquanto lembra de tempos felizes aqui na biblioteca, mas é impossível. O primeiro sábado de cada mês costumava ser o meu dia preferido, o dia em que todos os livros nos quais passáramos horas e horas pesquisando e arrumando no último mês, iam para as prateleiras. O dia em que todos os funcionários iam trabalhar e sabiam que era melhor não pedir folga, porque depois que a biblioteca fechava, tínhamos centenas de novos livros para revisar, catalogar e colocar nas prateleiras. E ninguém se importava de trabalhar sábado à noite, uma vez por mês, porque sempre nos divertíamos. Cada um levava um prato de comida, e todo mundo se deliciava com o cheiro de livros novos. Mesmo antes de eu ser a gerente aqui, sábado era sempre o meu dia de trabalho preferido.

Mas hoje não há essa loucura maravilhosa, enquanto tiro da caixa os cinco novos livros que eu mal conseguira bancar. Uma tristeza profunda se instalou no meu coração, porque eu não consegui comprar mais do que um exemplar de cada livro, e a minha garganta se aperta com a necessidade de chorar, quando penso nas outras centenas de livros que eu queria tanto comprar, mas não podia. Agora não tem um grupo de funcionários ao redor de caixas, fazendo barulhos de animação a cada embalagem que abro. Agora somos apenas eu e a sra. Potter, e uma solitária caixa com cinco livros.

Ao olhar dentro da caixa, pego o novo *thriller* policial que custou três semanas economizando cada centavo que Cindy me passava. Trago o livro para perto do meu nariz, fecho os olhos e inspiro profundamente. Quando o cheiro de livro novo não consegue melhorar meu humor, coloco na mesa o exemplar, ao lado dos outros livros, e dou um sorriso para a sra. Potter, sabendo muito bem que aquele sorriso não se refletia em meus olhos e que passava uma sensação falsa.

— As coisas por aqui melhorarão logo, eu prometo — digo. — Eu tenho um plano, só está demorando um pouco mais do que eu esperava. Mas não se preocupe, sra. Potter. Logo, logo as coisas voltarão a ser como eram — me inclino sobre a mesa e aperto carinhosamente a sua mão.

— A menos que você esteja planejando se prostituir, acho que já está na hora de aceitarmos que talvez a biblioteca seja uma causa perdida, querida.

A sra. Potter ri da própria piada enquanto eu arregalo os olhos, chocada, porque suas palavras me lembram das coisas que o meu pai disse para mim, na noite anterior. A risada da sra. Potter para bruscamente quando ela vê minha expressão chocada.

— Espere, esse é o seu grande plano, que você tem mantido em segredo nos últimos meses? Você virou uma senhora da noite? Ora, ora, eu não pensava que você tivesse vocação para isso — ela me diz, com um sorriso e acenando com a cabeça. — Que bom para você. Se eu fosse cinquenta anos mais nova, venderia meus produtos na esquina, para quem desse mais. Naquela época eu tinha tudo em cima, e foi como eu peguei o sr. Potter. Você pode achar difícil de acreditar nisso, por causa da minha artrite e tudo o mais, mas eu era bem flexível nos meus vinte anos.

Ela me dá uma piscada, e eu não sei se rio pelo absurdo do que ela tinha acabado de me contar ou se vomitava.

A sra. Potter é uma viúva de setenta e oito anos, que é como uma avó para mim. Uma avó sem filtro algum. Eu já deveria estar acostumada com essas coisas que saíam da sua boca, mas algumas vezes ela ainda tem o poder de me deixar chocada. Ela tinha apenas um filho, o qual tinha se mudado anos atrás, para começar sua própria família. E depois que o seu marido, juntos há cinquenta anos, faleceu de ataque cardíaco, a sra. Potter ficou cansada de se sentir sozinha e começou a trabalhar na biblioteca, alguns meses após ficar viúva, no mesmo ano em que eu fui contratada; Foi há nove anos, quando eu tinha acabado de completar dezesseis anos e meu pai me deixou ter um trabalho de meio período.

A sra. Potter se tornou aquela pessoa que todos na cidade adoravam ver e conversar, quando chegavam à biblioteca. Graças a Deus ela não precisava trabalhar pelo dinheiro, e concordou em ficar como voluntária. Já foi difícil quando me deram a tarefa de mandar embora os funcionários, e usar cada centavo do meu salário para comprar livros e manter funcionando o nosso programa especial. Eram esses programas que ajudavam a espalhar o amor pela leitura.

Artes e Ofícios e hora da história para crianças, ou o nosso almoço mensal e clube do livro no asilo. De maneira nenhuma eu conseguiria ter esperança para este lugar, sem a sra. Potter.

A nossa pequena biblioteca é financiada cem por cento pelo município, e a verba que recebemos é baseada na economia da indústria petrolífera. No ano passado, tivemos um corte enorme, quando o preço do petróleo despencou, e nosso orçamento diminuiu quase pela metade. Tínhamos várias garantias federais e estaduais às quais podíamos recorrer por ajuda, mas até agora nenhum pedido que solicitei foi aprovado. Eles olham para os nossos números e para a nossa pequena cidade, e depois para a biblioteca nova e chique da cidade vizinha, que já recebe um monte de ajuda do governo, e não veem razão para nos dar qualquer coisa. Não é justo que eles finjam que não estão nos vendo, só porque somos pequenos e não tão novos assim. Tenho que fazer as coisas acontecerem, e rápido. Esta biblioteca é o mundo da sra. Potter, agora que ela está sozinha, assim como tem sido o meu desde que eu era adolescente, trabalhando pra caramba, ano após ano, para conseguir gerenciar este lugar, depois que o meu predecessor se aposentou.

— Sinto dizer, mas não me tornarei uma senhora da noite, como você tão bem falou — digo para ela, dando uma pequena risada. — Sra. Potter, você já ouviu falar do 'The Naughty Princess Club'?

Embora a sra. Potter ainda usasse um sistema de mapeamento antigo para bibliotecas e se recusasse a utilizar computadores, ela não precisava saber como pesquisar na internet para descobrir sobre a empresa de festas de strip em casa, que começamos. As fofocas viajavam rapidamente em cidades pequenas, e esta não era uma exceção, principalmente depois que os amigos da Cindy, que eram membros da associação de pais e professores, descobriram o que ela estava fazendo para fechar as contas no final do mês. E a sra. Potter, embora fosse uma doce e gentil senhora, é uma das pessoas mais fofoqueiras da cidade.

Os olhos da sra. Potter parecem se acender como árvores de Natal quando falo isso, e ela se inclina sobre a mesa e baixa a voz, mesmo que a biblioteca esteja vazia há horas.

— Menina, ouvi falar sobre isso há algumas semanas. Era só do que se falava no meu clube de tricô, na noite de segunda-feira. Metade das mulheres se agarrou nos seus colares de pérolas e precisou dos seus calmantes quando descobriu, enquanto a outra metade quis saber se estavam contratando — ela diz em voz baixa, se aproximando ainda mais de mim. — Estou pensando em mandar o meu currículo. Talvez até peça para o meu filho fazer um vídeo com aquele celular chique dele. Não consigo me pendurar em uma daquelas varas de dança, mas sei fazer uns movimentos legais com a minha bengala. Meu neto até me ensinou a palavra *yolo* na semana passada, mas eu não tenho a mínima ideia do que isso significa, só que é divertido de se dizer! — ela sussurrou, animada.

— Você sabia que essa palavra foi popularizada em 2011, com a música 'The Motto', do rapper Drake? É um anacronismo para *'you only live once'*[1] e implica que a pessoa deve curtir a vida, mesmo que tenha que correr riscos, como se não houvesse outra chance para isso — divago.

Sim, eu divago sobre fatos sem importância quando estou nervosa. E neste momento, não estou apenas nervosa por dizer à sra. Potter, uma

---

1 YOLO – You only live once – em português: só se vive uma vez.

mulher que respeito e admiro, sobre o The Naughty Princess Club, como também estou preocupada sobre o que farei se ela realmente decidir enviar seu currículo.

E um vídeo. Não tenho certeza de que poderei olhá-la nos olhos novamente, se eu tiver que ver aquilo.

— De qualquer maneira — continuei falando, com uma risada nervosa —, eu sou uma das sócias do The Naughty Princess Club. Comecei com as duas amigas de quem falei para você, Cindy e Ariel.

— YOLO! — A sra. Potter exclama, levantando as mãos ao mesmo tempo em que o sino em cima da porta soava, indicando que alguém tinha acabado de entrar.

Coloco a mão sobre meus lábios, para pedir que ela fique em silêncio, mas paro o movimento no meio do caminho quando vejo quem foi que entrou na biblioteca àquela hora. Sinto um frio na barriga, e a minha mão, que ainda está parada na frente do meu rosto, começa a tremer.

A sra. Potter abaixa os braços e olha sobre o ombro, dando um sorriso.

— Ora, ora, será que alguém pediu um Sr. Alto, Moreno e Gostosão? — Ela murmura.

Ambas olhamos descaradamente para o homem que tinha passado pela porta. Com a cabeça abaixada e as mãos nos bolsos da calça jeans, ele caminha para a pequena seção de biografias, que ficava bem em frente à porta. Então, pega um livro da estante, sem nem olhar o que tinha escolhido, e se joga em uma cadeira junto a uma das mesas de leitura perto da estante, e abre o livro em uma página qualquer.

A cadeira chega a chiar, pelo peso do seu corpo alto e musculoso, quando ele estica as pernas sob a mesa e cruza os tornozelos, levantando o livro e escondendo quase todo o rosto. Depois de alguns minutos, ele levanta o olhar, e seus olhos castanhos encontram os meus, do outro lado da biblioteca. Um arrepio desce pelas minhas costas, mesmo que ele só tenha olhado para mim por menos de dez segundos, antes de voltar a abaixar a cabeça. Aqueles dez segundos pareceram uma eternidade, e foi quase como se ele estivesse olhando diretamente para a minha alma, descobrindo todas as minhas fantasias secretas e os meus desejos. Todos eles tinham *ele* como personagem principal.

Aquele homem que eu conhecia há alguns meses, e apenas sabia que o chamavam de Fera, e que trabalhava como segurança no Charming's.

— Uhm, eu conheço ele. Na verdade, mais ou menos. O que ele está fazendo aqui? — Sussurrei para a sra. Potter, enquanto nós duas continuávamos a observá-lo.

— Acho que o que ele está fazendo chama-se *ler*. Já ouvi falar que é algo muito comum neste local que chamamos de biblioteca — ela sussurra de volta.

— Ha, ha, muito engraçadinha. Quis dizer que nunca o vi aqui antes. Ele nunca me pareceu ser o tipo de homem que gosta de ficar sentado e lendo por prazer. Ele se chama Fera. Imaginei que ele passasse o tempo livre assustando criancinhas e caçando animais indefesos, com as próprias mãos.

— Eu não sei — a sra. Potter encolhe os ombros, inclinando a cabeça para o lado enquanto o estuda. — Ele parece estar bem, lendo por aí. Aposto que ele pode fazer um monte de coisas prazerosas com aquelas mãos grandes e bonitas. E já que ele conhece você, aposto que veio aqui só para ver você.

Dou uma cutucada nela, com o meu cotovelo, para que parasse de ficar olhando para o homem como se o quisesse comer vivo. Mas isso me tornava uma hipócrita, já que agora *eu* não conseguia parar de olhar para as mãos dele, com as palavras da sra. Potter criando todos os tipos de imagens inadequadas. E eu também não consigo parar de imaginar se ele realmente veio aqui para me ver. Quer dizer, quais eram as chances de que, do nada, ele aparecesse aqui no meu lugar de trabalho, não muito tempo depois de termos nos conhecido, quando eu nunca o tinha visto antes na biblioteca?

Eu só conversei duas vezes com aquele homem, em todo esse tempo, e nada me deixava mais intrigada do que o efeito que ele tinha sobre mim. E na verdade, você não pode nem chamar aquilo de conversa. Ele tinha agido como um valentão, tentando mandar em mim e nas minhas amigas, e, por alguma estranha razão, aquilo me fez agir de uma maneira completamente fora do meu normal, e praticamente o ataquei. Ele tem o dobro do meu tamanho e do meu peso, e poderia esmagar minha cabeça como se fosse nada, com aqueles bíceps imensos, mas tem alguma coisa nele que me deixa maluca e que não me dá vontade de me encolher ou fugir. Não sou exatamente o que você chamaria de uma mulher extrovertida, quando o assunto é lidar com o sexo oposto, mas o Fera consegue aflorar o pior em mim. Ou talvez seja o melhor, eu ainda não consegui me decidir. Minha primeira interação com ele foi quando nós três fomos ao Charming's, para ter aulas de strip-tease com uma das dançarinas. O Fera ficou bloqueando a porta, se recusando a nos deixar entrar.

Alguma coisa na sua atitude rude e séria pareceu acender um fogo dentro de mim, e eu andei na sua direção e o mandei sair do caminho; minha falta de timidez foi um choque para mim *e* para minhas amigas. Minha segunda interação com ele foi o resultado de muito álcool, quando, mais uma vez, estávamos nós três no Charming's em uma noite, para ver algumas dançarinas performando. O Fera estava sendo rude, e eu chamei atenção para o seu comportamento. Considerando que me impor a ele, foi o catalisador para que eu, finalmente, encontrasse a minha voz e aprendesse a me manter firme quando as pessoas tentassem mandar em mim, estou meio inclinada a acreditar que isso é algo entre bom e ruim. Porque, você sabe... já que encontrar a minha voz me deixou sem um lugar para morar.

— Tenho que dizer, Isabelle, estou um pouco chocada por descobrir que você é uma Naughty Princess e que tem mantido esse segredo de mim, mas estou tão orgulhosa de você! Eu sabia que você tinha um fogo dentro de si, podia ver nos seus olhos. Eu ficaria ainda *mais* orgulhosa se você fosse até lá e jogasse um pouco dessa safadeza no colo daquele homem. Você é uma profissional. Mostre para esta velha senhora como é que se faz!

Rapidamente, me inclino sobre a mesa e seguro a mão da sra. Potter, quando ela aponta para Fera. Sinto meu rosto esquentar de vergonha quando ela não consegue manter a voz baixa, e o objeto da nossa conversa levanta o olhar do livro. Seus olhos encontram os meus sobre a borda das páginas, e, mais uma vez, sinto um frio na barriga.

— Estamos em uma biblioteca! — Sussurro, um pouco alto demais. — Não vou fazer nenhuma safadeza com ninguém, especialmente com *ele*! E além disso, eu não fiz nada de strip ainda, no momento estou só administrando a papelada. Minhas amigas e eu concordamos que cada uma precisaria dançar no Charming's pelo menos uma vez, antes de estarmos disponíveis para atendermos nossas próprias festas, e, até agora, Cindy é a única que teve coragem suficiente para fazer isso. Eu preciso de um pouco mais de experiência com homens, e também preciso aprender a dançar de maneira sexy, antes de fazer qualquer coisa.

Forcei imediatamente o meu cérebro a parar de imaginar eu fazendo exatamente o que a sra. Potter tinha sugerido, mas foi impossível. Na minha cabeça, tenho muito mais experiência do que na realidade, então posso me ver claramente indo até lá, arrancando o livro das mãos dele e jogando para longe, e então subindo no seu colo e esfregando meu corpo todinho no dele. Aquela fantasia começa a fazer minha cabeça entrar em parafuso, indo rapidamente para uma reviravolta desastrosa, quando penso no quão terrível toda aquela cena seria, se eu tivesse coragem para fazer isso. Provavelmente eu tropeçaria nos meus próprios pés, em vez de caminhar até ele graciosamente, e cairia de cara no chão em vez de ser no colo dele, e ele jogaria a cabeça para trás, rindo dos meus esforços.

— O sr. Potter e eu vimos um filme pornô onde uma doce e inocente bibliotecária tinha bons momentos entre as estantes, com um dos clientes. Ui, ui, aquele homem não precisou de Viagra por dois dias, depois daquilo!

Qualquer fantasia, boa ou ruim, envolvendo o homem do outro lado da biblioteca, desaparece quase que instantaneamente, com a informação desnecessária, compartilhada pela sra. Potter, enquanto ela dá a volta à mesa, para pegar o casaco e a bolsa do armário.

— Acho que vou sair um pouco mais cedo hoje, para que você possa fechar e ter um pouco de experiência — ela me diz, dando uma piscada enquanto a ajudo a vestir o casaco. — Quando eu voltar amanhã, quero um relatório completo. E agora que eu tenho um contato *dentro* desse The Naughty Princess Club, você pode me trazer uma ficha de inscrição?

Balanço a cabeça e observo a sra. Potter colocar a alça da bolsa ao ombro e caminhar pela biblioteca, parando ao lado da mesa do Fera.

— Eu diria que você tem um metro e noventa de altura, e mais ou menos uns cento e vinte e cinco quilos, acertei? — Ela pergunta para ele, e sua voz ressoa pelo ambiente enquanto a sra. Potter o observa de cima a baixo.

Seguro o fôlego, observando enquanto ele abaixa o livro e olha para a senhora parada a sua frente, e assente, sem dizer uma única palavra.

— Foi o que pensei. Usem a estante A-B da seção infantil. É a mais resistente — com isso, ela bate no ombro de um Fera perplexo e continua seu caminho em direção à porta. — YOLO! — Ela grita, enquanto passa pela porta da frente e desaparece na noite.

Os olhos do Fera encontram os meus mais uma vez, e meu corpo começa a esquentar de novo quando ele me olha de cima a baixo, da mesma maneira que a sra. Potter tinha acabado de fazer com ele, antes de levantar o livro e enterrar o rosto entre as páginas.

Passo a próxima hora, nervosa, fingindo que tenho um monte de trabalho para fazer, preenchendo papéis e os passando a limpo, clicando aqui e ali no computador, digitando alguma besteira qualquer. Faço tudo o que posso para não olhar para ele a cada cinco segundos, e ainda assim falho miseravelmente.

Cada vez que olho para a mesa no canto onde ele está sentado, vejo que está olhando para mim por sobre o livro.

Ele ao menos sabe ler? Ele trabalha como segurança em um clube de strip, e se comporta como um animal selvagem. Provavelmente, esta é a primeira vez que ele segura um livro.

Imediatamente, me sinto culpada por julgá-lo dessa maneira, mas é tudo culpa dele. Quem está invadindo o meu espaço pessoal e me deixando ansiosa é ele, e faltam apenas três minutos para o horário de fechamento da biblioteca, então ele precisa ir embora. Eu não deveria ir lá e falar com ele, mas seria rude se eu não fizesse isso. Mas, eu sei que se eu for até lá e falar com ele, a minha inclinação por vomitar palavras quando estou nervosa vai tomar conta de mim e provavelmente farei papel de idiota, dizendo algo ridículo sobre um estudo recente que mostrou que 97% das mulheres nos seus vinte anos já tiveram fantasias sobre fazer sexo em lugares públicos, como uma biblioteca. Ou me envergonharei ainda mais ao dizer que ele precisa ir embora porque agora eu estou morando aqui e preciso arrumar a minha cama debaixo do balcão, usando uma camiseta como travesseiro, e um casaco de lã como cobertor, e ir dormir.

Antes que eu possa decidir sobre qual das duas opções seria pior, meus pés me levam automaticamente na sua direção. Tento gritar, silenciosamente, para que meus pés parem e deem a volta, mas eles não me obedecem. É como se o Fera tivesse algum poder magnético que me puxava para ele.

— Eu não sabia que você podia ler.

Quis bater na minha boca, assim que as palavras saíram. Ele levantou a cabeça lentamente, e em vez de pressionar minha mão na boca, acabei colocando-a na minha barriga, quando os olhos dele encontraram os meus.

Que se danassem aqueles olhos e a maneira como me estudavam!

— Desculpe. Isso foi rude. Claro que você sabe ler. Quer dizer, você tem que saber ler, para conseguir a sua carteira de motorista e para preencher a inscrição para a vaga de emprego no Charming's — eu falo igual a uma idiota, remexendo as mãos, nervosa. — Você sabia que aproximadamente trinta e dois milhões de adultos nos Estados Unidos são considerados analfabetos, e que em torno de quatorze por cento de toda a população adulta não sabem ler? Em uma escala global, o analfabetismo afeta setecentos e setenta e quatro milhões de adultos, entre os quinze anos ou mais. Entre os países em desenvolvimento, os Estados Unidos figuram em décimo sexto no ranking referente a habilidades de leitura entre os adultos.

Pelo amor de Deus, Belle, pare de falar!

— Fera sabe ler. Fera gosta de livros — ele responde, com uma voz robótica e o rosto estoico.

Demoro alguns segundos para entender que ele acabou de fazer uma piada e não consigo segurar um sorriso.

— Eu sei ler. Também gosto de livros — respondo, sem jeito.

Ele continua olhando para mim e não consigo ficar em silêncio, então abro a boca novamente, porque seus olhos idiotas fazem com que eu faça coisas tolas.

— Eu leio de tudo, mas adoro romances. Você gosta de romances? Eles são tão lindos, cheios de esperanças e doces.

— Romance não é a minha praia — ele finalmente diz, com os olhos ainda grudados em mim.

— Bem, e do que você gosta?

— Paz e silêncio — ele murmura.

Eu não deveria ter dado ouvidos à sra. Potter, sobre ele ter vindo aqui para me ver. Claramente, o homem só queria um lugar silencioso para ler um livro. Alguns meses atrás, esse pensamento teria me desencorajado e feito com que eu me sentisse uma idiota, mas agora apenas me deixa irritada. Quem ele pensa que é para ser rude assim, quando só estou tentando conversar?

— Bem, que pena, amigo. Você está no *meu* local de trabalho — informei a ele, olhando para o relógio no meu pulso. — E estamos oficialmente fechados. A porta é naquela direção — aponto para a porta antes de me virar e voltar para a minha mesa.

Alguns segundos depois, ecoa pela biblioteca o barulho da cadeira dele arranhando o chão de madeira, enquanto ele se levanta. Fera nem sequer olha na minha direção ao se levantar e guardar o livro de volta na prateleira, em vez de deixar na mesa, para que eu guardasse, e isso me faz perceber que talvez ele não seja tão animal assim, mesmo que as suas habilidades de conversação sejam quase nulas.

Meu coração volta às batidas normais no minuto em que ele finalmente passa pela porta. Eu precisava, desesperadamente, conseguir aquela experiência, e rápido. Não apenas para salvar esta biblioteca, mas para me salvar de, mais uma vez, fazer papel de idiota na frente de um dos homens mais lindos e irritantes que eu já conheci.

Capítulo três

MATCH DOS CÉUS

— AI, MEU DEUS, BELLE! POR QUE VOCÊ ESTÁ PELADA?!

Levanto, desesperada, da minha cadeira, quando uma voz berra no meu ouvido; meu cérebro meio adormecido faz com que minhas mãos cubram rapidamente a frente do meu corpo. Respiro, aliviada, quando percebo que na verdade ainda estou totalmente vestida, e olho para a Ariel.

— Caramba, você caiu como um patinho! — Ela ri.

Reviro os olhos e volto minha atenção para o outro lado da mesa da cozinha da Cindy, e sorrio para ela, meio sem jeito.

— Eu caí no sono, não foi?

Cindy se aproxima e acaricia a minha mão.

— Está tudo bem, não estávamos fazendo nada importante.

— O cacete que não estávamos! — Ariel interrompe, pega o notebook que estava na frente da Cindy, e puxa para o nosso lado da mesa, para que eu possa ver a tela. — Você está vendo todas essas solicitações que tivemos nas últimas semanas? E você está vendo que a nossa querida amiga Cindy está com uma aparência de merda por ter que fazer tudo sozinha?

— Ei! — Cindy interrompe. — Eu NÃO estou parecendo uma merda. E está tudo bem. PJ prepara banhos de espuma e faz massagens nos meus pés, nas noites em que eu tenho mais de uma festa para fazer, então, na verdade, eu estou saindo no lucro com esse trabalho extra.

Cindy me dá um sorriso tranquilizador, mas isto não faz com que eu me sinta melhor. Ela pode não estar com uma aparência péssima, com seu lindo e longo cabelo loiro ondulado descendo suavemente por suas costas, e com a maquiagem que favorecia seus belos olhos azuis e os ângulos do seu rosto, mas ela definitivamente parecia cansada.

— Sim, sim, sim, você tem o seu próprio Príncipe Encantado em casa, que trata você como uma princesa e concede cada um dos seus desejos com o pau mágico dele, blá, blá, blá. — Ariel murmura. — Eu gostaria de discutir o motivo de Belle ter dormido sentada, e a razão pela qual está tão distraída em nossas últimas reuniões. E nem tente nos dar a mesma velha desculpa de que você esteve cheia de coisas para fazer na biblioteca. Quando foi a última vez que alguém emprestou um livro lá? Em 1952?

— Você sabe muito bem que eu tenho estado ocupada, tentando fazer com que a biblioteca continue aberta, e, para a sua informação, tivemos um recorde de vinte crianças hoje de manhã — digo para ela, de maneira arrogante.

O que é a atual causa da minha exaustão, além de não ter conseguido dormir mais do que algumas horas, nas duas últimas noites desde que saí da casa do meu pai. Eu costumava ficar animada para receber as crianças na biblioteca, por uma hora, toda semana, mas tinha sido uma luta tentar manter tantas crianças entretidas e animadas sobre a história que eu estava lendo, enquanto tentava não gemer de dor pelo torcicolo e pelas dores nas costas por ter dormido no chão. Isso sem falar no fato de eu ter me virado de um lado para o outro a noite toda, pensando no Fera e como, mesmo que ele me desse nos nervos, ainda assim meu corpo parecia esquentar quando ele olhava para mim.

— Você precisa de mais dinheiro? — Cindy pergunta, suavemente. — Posso passar mais para você, só me diga de quanto você precisa — ela começa a se virar para a bolsa, mas eu rapidamente seguro seu braço.

— Você já me paga mais do que eu mereço, levando em consideração que ainda não estou tirando as roupas para os clientes. Você tem uma filha adolescente para vestir e alimentar. Não se preocupe comigo, ficarei bem.

Diga para elas que você não tem um lugar para morar. Diga para elas que você não tem um lugar para morar. Cindy tem um quarto sobrando, e você sabe que ela aceitaria receber você, sem nem pensar duas vezes.

— Falando sobre a minha adolescente... Contei para vocês que o Brian finalmente está tomando jeito com a filha? — Cindy pergunta, quando eu estou para abrir a boca e falar tudo o que está acontecendo comigo. — Ele pega a Anastasia e a leva para a casa dos pais dele, para jantar, pelo menos três vezes por semana, e ainda liga para ela todo santo dia, quando ela chega em casa depois da escola, para perguntar como foi o seu dia. Ele até apareceu na apresentação do coral da escola, duas noites atrás. Óbvio, ele flertou com três professoras e com a irmã mais velha de uma das amigas da Anastasia, mas ao menos ele está fazendo um esforço e não está sendo um completo desperdício de oxigênio.

O ex-marido da Cindy não apenas fugiu do país com todo o dinheiro deles e com a babá, mas também das suas obrigações como pai, ignorando completamente a filha deles durante os nove meses em que ele esteve sumido. Quando o cara reapareceu na vida delas, algumas semanas atrás, Cindy concordou em manter a paz, contanto que ele se desculpasse com a filha por toda dor e desapontamento que causou na sua vida. Ela sabia muito bem que mesmo querendo que o Brian se ferrasse, por tudo o que fez com elas, Anastasia não merecia ter o pai apodrecendo na cadeia.

— Ele está fazendo um esforço por ter medo de que o PJ arranque as bolas dele, se der um passo em falso com a Anastasia — Ariel retruca.

Cindy fica com o mesmo olhar sonhador, como em todas as vezes que o nome do PJ é mencionado, e eu abro a boca mais uma vez para contar a minha situação.

— E falando do PJ... — Cindy fala, voltando à realidade e praticamente pulando na cadeira. — Ele quer morar junto com a gente! Eu sei que não estamos namorando há tanto tempo assim, e sei que todo mundo vai pensar que é cedo demais, mas a Anastasia adora ele, e eu o amo e odeio quando ele não está aqui, fora que não faz sentido termos duas casas; no fim, faz todo sentido. Até a Anastasia quer isso!

Ela fala tão rápido que eu mal consigo entender o que ela está falando, mas é o suficiente para saber que ficar com a Cindy já não é mais uma opção. Já era ruim o suficiente pensar em pedir para ela quando Cindy estava visivelmente apaixonada e aproveitando ter alguém que realmente se importava com ela, pela primeira vez na vida; de maneira alguma eu arruinaria esse novo passo dela e do PJ, com a minha bagunça.

— Ah, Cindy, estou tão feliz por você! — Digo para ela, honestamente, mesmo que eu tenha acabado de perder uma das minhas opções.

— Eu também estou feliz por você, mas já vou avisando que se vocês continuarem com essa coisa nojenta de chamego em público, depois que começarem a morar juntos, vou cortar a garganta de vocês dois. — Ariel diz para ela, passando o dedo pelo pescoço.

Observo Ariel por alguns segundos, sabendo que nós duas provavelmente nos mataríamos se morássemos juntas, mas eu literalmente não tenho outra opção. Ela não precisa saber que Cindy era a minha primeira escolha, esse seria um segredo que eu levaria para o túmulo.

Diga para elas que você não tem um lugar para morar. Diga para elas que você não tem um lugar para morar. Diga para Ariel que você vai cuidar das louças e das roupas dela, pelo tempo que precisar, até que você tenha dinheiro suficiente para ter um lugar só seu.

— Já que estamos falando sobre pessoas novas em casa... — Ariel continua, me fazendo fechar a boca mais uma vez. — Decidi que vou arranjar alguém para dividir a casa. E você pode fechar a boca, Cindy. Eu também não vou aceitar mais dinheiro. Você vai lá, balança essa sua bunda e ganha cada centavo, que você merece. Coloquei um anúncio no Facebook e pedi para que uns amigos divulgassem, e, para a minha felicidade, já tenho alguns contatos. Uma mulher em particular se ofereceu para pagar o dobro do que eu estava pedindo, se eu concordasse em cozinhar todas as noites, então, no momento, ela está no topo da parada.

E bem assim, minha perspectiva de morar em qualquer outro lugar que não fosse a biblioteca, foi pelo ralo. Ariel precisava tanto de dinheiro quanto eu. Sei que se eu contasse sobre a minha situação, ela cancelaria todos os planos na hora e me daria um lugar para ficar, mesmo que isso significasse que ela não conseguiria pagar a conta de luz ou colocar gasolina no carro. Ela quase não consegue fechar as contas no fim do mês, mesmo com o dinheiro que a Cindy nos dá.

Depois de fechar o seu antiquário, ela tem vendido algumas das peças que ela passou praticamente a vida toda colecionando, para pagar as contas, e cada vez que ela vende alguma coisa, eu praticamente consigo ouvir o coração dela se partindo. De maneira alguma eu acabaria com a chance de Ariel não vender mais as coisas que ela tanto ama.

— Sabe, você não precisaria de ninguém para dividir a casa, se finalmente marcasse uma noite para fazer o seu primeiro strip-tease no Charming's e começar a marcar as suas próprias festas — Cindy comenta.

— Já falei várias vezes: assim que eu subir naquele palco, vou deixar você no chinelo, com os meus movimentos incríveis. Estou deixando você aproveitar o momento e a sua reencontrada sexualidade — Ariel diz, com um sorriso de deboche.

Ela tem nos dado a mesma desculpa há semanas. Porém, de nós três, é a que você chamaria de deslumbrante: com seu longo cabelo vermelho, olhos verdes e curvas que deixariam Marilyn Monroe com inveja, ela seria tão natural fazendo strip que provavelmente ganharia mais dinheiro do que eu e Cindy juntas. Estou começando a imaginar se tem algo mais do que ela está nos falando, mas não quero pressioná-la. Ariel nos dirá a verdade quando estiver pronta.

— Então acho que sobra para mim. Cindy, pode falar com o PJ e marcar para mim, para a próxima sexta-feira.

Há um momento de silêncio, durante o qual Ariel e Cindy trocam olhares e então jogam as cabeças para trás e dão risada. Elas chegam a chorar de tanto rir. Reviro os olhos quando as risadas começam a diminuir.

— Não sei por que vocês duas estão rindo. Obviamente, se a Ariel não está pronta, é a minha vez — falo para elas.

— Claramente é a sua vez, mas você, honestamente, acha que está pronta para tirar a roupa na frente de centenas de estranhos, em apenas *quatro dias*?! — Ariel pergunta.

— Eu trabalho melhor sob pressão, então ficarei bem. Quatro dias é tempo suficiente para estudar e fazer anotações.

— *Bem* não é a palavra que você quer usar para se referir a ficar quase nua na frente de um monte de homens animados, que você espera que esvaziem suas carteiras e que façam chover dinheiro aos seus pés. — Ariel diz. — *Sexy, atrevida, erótica, gostosa...* essas são as palavras para usar. E não é como prestar o vestibular, pelo amor de Deus! Estudar e fazer anotações não vai ajudar você a fingir que está fazendo sexo no palco. Você é uma bibliotecária virgem, que se veste como se fosse uma professora do primário e ainda mora no porão do seu pai.

— Eu não sou uma bibliotecária virgem — murmuro, frustrada, deixando de fora a parte sobre eu não morar mais no porão do meu pai.

A última coisa de que eu precisava era que elas sentissem pena de mim e que fizessem mudanças em suas vidas por mim.

— O *look* nerd sexy está bem na moda ultimamente — Cindy fala. — Belle tem um cabelo castanho, lindo e longo. Acho que seria interessante ela começar assim no palco, com o cabelo puxado para trás, nesse coque bagunçado de sempre, e deixá-lo cair pelas costas, tirar os óculos e jogar para a plateia. Só precisamos passar por essa coisa de virgem.

— Eu preciso desses óculos para enxergar! E eu NÃO sou virgem! — Reclamo de novo, enquanto empurro meus óculos para cima. As duas me ignoram e continuam falando sobre mim, como se eu não estivesse bem na frente delas.

— Agora que você falou, isso seria realmente excitante. A bibliotecária virgem se deixa levar pelo lado selvagem. Os clientes do Charming's vão ficar alucinados com essa merda. — Ariel diz, dando um sorriso e acenando com a cabeça. Ela puxa o notebook para mais perto de si e começa a digitar no teclado. — Mas você está certa: a primeira coisa que precisamos fazer é com que ela tenha mais experiência com o sexo oposto, e dar um jeito nesse cabaço.

— Ai, meu Deus! Pela última vez: EU NÃO SOU VIRGEM! — Grito e dou um soco na mesa.

— Ela é tão fofa e rabugenta quando está em negação — Ariel ri.

— Só para vocês saberem, eu já comecei a ter experiência com o sexo oposto. O Fera foi na biblioteca ontem à noite, e eu conversei com ele — informei a elas.

— Você se atropelou e murmurou fatos inúteis? — Ariel pergunta.

— Cale a boca. Foi só um fato inútil — murmuro, exasperada.

— O Fera não conta. Ele tem as maneiras de um homem das cavernas, e você deveria ficar longe do cara. Ele definitivamente não é o seu tipo, e nem o tipo de homem com quem você conseguirá qualquer tipo de experiência. Você precisa aprender a lidar com os homens normais e sobre a maneira como eles pensam, para que você possa antecipar o que os deixará excitados, enquanto estiver dançando. Você não precisa de um homem que fará nada mais que grunhir e ficar olhando toda vez que você falar. — Ariel diz e revira os olhos, enquanto continua a digitar no computador.

Mesmo que o Fera seja um pouco arrogante, fico insultada por ele. Ariel não o conhece, *eu* não o conheço. E as palavras dela fazem com que eu queira desafiá-la e conhecê-lo, para provar que há um homem normal sob todo aquele exterior rude. Provavelmente sou influenciada pelo fato de que, pela primeira vez na minha vida, um homem extremamente bonito não parece entediado quando eu falo demais, e isso é algo que enche meu coração de sensações e fantasias tolas, mas eu não me importo.

Cindy se levanta da sua cadeira, se aproxima de Ariel e olha sobre o seu ombro, para o que quer que ela esteja fazendo no computador.

— Ah, sim. Isso é genial! Eu não consigo acreditar que não pensamos nisso antes! — Cindy fala, animada.

— O que vocês duas estão fazendo?

Aproximo-me da Ariel e tento ver a tela do notebook, mas ela rapidamente o afasta do meu campo de visão, digitando mais alguma coisa enquanto ela e Cindy conversam baixinho, falando alguma coisa sobre imagem de perfil e hobbies.

— Eeeeeeee, pronto! Cheque o seu e-mail. E, por nada — Ariel anuncia, do nada.

Meu celular apita com uma nova notificação de e-mail, no momento exato em que ela fecha o notebook. Com um suspiro, vou ver o que era a mensagem.

— Mas o que é *Match dos Céus*?

Capítulo quatro

STALKER ARREPIANTE

Meu celular vibra com uma nova notificação de e-mail, e eu, silenciosamente, xingo Ariel e Cindy enquanto pego aquela coisa maldita da mesa. Em vinte e quatro horas desde que elas me inscreveram naquela página idiota de encontros online, já recebi ao menos uns cem e-mails, um pior do que o outro.

— *Eu lamberei seus sorrisos. Deveremos fazer sexo* — sussurro para mim mesma, lendo a mais nova mensagem. Estou tentada entre mandar para esse cara um e-mail sobre o quão desnecessários são os seus comentários e sobre o quão horrível é a sua gramática.

Match dos Céus informa, na página inicial na internet, que eles garantem que você encontrará o amor da sua vida, ou você recebe o seu dinheiro de volta. Sério que é assim que as pessoas encontram o amor?

Não é assim que funciona nos livros. Aquelas mulheres encontram suas almas gêmeas de maneiras adoráveis, como por exemplo, os dois sendo amigos a metade da vida e, de repente, percebem que sempre estiveram apaixonados um pelo outro, ou literalmente se esbarrando no supermercado, com as compras caindo no chão, rindo e flertando enquanto recolhem as coisas.

E os homens realmente acreditam que mensagens como aquelas funcionam? Eu entendo, já fiz minha pesquisa desde que os e-mails começaram a chegar. Estudos mostram que cinquenta por cento das pessoas nesses sites estão apenas usando o serviço para conseguir sexo barato e sem compromisso.

Mas isso significa que os outros cinquenta por cento que estão procurando por amor estão por aí em algum lugar, e, com certeza, *não* estão me mandando mensagens, o que é bem desanimador. Sim, eu preciso de mais experiência com os homens, mas não, eu não estava mentindo quando disse que não era virgem, para a Ariel e a Cindy. Elas só não precisam saber dos detalhes específicos: foi uma vez bem dolorida e vergonhosa, na noite da minha formatura, e que eu não tinha desejo nenhum em repetir, até recentemente. Eu não queria sexo sem sentido e sem compromisso. Eu sou romântica, quero ser cortejada como as mocinhas dos livros que leio há tanto tempo. Quero um homem que me deixe de pernas bambas, com algum gesto extremamente romântico. Quero flores e palavras açucaradas, cheias de emoção e significado.

— Você está com uma aparência de merda.

Desvio minha atenção do celular para encontrar, bem na minha frente, aqueles lindos olhos castanhos cor de chocolate que me assombram em sonhos. Fera está do outro lado do balcão de atendimento, segurando uma caixa grande de papelão nas mãos, vestindo uma camiseta branca que cobria o peitoral musculoso, e com uma expressão irritada no rosto, enquanto me olha.

Flores e palavras açucaradas, cheias de emoção e significado... É querer demais.

Balanço a cabeça, imaginando se acabei dormindo sentada de novo e se estou sonhando.

Quando voltei para o trabalho ontem, depois da minha reunião com a Cindy e a Ariel, esperava ter uma noite tranquila e silenciosa na biblioteca. E então, como ele tinha feito na noite anterior, Fera chegou uma hora antes do horário de fechamento, se sentou na mesma mesa, pegou o mesmo livro e enfiou na frente da cara, olhando para mim de tempos em tempos, mas não se aproximou ou falou comigo. Então, mais uma vez, fui até a mesa dele e tentei iniciar uma conversa sem divagar ou ficar nervosa, mas ele não fez mais do que dar um resmungo ou suspirar em resposta. Mas o que fez meu coração bater acelerado foi o fato de que mesmo que ele não tenha falado muito, ele *escutou*. Fera nunca tirou os olhos de mim enquanto eu falava sobre livros, e ele pareceu realmente interessado no que eu estava dizendo. Isso não é algo que uma pessoa má faria, certo? Se ele fosse uma pessoa realmente horrível, teria se levantado e ido embora, se não quisesse me escutar divagando sobre o assunto em questão.

Ele só precisava dar uma trabalhada nas suas maneiras.

— Desculpe-me se a minha aparência ofende você. Estou cansada, tenho trabalhado bastante — falo para ele, com um suspiro, desejando ter tido um pouco mais de tempo para me arrumar no banheiro dos funcionários essa manhã.

— Caramba, não estou ofendido, apenas afirmando um fato. Você sempre está bonita, mas está parecendo que passou por maus bocados. E eu trouxe pizza, você precisa comer — ele murmura, jogando a caixa de papelão no balcão.

A sua voz soa baixa e grave e ele não parece muito contente, mas eu estou ocupada demais com as palavras *"você sempre está bonita"* repetindo infinitamente na minha cabeça, para parar e analisar. Antes desse momento, meu pai tinha sido o único homem que me disse que eu era bonita. Mesmo que eu não conheça o Fera muito bem, tenho certeza de que o conheço o suficiente para saber que ele não diria algo que não quer realmente dizer. E ele acha que eu sou bonita. E me trouxe comida. O cheiro do molho e do queijo atinge o meu nariz, e o meu estômago ronca alto, me lembrando de que eu não comi nada a não ser uma barra de granola no café da manhã.

Tento conter o frio na barriga que sinto toda vez que o Fera está por perto, mas é em vão, não tenho nenhum controle sobre isso.

Pergunto-me se era apenas uma coincidência que ele tenha aparecido aqui na biblioteca duas noites seguidas, ou talvez ele tenha alguma pesquisa importante sobre segurança para fazer. Esta é a terceira noite que ele aparece, e eu não consigo mais apenas imaginar o motivo.

Olho ao redor, procurando pela sra. Potter, esperando que ela ainda esteja por aqui e possa fazer essa situação ser menos enervante; mas olho para o relógio na parede e percebo que já passou dez minutos do horário de fechamento.

— Ela foi embora há quinze minutos — ele murmura, sabendo exatamente o que eu estava fazendo e por quem estava procurando.

— Por que você está aqui? — Pergunto, cruzando os braços.

— Ahm, isto aqui é uma biblioteca pública — ele responde.

— Eu sei que é uma biblioteca pública... Mas é a *minha* biblioteca pública, e você nunca pisou aqui, até algumas noites atrás. Por que você continua aparecendo uma hora antes de fecharmos?

Ele passa a mão pelo cabelo e suspira.

— A sua amiga Cindy tem uma boca grande. Ela disse que você trabalhava aqui, e que sempre fechava depois que escurecia. Eu não gostei disso, então quis ter certeza de que você não ficasse sozinha todas as noites.

Fico chocada e de boca aberta por ele fazer algo assim por alguém que mal conhece. E então percebo que o que a sra. Potter falou para mim na outra noite era verdade: ele realmente estava vindo aqui por mim.

— Isso é muito gentil — sussurro.

Ele geme e balança a cabeça para mim.

— Eu não sou gentil. Só não gosto da ideia de uma jovem mulher estar sozinha de noite. E também não gosto que você nunca sai daqui antes de eu ter que ir trabalhar. Pegue as suas coisas, vou levar você para casa.

Eu realmente quero me sentir ofendida por ele estar me dizendo o que fazer, mas tinha algo meio de "cavaleiro de armadura brilhante" em toda essa situação, e estou quase desmaiando, como as mocinhas dos meus romances preferidos.

E então eu lembro que não posso ir para casa, porque eu não tenho mais uma casa. Meu lar agora é bem aqui, e eu estava parada bem onde eu fazia a minha cama.

— Ah, não, está tudo bem! Você tem que ir trabalhar, e eu vou ficar aqui por mais um tempinho. Está tudo bem, eu não moro tão longe e vou para casa caminhando há anos — falo para ele, com um sorriso nervoso.

— Pegue. As. Suas. Coisas. Você come a pizza no caminho — ele me fala de novo, cerrando os olhos.

Ele está começando a soar bem menos como um cavaleiro de armadura brilhante, e mais como um homem das cavernas. Fico contrariada com o seu comando.

— Não — respondo, séria. — Não vou pegar as minhas coisas porque, como eu já disse, não vou para casa ainda. E vou caminhando, como eu sempre faço.

— Você é sempre teimosa assim?

— Não. Essa é uma característica nova da minha personalidade. Acostume-se.

Talvez eu esteja imaginando coisas, mas posso jurar que vi o canto da sua boca tremer, como se ele tentasse segurar um sorriso. Com um suspiro, ele se afasta da bancada.

— Coma. E preste atenção aos arredores — ele fala, sério.

Quando olho para ele, confusa, Fera continua:

— No seu caminho para casa. Não seja idiota de ficar olhando para o seu celular o tempo todo. Olhe para aonde está indo, suspeite de tudo e de todos. Ande rápido, de cabeça levantada, e não pare por nada. Se alguém tentar parar você, ou tentar fazer alguma coisa com você, grite: *fogo*. Nunca grite por ajuda. Estudos mostram que mais pessoas aparecem para ajudar, se você gritar: *fogo*.

Balanço a cabeça, assentindo sem falar nada, enquanto ele me dá uma última olhada antes de se virar e sair da biblioteca.

— Obrigada pela pizza!

E assim, com uma pequena menção sobre estatísticas, percebo que não preciso daquele *Match dos Céus* idiota, que a Cindy e a Ariel me inscreveram. Tenho quase certeza de que tinha acabado de encontrar o meu.

Capítulo cinco

CAVALEIRO, MEIO GROSSO, DE ARMADURA BRILHANTE

— Pegue as suas coisas. Vamos.

Levanto o olhar do computador e encontro o Fera parado do outro lado, olhando irritado para mim.

— Desculpe?

— Pegue. As. Suas. Coisas. — Ele repete devagar, sua irritação ficando mais evidente.

Já faz uma semana que ele aparece no meu local de trabalho, e continua aparecendo uma hora antes de fecharmos a biblioteca, se senta no seu local de sempre, e eu espero até que a sra. Potter tenha ido embora para falar com ele. Tecnicamente, sou eu quem faz a maior parte da conversa, enquanto ele dá o seu costumeiro suspiro e resmungo, soltando algumas palavras aqui e ali, mas tem sido legal. Especialmente quando eu falo com ele sobre livros. A sra. Potter é uma leitora voraz, mas só daqueles romances apimentados, e este não é um assunto sobre o qual eu esteja confortável para conversar diariamente com ela.

Você pode aprender muito de uma pessoa, pelos livros que ela lê. Não tinha percebido quanta falta eu sentia de conversar com o meu pai sobre livros, até que o Fera apareceu aqui depois da noite em que ele me trouxe a pizza, com três sacos do Taco Bell[2].

— Normalmente, eu leio um livro por dia. Leio muito rápido, mas não leio palavra por palavra. Eu meio que pulo algumas frases, e o meu cérebro consegue entender tudo e fazer as palavras fazerem sentido. A menos que eu esteja lendo algum clássico, aí demoro um pouco mais, por causa da maneira diferente que o idioma era usado.

---

2 Taco Bell – rede de restaurantes nos Estados Unidos, que serve comida mexicana.

Orgulho e Preconceito *é o meu preferido — divago, meu garfo pairando sobre a embalagem de plástico de Nacho Bell Grande, que o Fera tinha tirado de um dos sacos e colocado na minha frente, quando me aproximei da sua mesa, assim que ele chegou.*

Baixo o olhar para a pilha de salgadinhos, queijo, carne e tomate, para esconder o meu constrangimento por não conseguir parar de falar na frente deste homem.

— O meu também.

As palavras que saíram da boca do Fera alguns segundos depois fizeram com que eu levantasse meu olhar de sobre a comida e olhasse para ele, em choque.

— Você gosta de Orgulho e Preconceito*?!*

Com os braços cruzados na frente do peito, ele levantou uma das sobrancelhas.

— Elizabeth Bennet julga o Sr. Darcy sem nem ao menos conhecê-lo, e então ela fica igual a uma idiota, por ser tão superficial. O que tem para não gostar?

E assim, meu rosto ficou quente de vergonha mais uma vez. Não por ser muito falante, mas por me comportar como Elizabeth Bennet e ficar chocada pelo fato de este homem não apenas ter lido um dos melhores romances clássicos de todos os tempos, como também por ter gostado dele tanto quanto eu.

— Menos conversa. Mais comida.

Fera acenou com a cabeça para a comida à minha frente, e o pequeno tremor no canto da sua boca fez com que eu relaxasse e percebesse que ele estava brincando comigo, e não implicando por tê-lo julgado.

Cada noite, eu falo sobre um clássico diferente que eu li e adorei, e cada noite ele confirma que leu, com alguns acenos e grunhidos. Ele continua a me deixar divagar sobre os livros e nunca tira os olhos de mim. É uma sensação inebriante ter alguém tão interessado no que você diz, e, com certeza, tem sido incrível.

Bem, tirando a parte onde eu tenho que mentir para ele, sobre ficar aqui até tarde e continuar a recusar a sua carona para casa, antes de ele ter que ir trabalhar. Essa parte é bem ruim, especialmente quando ele é tão gentil, mesmo que de uma maneira meio grossa, e continua a trazer comida para mim, todas as noites.

— Mais uma vez: não vou *pegar as minhas coisas*. Estou trabalhando, tenho muita coisa para fazer. Vá embora e me deixe trabalhar.

Eu sabia que soava rude, mas não podia evitar. Ele podia ser irritante, mas a maneira como me olha faz com que meu corpo esquente em vários lugares, como sempre acontece quando ele está por perto.

— A biblioteca está fechada. Tranque tudo, pegue essa coisa ridícula que você chama de cama, de debaixo do balcão, e a mochila com roupas que você esconde na última gaveta, e vamos embora.

Minha boca se abre em choque, e meu rosto esquenta de vergonha. Nem a sra. Potter, que passa longas horas todos os dias nesta biblioteca, percebeu a minha cama escondida em um canto afastado, sob a bancada, ou a minha mochila, na última gaveta. Como é que ele sabe disso? E por que parece que não seria algo tão grande se a sra. Potter descobrisse, mas estou mortificada por ele saber?

— Não vou com você — sussurro, minha voz falhando e meus olhos se enchendo de lágrimas.

Tirando as mãos do bolso, ele apoia os cotovelos na bancada e se inclina sobre ela, até que seu rosto esteja a apenas alguns centímetros do meu. Consigo sentir o seu hálito quente nos meus lábios, quando ele solta um suspiro.

— Eu não vou deixar você passar outra noite dormindo sozinha, no chão desta biblioteca velha. Pegue as suas coisas e vamos, ou vou sair daqui carregando você sobre meu ombro.

— Como… Quando… — gaguejo, incapaz de formular a pergunta que queria fazer para ele, porque eu me sentia uma idiota.

— Descobri na primeira noite em que vim aqui. Liguei para o trabalho dizendo que não apareceria e fiquei aqui até as três horas da madrugada, e você nunca saiu. Vamos.

Com isso, ele se afasta da bancada, se vira e começa a caminhar em direção à porta, enquanto eu esperava que um buraco se abrisse no chão e me engolisse. Toda vez que eu recusava a carona dele para casa e dizia que tinha que trabalhar até tarde, ele sabia que eu estava mentindo. E mesmo assim, ele sempre voltava aqui, todas as noites, e nunca falou sobre a minha mentira, até agora.

Quando o sino em cima da porta toca e o Fera desaparece no estacionamento escuro, eu finalmente solto a respiração, que estava segurando desde que ele ficou cara a cara comigo. Na última semana, mesmo que ele não tenha dito mais do que algumas palavras, comecei a realmente gostar do tom da sua voz: grave, rouca, e, me atrevo a dizer, sexy. Isto, claro, quando ele não estava fazendo eu me sentir uma pessoa horrível e mentirosa, e dando uma de mandão para cima de mim.

Demoro alguns minutos para acalmar meus nervos e afastar as lágrimas de humilhação, e olho para o chão aos meus pés.

Eu não quero passar outra noite no chão da biblioteca, me virando de um lado para o outro, tentando achar uma posição confortável. Mas será que eu realmente devo ir para algum lugar com um homem que eu não conheço bem? Quer dizer, claro, ele tem passado um tempo comigo desde a última semana, mas sou eu quem fez toda a conversa.

Eu ainda não sei nada sobre ele, além de que é incrivelmente cortês, lê bastante, e se preocupa muito com os meus hábitos alimentares. As únicas refeições quentes que comi nos últimos dias foram as que ele trouxe, todas as noites.

Não quis gastar com comida o pouco dinheiro que ganho, então sobrevivi à base de barras de granola, e pão com manteiga de amendoim e geleia. Mas ele é amigo do PJ, e o PJ definitivamente não é o tipo de homem que teria amizade com uma pessoa desagradável, e muito menos a deixaria trabalhar no clube. Fera também não me conhecia muito, mas queria ter certeza de que eu estava bem, e realmente não gosta da ideia de eu dormir aqui. Parece até o começo de um conto de fadas, isto se o príncipe fosse enlouquecedor e rude, e ficasse mandando na princesa.

Provavelmente ele quer me levar para um hotel, ou algo assim. Vou ter que tirar o dinheiro da caixinha da compra de livros do mês que vem para poder pagar, mas prefiro fazer isso a passar a vergonha de dizer para ele que não posso bancar.

O sino toca de novo, e ao levantar o olhar, vejo o Fera parado à porta aberta, com um olhar bem irritado.

— Pelo amor de Deus, mulher! Vou ter que carregar você?

Não são exatamente palavras doces e poéticas, mas a maneira como ele me chama de *mulher* faz com que eu me abaixe atrás da bancada, para reunir as minhas coisas e pegar a minha mochila da gaveta; fico com os braços cheios, atravesso a biblioteca e o sigo pela porta.

Preciso correr pelo estacionamento para conseguir acompanhar os passos dele, até que paramos ao lado do único veículo que estava estacionado ali.

Uma caminhonete preta, reluzente e enorme.

Eu realmente vou entrar nesse carro com um homem que é praticamente um estranho, só por uma boa noite de sono?

Meu corpo escolhe este exato momento para me lembrar das minhas atuais acomodações: a dor nas minhas costas fica cada vez mais forte, enquanto eu fico parada ao lado da caminhonete, tentando não deixar cair no chão de concreto a minha mochila cheia de roupas e outros itens pessoais.

Pela primeira vez em uma semana, eu meio que desejava que o meu pai estivesse aqui. Ele seria capaz de, em uma olhada para o homem que subia na caminhonete, saber imediatamente quais eram as suas intenções, e se o que eu estava a ponto de fazer era ou não uma ideia horrível.

O barulho do motor enche o estacionamento e eu percebo que é agora ou nunca. Este era o momento no qual eu me comportaria como a adulta que eu disse que precisava ser, para o meu pai, abrir minhas asas e fazer algo maluco, como ir para a casa de um homem que eu mal conhecia, só porque ele me dava um frio gostoso na barriga e parecia como um cavaleiro, meio grosso, de armadura brilhante.

Arrumando as coisas nos meus braços, abro a porta do lado do passageiro e subo. O banco aquecido de couro tem aquele cheiro de carro novo e é surpreendentemente bem limpinho, considerando que o Fera não estava exatamente no topo do quesito aparência: já tinha passado há muito do tempo de cortar o cabelo e de se barbear.

Imediatamente, meu corpo começou a se derreter no assento, e suspiro de prazer enquanto me encosto à janela, ainda segurando as minhas coisas. Meu telefone está grudado na minha mão, enquanto ele manobra no estacionamento.

— Só para você saber, já disquei para a emergência, e não vou hesitar em clicar no botão, para ligar e berrar, se você começar a dirigir para alguma estrada escura e deserta — aviso para ele.

A única resposta dele é um grunhido baixo. A vibração do motor e o balançar da caminhonete fazem com que meus olhos fiquem tão pesados que é quase impossível continuar com eles abertos.

— Cinquenta e quatro por cento dos assassinatos são cometidos por alguém que você conhece — falo para ele, bocejando, enquanto apoio minha cabeça no encosto do banco, com os olhos fechados. — Então, já que eu mal conheço você, tenho quarenta e seis por cento de chance de você não cortar meu corpo em pedaços minúsculos e me enterrar em um campo qualquer.

A última coisa que escuto, antes de cair no sono, é um grunhido vindo do outro lado do carro.

Capítulo seis

É AQUI QUE EU MORRO

— Isso não é um hotel.

Acordei trinta segundos atrás, quando o Fera desligou a caminhonete. Sei que afirmo o óbvio, mas meus olhos ainda estão pesados e meu corpo está doendo, pela maneira como eu estava no banco da frente, por sei lá quanto tempo que demoramos para chegar aqui, onde quer que isso fosse. Afirmar o óbvio é muito melhor do que berrar e enfiar os dedos nos olhos dele.

— Não. É a minha casa.

Com um suspiro, ele sai da caminhonete e bate a porta logo em seguida. Estico o pescoço, olhando pela janela, tentando me situar, mas está escuro e tudo o que consigo ver é floresta, por todos os lados. Graças a Deus que os faróis do carro dele ainda estavam ligados: eles devem ter algum tipo de *timer*, porque desligam automaticamente depois de alguns minutos. As luzes fortes iluminam um tipo de um chalé rústico e de pedra a alguns metros, com heras subindo pelas paredes de pedra e rodeando as janelas. Pelo que eu consigo ver, também tem um quintal enorme ao redor da casa, que parece ser bem cuidado, como se alguém tivesse comprado toda uma floricultura e semeado uma planta de cada espécie imaginável, de pequenas árvores a arbustos imensos e centenas de flores silvestres.

Lentamente, abro a porta da caminhonete, segurando minhas coisas com um dos braços. Enquanto vou para o lado de fora, observo o Fera seguir por um caminho iluminado pelos faróis, que levava para o chalé. Ele mal tinha passado na frente dos faróis e logo eles apagaram, deixando tudo quieto e escuro, nada mais do que as luzes de energia solar que brilhavam suavemente pela calçada na frente do chalé.

— É aqui que eu morro. Em um chalé saído direto de *João e Maria* — murmuro, baixinho.

Infelizmente, o som deve ressoar alto nesta parte remota da floresta, porque assim que as palavras saem da minha boca, o Fera para a alguns metros de distância, se vira, e olha para mim com o rosto sem expressão.

— Vamos.

Ele acena com a cabeça para o chalé e começa a se afastar.

— Espere! — Falo alto, e escuto minha voz ecoar pelas árvores, esperando que houvesse vizinhos em *algum lugar* por aqui, que poderiam me ouvir se eu gritasse.

Ele solta um suspiro e eu começo a imaginar se grunhir e suspirar são os únicos sons que ele sabe fazer, e também se ele late como um cachorro quando o carteiro aparece. Ou se ronrona como um gato quando alguém coça atrás da orelha dele.

A imagem do homem grande e musculoso, parado a alguns metros de mim, de quatro e ronronando como um gatinho, faz com que uma risada histérica suba pela minha garganta.

— Você sabia que João e Maria eram irmãos que foram sequestrados por uma bruxa canibal que vivia no meio de uma floresta, em uma casa feita de bolo e doces? A bruxa os atraiu ao deixar que eles comessem a sua casa e pensassem que ela era boazinha, quando na verdade só queria engordá-los para que pudesse colocar os irmãos no forno e comê-los — divago, nervosa. — Não estou dizendo que você é um canibal ou qualquer coisa do tipo, mas as pedras desse lugar parecem muito com massas de bolo com cobertura, e spray comestível dando uma cor, e eu não comi nada desde o almoço e estou faminta, e a Ariel está sempre dizendo que eu preciso de mais carne nos meus ossos, então estou só me perguntando se *você* quer me engordar, considerando que você leva comida pra mim todas as noites, e me colocar no seu forno e me comer…?

Fera não faz nada, a não ser piscar, enquanto digere a minha longa e ridícula maneira de perguntar se ele me trouxe aqui para me matar.

Depois de alguns minutos de silêncio, ele balança a cabeça.

— Você fala muito.

— E *você* não fala o suficiente! Sou uma mulher de vinte e cinco anos, solteira, que nunca morou em outro lugar a não ser com o pai, e todos os meus amigos eram de ficção, até recentemente. Você vai à minha biblioteca por uma semana inteira, me deixa fazer toda a conversa, e então, do nada, hoje você aparece e ordena que eu vá embora com você. Você sabe sobre o que está acontecendo com a minha vida, mais do que as minhas melhores amigas. Você me traz para um chalé charmoso, mas também arrepiante, no meio do nada, e espera que eu faça o que você diz, sem nem dar uma explicação. E eu nem sei o seu nome verdadeiro!

Ele fecha os olhos por alguns segundos e passa uma das mãos pelo rosto, apertando a ponte do nariz. Mesmo que ele fosse rude e irritante, eu ainda me senti um pouco mal por tê-lo ofendido. Especialmente se Fera era realmente o seu nome. O que significa que seus pais devem tê-lo odiado, e agora eu meio que quero dar um abraço nele. Isso é tão confuso!

Ele tira a mão do rosto e caminha silenciosamente na minha direção, e o ar predatório em seus olhos faz com que eu engula em seco e ande rapidamente para trás, até que as minhas costas estejam contra a caminhonete e eu não tenha mais para aonde ir.

Ele para quando estamos quase colados um ao outro, e posso sentir o calor do seu corpo aquecendo a minha pele, mesmo que eu esteja toda arrepiada e nervosa pela proximidade dele.

— Já falei, você não vai passar outra noite no chão daquela porra de biblioteca. Não sou muito de falar, mas fui criado como um cavalheiro. E o meu nome é Vincent.

O fato de ele ter xingado meio que negava a coisa do cavalheirismo, mas a sua voz, mesmo rouca, tem um tom suave que faz com que eu queira acreditar no que ele disse.

— Vincent? — Pergunto, chocada. — Isso é tão... normal.

Ele se inclina e pega a minha mochila, que está quase explodindo, dos meus braços, e começa a andar de costas para a casa. A menos que eu queira ficar do lado de fora a noite toda e nunca mais ver as minhas coisas, não tenho escolha a não ser segui-lo.

— Sim. Vincent. Ao contrário do que você possa imaginar, eu não sou realmente um animal — ele murmura, soando um pouco chateado pelo que eu disse.

Ele sobe a pequena escada de pedra, que leva para uma varanda na frente do chalé, passa por quatro espreguiçadeiras de madeira e para na frente de uma porta enorme de mogno. Mudando o peso da minha mochila de um braço para o outro, coloca a mão no bolso da frente da calça jeans e tira um molho de chaves.

— Sinto muito, eu não queria soar tão surpresa. Vincent é um nome bem legal. Só achei que você teria um nome que combinasse mais com você, tipo Hulk, Thor ou Hércules. Sabe, porque você é grande e todo musculoso. Posso chamar você de Vinny?

Cale a boca, Belle!

— Não — ele responde, colocando a chave na fechadura, e abre a porta imensa, segurando-a para que eu passasse.

Tento não parecer tão nervosa ao passar por ele, e entro na casa desse homem frustrante, a quem eu mal conheço, no meio do nada. Está completamente escuro do lado de dentro.

O corpo dele colide com as minhas costas, me forçando a dar outro passo para dentro, e dou um pulo quando a porta bate atrás dele. Os meus pés parecem estar grudados no chão, e me recuso a dar outro passo para frente sem conseguir ver para aonde estou indo. Sinto seu peito roçar nas minhas costas e escuto sua mão tocar a parede à minha direita. Logo depois, ouço um clique, e o ambiente se ilumina com a suave luz de abajures que estavam em pequenas mesas.

Fico chocada e de boca aberta quando dou uma olhada no interior do chalé. Não era o que eu esperava, definitivamente. Mais uma vez, me sinto mal por ter julgado o cara, mas considerando que eu ainda não estou cem por cento certa de que ele não me trouxe aqui para me matar, é natural de se esperar que as paredes estivessem cheias de animais empalhados, com dentes afiados, ou um monte de armas medievais enferrujadas e instrumentos de tortura.

O interior era muito maior do que parecia do lado de fora. Estávamos parados na sala, e é absolutamente linda. O teto é curvado, com vigas de madeira rústica cobrindo toda a extensão dele. A lareira de pedra, que combina com o exterior do chalé, é enorme, e toma conta de quase metade da parede do outro lado da sala.

As paredes são pintadas de vermelho-escuro e têm alguns quadros de arte pendurados, mostrando belos cenários ao ar livre. Há um sofá de couro marrom, uma *chaise* e duas poltronas de couro marrom, que estão perto da lareira, foco da sala, e eu consigo me imaginar sentada em uma dessas poltronas, com o fogo aceso, um livro na mão e um cobertor no colo.

— Vincent, este lugar é lindo! — Sussurro enquanto dava uma volta, olhando tudo.

Ele rapidamente joga a mochila de volta nos meus braços e passa a mão, nervoso, pelo cabelo. Pela primeira vez desde que o conheci, ele parecia desconfortável, e me pergunto se era porque usei o seu primeiro nome e elogiei a sua casa.

— Travesseiros e cobertores estão no baú de madeira perto da lareira. O banheiro é no corredor. O sofá vai servir para esta noite, preciso limpar o quarto de visitas.

— O sofá está bom — respondo, rapidamente. — Honestamente, qualquer coisa é melhor do que o chão da biblioteca. Por favor, não se preocupe com o quarto de visitas. Você não precisa se incomodar comigo. Além disso, é só por esta noite. Vou pensar em algo amanhã.

Ele solta um grunhido baixo, e percebo que estou começando a realmente gostar desse som vindo dele. É animalesco. É meio que excitante. E esses tipos de pensamentos definitivamente não são apropriados. Já tive fantasias suficientes com esse homem, *antes* de passar uma noite sob o mesmo teto que ele.

— Você tem umas amigas de merda — ele fala, do nada.

Quando fico olhando, apenas piscando, ele continua:

— Por deixarem você dormir na biblioteca, daquele jeito. Eu procuraria amigas novas, se fosse você.

Posso sentir minhas bochechas ficando vermelhas de vergonha, e rapidamente afasto o olhar e foco nos meus pés.

— Elas não sabem — sussurro, pigarreando, nervosa. — Elas não são de merda. São as melhores amigas que eu já tive, as únicas amigas que eu já tive. Elas só têm muitas coisas acontecendo nas suas vidas, e eu não queria incomodá-las com os meus problemas. Por favor, não diga nada para o PJ. Vou contar para elas, só estou esperando pelo momento certo.

Ele não fala nada por alguns minutos, e eu finalmente levanto o olhar e vejo que ele está me observando.

— Você é estranha.

— Eu sei — respondo, encolhendo os ombros. — Obrigada por não me trazer aqui para me matar.

Podiam ser as sombras da sala enganando meus olhos, mas, de novo, acho que vi o canto da sua boca se mexer, como se ele estivesse se divertindo. Tão rápido quanto, sua boca volta à expressão séria.

— Sabe, salvar a donzela em apuros é algo que se vê em um conto de fadas, Vincent. Se você não tomar cuidado, eu posso pensar que você é o meu cavaleiro de armadura brilhante.

Com um suspiro profundo, ele se vira e se afasta de mim, parando de costas à porta do corredor.

— Eu não sou o herói de ninguém, princesa. E isso não é um conto de fadas.

Com essas palavras de despedida, ele desaparece no corredor escuro, e, alguns segundos depois, escuto a porta bater.

Capítulo sete

TALVEZ VOCÊ DEVESSE TENTAR COM UM HOMEM

— Mas que porra?

Um grito sai da minha garganta e me viro para encontrar Vincent parado bem atrás de mim. Pedaços de ovos mexidos saem voando da espátula que está na minha mão, batendo no peito dele antes de caírem no chão de madeira.

Esqueço como é que se fala, enquanto olho diretamente para o peito dele. Para o seu musculoso peitoral nu, que parece ter sido esculpido em mármore.

Ele está vestindo nada mais do que uma calça de moletom cinza, que pende perigosamente baixo em seu quadril. Eu sabia que ele era musculoso só de olhar a maneira que ele preenchia as camisetas, mas não que era *tão* musculoso assim. Aquele peito incrível se conectava com uma barriga tanquinho, que descia para...

Nossa Senhora das Calcinhas Molhadas, ele tinha o V.

Meus olhos ficam grudados nas linhas que descem pelo seu abdômen, algo sobre o qual eu só tinha lido nos romances e não pensava que existisse na vida real.

— Você deve malhar bastante — sussurro, maravilhada.

— Meus olhos estão aqui em cima, princesa.

Rapidamente olho para o seu rosto e tento não me sentir mortificada por secá-lo, como um pedaço de carne, esperando não dizer mais nada que me envergonhe mais ainda.

— Você sabia que o *V* no corpo masculino é um dos atributos físicos mais difíceis de se conseguir? Muitos homens fazem abdominais para obter, mas é necessário um trabalho mais sério, como prancha, exercícios de abdominal inferior, e muito tempo de cárdio.

Droga.

Vincent ignora a minha divagação, e agora é a vez *dele* de descer o olhar. De repente, percebo que estou parada na cozinha dele, de pijama, que consiste em uma calça com xadrez amarelo e branco, e uma camiseta, mas na minha pressa de acordar primeiro e surpreendê-lo com o café da manhã, como agradecimento por ter me deixado ficar aqui, esqueci de colocar o sutiã.

— Bela camiseta.

Olho para mim mesma, um pouco mais do que grata por ele ter mantido o aquecimento da casa em uma temperatura agradável de vinte e um graus e não me deixar congelando. Percebo que ele está olhando para as palavras na minha camiseta, e não para os meus peitos, e deixo sair um suspiro aliviado.

— Garotos nos livros são melhores — Vincent lê em voz alta.

— Pura verdade.

Ele dá um passo para mais perto de mim e se inclina, apoiando as mãos na bancada, me encurralando.

— Isso porque eles são garotos. Talvez você devesse tentar com um homem.

Meu coração está batendo acelerado dentro do meu peito, e fico surpresa por ele não escutar as batidas no silêncio da cozinha. Fera inclina o corpo para mais perto de mim, até que tudo o que eu consigo sentir é o cheiro dele. Nada além de sabonete e limpeza, mas eu nunca antes tinha me sentido tão atraída pelo cheiro de um perfume amadeirado e cítrico ao mesmo tempo.

Bem quando eu pensei que ele fosse fazer algo completamente louco, como me beijar, ele levanta a cabeça e me olha com os olhos arregalados, como se estivesse completamente surpreso por aquelas palavras terem saído da sua boca.

Nós dois, amigo.

Ele afasta o olhar e levanta o braço, abrindo a porta do armário, e pega uma caneca. Solto a respiração lentamente quando ele se afasta e vai para a cafeteira, que eu liguei assim que acordei, e se encosta no canto da bancada.

Quando meu coração finalmente volta à velocidade normal, me viro e despejo os ovos mexidos em uma vasilha, e coloco-a na ilha do meio da cozinha, onde eu já tinha colocado os nossos pratos e talheres, suco de laranja e torrada.

— Você não precisava fazer isso — ele fala, puxa um dos bancos e se senta.

Subo na banqueta ao lado dele, tentando acalmar os tremores no meu estômago, enquanto o observo colocar os ovos no meu prato, adicionando uma fatia de torrada antes de fazer o próprio prato.

Acorde, Belle. Um cara servir o seu prato não é romântico. Ele mesmo falou ontem à noite. *Ele foi bem-criado, só isso.*

— Quase *não* fiz café da manhã para você. Na sua geladeira não tem nada a não ser ovos, suco de laranja, leite vencido, e cinco caixas de comida de restaurante. Mas era o mínimo que eu poderia fazer, depois de você ter praticamente me resgatado na noite passada.

Ele solta um suspiro irritado, enquanto enfia a comida na boca.

— Eu não resgatei você, só dei um lugar para ficar. E eu não cozinho, porque estou no Charming's o tempo todo. Basicamente como lá, ou pego alguma comida no caminho — ele diz, com a boca cheia.

Olho para a cozinha e fico totalmente chocada por ele não cozinhar, com tudo isso. É o sonho de qualquer cozinheiro. Eletrodomésticos de inox novinhos, um forno duplo, e vários armários de madeira, que acabei perdendo a conta depois de chegar ao vigésimo.

— Eu adoro cozinhar, para mim é terapêutico. Você sabia que vinte e oito por cento dos americanos não sabem cozinhar, e noventa por cento apenas não *gostam*? Eles estão muito ocupados, e querem algo rápido e fácil. Não percebem que estão perdendo algo incrível. Minhas melhores lembranças envolvem eu sentada em um banco na nossa cozinha, e meu pai me ensinando a cozinhar. Ele me deixava quebrar os ovos e medir os ingredientes, e conversávamos sobre tudo enquanto trabalhávamos.

Paro de falar ao sentir minha garganta apertar e meus olhos se encherem de lágrimas, quando penso no meu pai. Esta era a primeira vez que ficávamos tanto tempo sem nos ver, sem nos falar. Por mais que ele tivesse me irritado, eu ainda sentia saudade dele, pra caramba. Sinto saudade de contar para ele como foi o meu dia, e dos meus planos para a biblioteca. Sinto saudade de conversar sobre os livros que lemos juntos… Odeio não saber se ele está bem, se lembrou de tomar as suas vitaminas, ou se está se entupindo de *fast-food* e esquecendo de comer seus vegetais.

Sentindo o olhar de Vincent em mim, rapidamente começo a enfiar comida na boca, para me impedir de chorar como um bebê na frente dele.

— Não se preocupe, estarei fora daqui assim que terminar de comer e limpar a cozinha — digo para ele, entre garfadas, e pego a minha torrada e mando para dentro.

Percebo que isso não é algo muito feminino, e pedaços de torrada saem voando da minha boca enquanto falo, mas não me importo. É melhor do que chorar.

— Você vai ficar.

A torrada fica entalada na minha garganta, e começo a tossir. Rápido, pego o suco de laranja e dou um gole enorme. Quando consigo controlar a situação, me viro no banco e olho para ele.

— Desculpe?

Ele termina de comer a sua última garfada e deixa o garfo encostado no prato vazio.

— Eu disse que você vai ficar.

Ele se levanta e se afasta da bancada, colocando o prato na pia antes de se virar e voltar a se encostar na bancada, de braços cruzados.

— Não vou ficar aqui. Não posso ficar aqui. Mal conheço você!

— Acho que já deixamos claro que não vou cortar o seu corpo em pedaços minúsculos e enterrar você em um campo qualquer — ele fala, seco.

Consigo sentir o meu rosto ficando vermelho ao lembrar do que disse para ele, bem antes de desmaiar na caminhonete ontem à noite.

— Tudo bem, então você não é um assassino em série. Isto não invalida o fato de que eu não sei nada sobre você, a não ser que é amigo do PJ, que trabalha no Charming's e que gostamos dos mesmos livros — eu o lembro.

— O que você quer saber?

Você malha com frequência? Você malha nu? Posso ver?

— Qual é o seu sobrenome?

— Adams — ele responde, rapidamente.

— Quantos anos você tem?

— Trinta e um.

— Você tem pais?

— Não, fui criado por uma matilha de lobos.

Desta vez, eu posso definitivamente ver o canto da sua boca se mexer, antes de ele continuar:

— Tom e Laura Adams. Casados há trinta e cinco anos. Foram para Paris de férias, há cinco anos, e decidiram ficar por lá.

Meus ombros caem e meus lábios franzem.

— Não — ele murmura.

— O quê? Eu não falei nada.

— O seu rosto é um livro aberto. Eu não tenho problemas de abandono. Eles vêm para casa várias vezes por ano, e eu falo com eles por telefone mais do que o necessário. Minha mãe adora conversar. Você me lembra ela.

Ah, droga. Não é exatamente o tipo de coisa que você quer ouvir do cara que faz o seu coração bater apressado.

— Se você não ficar aqui, para aonde você vai?

E aí estava a pergunta de um milhão de dólares. Eu não tenho para aonde ir, mas não quero que *ele* saiba disso e sinta pena de mim. Já é ruim o suficiente que ele saiba que eu morei na biblioteca, então ele não precisa saber o motivo. E além disso, eu tenho educação. Não quero me impor ou fazer com que ele mude seus hábitos por mim. E se ele quiser trazer gente pra cá? Ai, meu Deus, e se ele quiser trazer uma mulher?

Ah, ignore a garota estranha sentada no canto, falando sobre fatos inúteis. Ela não se importa. Só tente não gritar quando eu levar você para o meu quarto e mostrar o quão melhor é um homem, comparado a um garoto.

— De qualquer forma, eu não passo muito tempo aqui — ele continua. — Estou no Charming's até de manhã, a menos que eu tenha a noite de folga, como ontem. E quando estou aqui, eu durmo quase até a metade do dia. Provavelmente, nem nos veremos.

Certifico-me de evitar que meu rosto mostre qualquer emoção, para que ele não saiba o quanto eu não gosto dessa ideia. Eu quero conhecê-lo melhor, quero saber por que ele mora sozinho neste belo chalé, no meio do nada. Quero sentir mais daquele frio gostoso na barriga, que sinto sempre que ele está por perto.

Eu gosto dele, gosto da sua companhia, da maneira como ele escuta e não se irrita quando eu divago.

— Tudo bem, eu fico. Mas só até eu começar a marcar as minhas próprias festas no The Naughty Princess Club e conseguir o meu próprio lugar para morar.

Ele se afasta da bancada e se aproxima da ilha, apoiando as duas mãos na superfície plana do móvel. Então, forço-me a não olhar a maneira como o bíceps e demais músculos de seus braços se contraem com o movimento.

— Eu tenho regras. Primeiro...

— Espere! Vou pegar o meu caderninho de anotações — eu o interrompo, descendo do banco e abrindo a minha bolsa, que tinha deixado perto do sofá.

Pego um dos vários caderninhos que levo comigo para todos os lugares, alcanço a caneta, que estava nas espirais de metal, e volto para a cozinha, jogando o caderninho na ilha e tirando a tampa da caneta.

— Ok, pode falar.

Ele não fala nada, e quando levanto o olhar, vejo que está me observando.

— Você vai anotar?

— Sim, vou anotar. Eu gosto de tomar notas, elas me ajudam a lembrar das coisas e a me manter organizada. Cale a boca e me fale das suas regras.

Vejo mais uma vez o canto da sua boca repuxar, e isso faz com que eu queira implorar para que ele dê logo o maldito sorriso, mas estou tentando ser séria.

Ele suspira antes de falar, e eu abaixo a cabeça e olho para o caderno, para que ele não veja o *meu* sorriso.

— Sem festa do pijama com as suas duas amigas irritantes. Nada de redecorar a minha casa e colocar coisas de mulher nas paredes. Sem sutiã ou calcinha ou qualquer coisa do gênero pendurada no chuveiro.

Ele para de falar; eu paro de escrever e levanto o olhar.

— Isso é tudo?

— Não.

Reviro os olhos e volto a escrever.

— Tem uma porta no final do corredor, na frente do meu quarto. Está trancada; está sempre trancada. Não toque nela e nem tente abri-la. Aquela porta fica fechada e ninguém entra ali.

Ai, merda. Ele é realmente um assassino em série, e é ali que ele guarda os corpos.

— Não, não é ali que eu guardo os corpos.

Quando minha boca se abre e arregalo meus olhos, chocada, ele aponta para mim.

— Livro aberto, princesa. Livro aberto.

Ele sai da cozinha, e alguns minutos depois, escuto-o ligar o chuveiro. Olho para a lista de regras e as leio algumas vezes, só para eu não ficar tentada a pensar sobre ele no chuveiro. Nu. Molhado. Com o corpo todo ensaboado.

Acho que está na hora de eu contar a verdade para a Ariel e para Cindy. Talvez depois de um pequeno surto sobre onde estou morando no momento, elas possam ver que isso é o que eu preciso. Esqueçam o tal *Match dos Céus* e os e-mails pervertidos. Posso conseguir toda a experiência que preciso com o sexo oposto bem aqui, sob esse teto. Posso ter a chance de descobrir como um homem pensa, o que ele deseja, e quem sabe o que pode acontecer? Talvez leve a algo mais. Talvez eu possa convencer o Vincent de que ele é realmente um cavaleiro de armadura brilhante.

Além disso, ele disse que eu deveria tentar com um *homem*. E que homem melhor do que ele? Justamente o que é mais difícil de se decifrar.

Capítulo oito

PISQUE UMA VEZ PARA SIM, DUAS PARA NÃO

Depois de deixar a cozinha limpa, mandei uma mensagem para Cindy e Ariel e então fui tomar um banho rápido.

Ok, tudo bem. Foi um banho de meia hora, e, com certeza, a melhor coisa que já experimentei. Não tenho certeza se era porque na última semana eu tinha tomado banho no abrigo local, que quase nunca tem água quente, ou porque o chuveiro do Vincent era algo que você encontraria em um hotel chique. A saída de água tinha oito níveis, cada um mais glorioso do que o outro.

Assim que terminei de enrolar meu cabelo em um coque bagunçado e coloquei meus óculos, olho para o vestido longo, simples, de manga comprida e floral que vesti, também grata pelo fato de Vincent ter um ferro de passar roupa. Usar roupas amassadas, que tinham sido enfiadas de qualquer jeito em uma mochila, me rendeu olhares divertidos das pessoas na biblioteca.

— O QUE VOCÊ FEZ COM A NOSSA AMIGA, SEU ANIMAL DO CACETE?

— Ai, não — murmuro, quando escuto um grito vindo da sala.

Olho para o relógio no meu pulso enquanto abro a porta do banheiro, me perguntando o porquê de elas estarem aqui tão cedo. Paro à porta da sala bem a tempo de ver Ariel levantar o braço e dar um soco na barriga do Vincent, com toda a força.

— FILHO DA PUTA! — Ela grita, chacoalhando a mão dolorida, enquanto Vincent fica parado, com uma expressão irritada no rosto.

Cindy tira Ariel do caminho quando me vê ali, de olhos arregalados, na frente da lareira.

— Ai, meu Deus, Belle! Você está bem? O que está acontecendo?

— Você está sendo mantida aqui contra a sua vontade? — Ariel pergunta, dando uma olhada em Vincent antes de voltar o olhar para mim. — Pisque uma vez para sim, duas para não.

— O quê? Eu estou bem! O que vocês estão fazendo aqui? Falei para esperarem uma hora — reclamei, finalmente caminhando para o lado da sala onde eles estavam.

Cindy e Ariel ainda estão paradas à porta, e Vincent está bloqueando a entrada delas na casa, com os braços cruzados na frente do peito e com as pernas afastadas. Exatamente da mesma maneira como o vi parado na porta do Charming's, algumas vezes. O coitado estava dando uma de segurança na própria casa, por causa das minhas amigas malucas.

— Você mandou uma mensagem para nós, com um endereço estranho, e disse: *venham em uma hora*. — Cindy falou. — Pensamos que você tinha sido sequestrada.

— Eu ainda acho que ela foi sequestrada. De maneira nenhuma ela iria, de boa vontade, para qualquer lugar com esse neandertal. — Ariel adiciona, dando outro olhar raivoso na direção do Vincent.

Ele solta um suspiro e finalmente abaixa os braços, e se afasta da porta para deixá-las entrar.

Imediatamente, minhas amigas correm na minha direção e começam a tocar no meu cabelo, meu rosto e meus ombros, e então elas levantam as mangas do meu vestido e estudam meus braços.

— Ela não tem nenhum roxo e nem marcas de amarras.

— Ele pode tê-la drogado. Belle, o que você se lembra das últimas doze horas?

— Pelo amor de Deus, eu não fui sequestrada! — Revirando os olhos, falo para elas e me liberto das suas mãos. — Estou bem. Tudo está bem, e agora vocês podem parar de me tratar como uma criança. Vincent, você pode nos dar alguns minutos sozinhas?

Cindy e Ariel parecem igualmente chocadas enquanto olham para nós dois.

— Vincent?! — Elas falam ao mesmo tempo.

O homem em questão levanta a mão e aperta a ponte do nariz, algo que eu já tinha notado que ele faz quando está realmente irritado.

— Isso é tão… normal. — Cindy murmura.

— Eu jurava que o nome verdadeiro dele era Wolverine, ou algo tipo Conan, O Bárbaro. — Ariel adiciona.

— Regras. — Vincent rosna, me observando do outro lado da sala, quando finalmente tira a mão do rosto.

Minha mente rapidamente repassa a lista de regras da casa, que ele tinha ditado, e me encolho.

— Não as convidei para dormirem aqui, só para uma conversa. E, tecnicamente, você falou das minhas duas amigas irritantes. Você não especificou *quais* eram as duas amigas irritantes. Quer dizer, pelo que sei, você poderia estar se referindo à sra. Potter ou ao Harold, o caixa da minha livraria preferida. Você deveria ser mais específico sobre as regras da casa — informo a ele, colocando meus óculos, que estavam escorregando, no lugar.

E lá estava, de novo, aquele tremor no canto dos lábios dele. Acho que, no fim das contas, eu não corria mais o risco de ser expulsa por quebrar uma regra…

— Ei, não somos irritantes! Somos encantadoras! — Ariel reclama.

Seguro a respiração e espero por uma reação de Vincent: ou ele vai expulsar as minhas amigas, ou *me* expulsar. Depois de alguns segundos bem tensos, ele solta o seu já característico suspiro de irritação e sai da sala, sem dizer mais nenhuma palavra.

— Mas que caralhos está acontecendo?! — Ariel explode, assim que Vincent desaparece no corredor e escutamos a porta do seu quarto bater.

— Querida, se ele realmente coagiu você a vir para cá, e isso é algum tipo de Síndrome de Estocolmo, está tudo bem. Você pode nos dizer, não vamos julgar. — Cindy diz, suavemente, acariciando meu braço.

— Não teve coerção. Bem, teve, mas foi muito doce, depois do desastre inicial. E não, não é Síndrome de Estocolmo. Acho que deveríamos nos sentar para ter essa conversa.

Pego minhas amigas pelos braços e as levo até o sofá, onde sento no meio delas.

— Vocês sabiam que o termo *Síndrome de Estocolmo* originou de um roubo de banco que aconteceu na Suécia, em 1973, quando o assaltante pegou quatro funcionários e os manteve prisioneiros no cofre, por cento e trinta e uma horas? Depois que eles foram liberados, pareciam ter formado um vínculo com o seu captor, e disseram aos repórteres que viram os policiais como o inimigo, em vez do assaltante. — Divago, nervosa.

— Ah, graças a Deus. — Ariel fala e dá um suspiro aliviado. — Ela está bem. Está totalmente bem — ela dá um tapinha no meu joelho e sorri.

— Você parece bem, mas, sério, o que está acontecendo? Por que você está na casa do Fera? E como é possível que um cara como ele tenha uma casa tão incrível? Isto aqui é lindo! — Cindy adiciona, olhando ao redor.

— Ele não é exatamente o que parece. Estou começando a conhecê-lo, e ele não é um animal… Ele é doce, mas de uma maneira autoritária — digo para elas, encolhendo os ombros. — E ele meio que me resgatou.

Abaixo o olhar para não ter que ver as expressões em seus rostos, quando eu contar a próxima parte.

— Meu pai me expulsou de casa uma semana atrás, e eu sei que deveria ter contado isso para vocês, mas as duas têm tantas coisas acontecendo nas suas vidas e eu não queria levar para vocês os meus problemas. Eu meio que tenho morado na biblioteca, e o Vincent descobriu e basicamente ordenou que eu viesse com ele ontem à noite, porque não queria que eu ficasse dormindo lá mais uma noite — falo rapidamente, despejando tudo, como se arrancasse um curativo.

Decido deixar de fora a parte sobre eu dormir no chão, porque isso só vai fazer com que elas se sintam ainda mais culpadas do que eu sei que já estão.

— E eu não quero que vocês se sintam mal ou que pensem que não são amigas boas, porque são. Vocês são as minhas melhores amigas, e sinto muito por não ter contado o que estava acontecendo. Por favor, não fiquem bravas comigo.

Meus olhos se enchem de lágrimas e eu finalmente levanto a cabeça e olho para elas. Cindy tem lágrimas descendo pelo rosto, e a Ariel tem uma expressão de que alguém chutou o cachorro dela.

— Caramba, nós somos péssimas. Eu sabia que alguma coisa estava acontecendo com você, mas pensei que apenas estivesse estressada, como nós. — Ariel fala, passando o braço sobre meus ombros.

— Nós realmente somos péssimas, e eu também sinto muito, Belle. Mas vamos dar um jeito nisso agora. Junte as suas coisas, você vai ficar comigo. — Cindy anuncia.

— Que se dane, ela não precisa ficar vendo você e o PJ transando em todos os cantos da casa. Ela vai ficar comigo. Ainda não aceitei ninguém que respondeu o anúncio, então é perfeito. — Ariel argumenta.

As duas se inclinam e começam a implicar uma com a outra, até que eu finalmente levo meus dedos à boca e solto um assobio agudo.

Cindy e Ariel se calam imediatamente e me olham, chocadas.

— Ah, é assim que você chama o Fera para jantar? — Ariel bufa.

— Cale a boca. Ele não é uma fera de verdade. Já falei, ele é doce, e você vai ficar surpresa por saber que ele é um perfeito cavalheiro. E eu adoro vocês duas, mas vou ficar aqui.

Elas abrem a boca para argumentar, mas eu coloco minhas mãos nos seus rostos.

— Não. Esta é a minha palavra final. Vincent disse que eu podia ficar aqui até conseguir dinheiro suficiente para ter o meu próprio lugar, e vou aceitar a oferta dele. E a melhor parte é que decidi usar essa oportunidade a meu favor. Preciso de experiência com homens, antes de poder dançar no Charming's e começar a marcar as minhas próprias festas, e agora moro com um homem que pode me dar essa experiência e conhecimento.

Minhas amigas caem na gargalhada.

— Cara, você viu o tamanho dele? A sua primeira vez não pode ser com um cara como *aquele*. Ele rasgaria você ao meio e você nunca mais ia querer sexo de novo. — Ariel ri. — Ele não vai apenas abrir a sua cereja, ele vai explodi-la.

— Eu não quis dizer esse tipo de experiência! Se algo acontecer, aconteceu, mas não vou usá-lo para sexo! Quis dizer que quero saber mais sobre os homens e como eles pensam e o que querem. E esta é a última vez que vou dizer para vocês: eu NÃO sou uma maldita virgem! — Jogo as mãos para cima, irritada. — Eu tinha um melhor amigo na escola, que era tão nerd quanto eu, e fizemos um acordo de que se nós dois ainda fôssemos virgens no nosso baile de formatura, seríamos os acompanhantes um do outro, e, você sabe... daríamos um jeito nisso. E bem, demos um jeito. No banco de trás do Honda Civic da mãe dele. E vou dizer uma coisa para vocês: esses carros não são confortáveis. Bem, foi estranho e uma bagunça, terminou em trinta segundos, mas, ainda assim, aconteceu.

Solto um suspiro pelo canto da boca, frustrada, soprando uma mecha de cabelo que tinha caído sobre os meus olhos.

— Não sei se rio ou se choro. Esta é a coisa mais triste que eu já ouvi. — Ariel fala, balançando a cabeça.

— Ao menos a minha primeira vez foi com um cara que sabia o que estava fazendo, e foi bem prazerosa. — Cindy comenta.

— A sua primeira vez foi com o imbecil comedor de babás com quem você se casou, e que ferrou com você e sumiu com todo o seu dinheiro. Como é que isso é prazeroso? — Ariel pergunta para ela.

— Ok, tudo bem. E a *sua* primeira vez foi melhor? — Cindy resmunga.

— Na verdade, foi. Minha primeira vez foi na lua de mel, e ele colocou pétalas de rosas na cama, acendeu um monte de velas e colocou para tocar uma coletânea de músicas românticas.

Agora é a *minha* vez de olhar chocada para a Ariel. Não digo que ela é promíscua, mas essa é, com certeza, a imagem que ela passa. Tinha certeza de que a primeira vez dela tinha sido com um dos seus professores da escola ou algo assim. Saber que o casamento não tinha dado certo, quando ele fora o primeiro homem com quem ela dividiu algo tão especial, me deixa ainda mais triste.

— Chega dessa baboseira, quem vive de passado é museu — Ariel resmunga. — Eu gostaria de voltar ao plano da Belle. Agora que sabemos que você não é uma virgem... Embora fazer sexo apenas uma vez, sete anos atrás, provavelmente signifique que o seu hímen cresceu de volta, mas, enfim... Eu talvez aprove o que quer que você esteja planejando aí, nesse seu cérebro brilhante. Mesmo que eu não confie no cara e ainda ache que ele é um animal incivilizado, confio no seu julgamento.

— Obrigada — eu a agradeço com um sorriso. — Ainda não pensei muito nesse plano, além de decidir que era uma boa ideia pedir algum conselho para vocês, sobre como fazê-lo se abrir para mim e me contar mais sobre si, para que eu possa começar o meu processo de aprendizagem. Serei honesta com vocês: não importa o que pensem dele, ele me dá um frio gostoso na barriga. E eu gosto disso. Quero sentir esse frio.

Cindy se levanta e vai até a porta, onde tinha deixado cair a bolsa quando chegou. Ela a abre e procura por algo, o tira de dentro e volta para o sofá.

— Isso daí é um planner? — Ariel pergunta.

— Sim, é um planner — Cindy confirma, abrindo a capa de couro, virando as folhas e pegando a caneta que marcava uma das páginas. — Para que esse plano funcione, precisamos marcar algumas reuniões, para que possamos revisar algumas coisas. Quinta-feira de tarde está bom para mim. Podemos pensar em um tema para toda essa coisa de experimento. As coisas ficam muito melhores quando se tem um tema. E então, podemos...

— Pelo amor de Deus, isso aqui não é uma das reuniões da Comissão de Eventos da Vizinhança. — Ariel murmura, balançando a cabeça. — Você tira a Comissão da stripper, mas não pode tirar a stripper da Comissão. Seduzir um cara como aquele não é como planejar um evento de venda de bolos. Precisa ser algo espontâneo.

— Precisa ser planejado. Ela não tem ideia do que está fazendo! Você quer que ela faça papel de idiota e seja rejeitada por ele? Já imaginou como isso seria horrível?

— Então, o quê? Você quer que ela faça uma lista de coisas que deveria fazer, e usá-la como guia no meio da sedução? *'Ah, sim. Ah, isso é tão bom. ESPERE! Eu preciso checar as minhas anotações, para ter certeza de que está tudo indo certo.'* — Ariel fala, com uma voz aguda que não soa em nada como a minha.

— Tudo bem. Vamos chegar a um acordo: daremos os pontos para ela se basear, e para fazer quando achar que é o momento certo. — Cindy declara.

Todo esse tempo eu não fiz nada mais do que virar a cabeça de uma amiga para a outra, enquanto elas discutiam, como se eu assistisse a um jogo de tênis, mas isso já era demais.

— Já falei, não vou seduzi-lo. Vocês ficaram loucas?! Eu só quero conhecê-lo. E se isso levar a algo mais, tudo bem — falo para elas.

— Puta merda, isso está na cara que é uma péssima ideia. — Ariel reclama.

— Pensei que você tinha dito que aprovava o meu plano!

— E aprovei. Quando eu pensei que você planejava deixar o cara de barraca armada. Eu sei tudo sobre ensinar alguém a fazer *isso*. Só acho que com um homem como o Fera, não vai ser nada de flores e suspiros ou uma coisa no estilo "vamos nos sentar e conversar sobre os nossos sentimentos". Se é isso o que você realmente quer, você precisa experimentar antes de ter a *experiência*, se você entende o que estou dizendo…

— NÃO! Eu não sei o que você está dizendo! Esse é o problema! — Reclamo.

— É a mesma coisa que eu venho dizendo o tempo todo: você precisa aprender a andar antes de poder correr. Precisa ir a encontros e aprender a falar com outro homem, antes de tentar qualquer coisa com o Fera. Ele não é um homem qualquer, que é fácil de se decifrar em alguns dias. Se é isso o que você quer, e o que você quer é mais frio na barriga, você precisa de experiência. — Ariel explica.

— Na verdade, eu meio que já tenho uma pré-experiência agendada para você. — Cindy diz, calmamente.

— Do que você está falando? — Pergunto a ela, e me viro para olhar para a Ariel. — Do que ela está falando?

Ariel apenas dá de ombros, e Cindy pega a minha mão e dá um apertãozinho.

— Não fique brava. E, de verdade, considerando que você nos manteve às cegas sobre esse segredo enorme, sobre o que estava acontecendo com você, podemos nos considerar quites. O que você vai fazer essa noite? E amanhã? E daqui a três dias, e na próxima sexta-feira?

— Hã? Eu… O quê?

Cindy morde o lábio inferior e olha para Ariel, antes de voltar a me olhar nos olhos.

— Bem, tomei a liberdade de peneirar aqueles e-mails que você recebeu daquele site de encontros e… surpresa! Você tem quatro encontros marcados!

Capítulo nove

SILVER FOX

— Acho que deveríamos ir embora. Isso é uma péssima ideia — sussurro, enquanto subimos os degraus que levam à porta da casa do meu pai.

Quando Cindy e Ariel conseguiram me convencer de que ir a alguns encontros era exatamente do que eu precisava, elas também me convenceram a trazê-las aqui.

— Pelo menos não vou ter que empurrar a sua bunda pela janela. Podemos finalmente entrar pela porta da frente, como seres humanos normais. — Ariel me lembra. — Além disso, você tem um encontro hoje à noite, e não pode vestir *isso*. Precisamos pegar o resto das suas coisas e rezar para você ter alguma roupa menos... parecida com algo que uma freira usaria.

Ela olha para o meu vestido floral longo, e eu reviro os olhos.

— Não tem nada de errado com este vestido. É bonito e delicado.

— Exatamente. Se você tem alguma esperança de conseguir mais experiência com homens, precisa de algo sexy e *caliente*, e não uma coisa que cubra todos os seus bens. Os seus pretendentes pensarão que você é uma Amish. Uma olhada em você, e eles vão querer construir um celeiro ou tirar leite de uma vaca.

— Ariel, seja legal. — Cindy repreende, vindo atrás de nós.

— Essa *sou* eu sendo legal. Não é como se eu tivesse dito que os caras dos encontros olhariam para ela e os pênis deles sairiam correndo para as montanhas.

— Esses encontros são só para conhecer melhor os homens, não para dormir com eles! — Eu a lembro.

— Tá, tanto faz — ela diz, acenando a mão. — Você ainda tem que parecer gostosa, ou o cara vai perder o interesse.

Eu sei que a Ariel está certa... Preciso começar a dar uma melhorada nas minhas roupas, especialmente se eu quero ter confiança quando estiver dançando para as pessoas, usando nada mais do que sutiã e calcinha. Minhas roupas sempre foram um reflexo de mim: doce, inocente e simples. Mas não quero mais ser assim; estou cansada de ser doce e inocente. Quero ser selvagem e ousada, quero que os homens olhem para mim e pensem que sou bonita e sexy, e não que passem por mim procurando alguma mulher mais gostosa do que eu.

Contorno Ariel, respiro profundamente, giro a maçaneta da porta da frente, e dou um passo para dentro da casa, com as minhas amigas bem atrás de mim. Odeio o fato de me sentir como uma estranha ao entrar nessa casa.

— Pai? — Chamo alto, enquanto Cindy fecha a porta.

Quando ele não responde, começo a procurar o celular dentro da minha bolsa, sabendo que eu deveria ter ligado antes de aparecer aqui, depois de dias sem falar com ele.

Escuto meu pai pigarrear, então paro o que estou fazendo e olho para ele.

Do nada, Ariel me empurra para o lado e tropeço no hall, enquanto ela passa por mim, parando no meio do caminho e levantando os punhos em posição de ataque.

— Quem é você, e o que está fazendo aqui?! Fiz muitas aulas de *kickboxing* e não vou hesitar em chutar a sua bunda! — Ariel grita.

Endireitando-me, me apresso na sua direção e seguro as suas mãos, forçando-as para baixo.

— O que você está fazendo?! Essa já é a segunda vez, em um único dia, que você tenta lutar com os homens da minha vida! — Grito para ela.

— O que está acontecendo? — Meu pai pergunta, parado na porta da cozinha e olhando para a Ariel.

— Estou nos protegendo! Você disse que o seu pai mora sozinho em casa. Então, quem diabos é *esse* cara? — Ela pergunta.

— Ahm... Esse é o meu pai.

A boca da Ariel se abre, e Cindy aparece atrás de nós.

— Ai, meu... ele, ele é... ai, caramba... — ela sussurra.

Eu não tenho ideia do que está acontecendo.

— *Esse* é o seu pai?! — Ariel pergunta, apontando o dedo para o meu pai.

— Sim. O que tem de errado com você?

— Você disse que ele era VELHO e frágil — ela fala, exasperada.

— Eu nunca disse isso!

— Bem, estava implícito! Ele vai para a cama cedo, tem que tomar remédio para as costas, raramente sai de casa, blá, blá, blá, isso é o mesmo que dizer que é um velho decrépito! — Ela argumenta, me dando um olhar acusatório antes de voltar a olhar o meu pai, que estava completamente sem entender o que acontecia. — E aí?

A voz da Ariel muda para um tom mais suave, rouco, algo que eu imagino que se use quando se faz sexo pelo telefone.

Cindy bate no braço da Ariel, antes de mim.

— O que você está fazendo? — Cindy briga.

— Você está brincando comigo? O pai da Belle é um *silver fox*. Tipo, no melhor estilo Taylor Kinney, da série *Chicago Fire*[3].

Olho para o meu pai, tentando entender do que é que a Ariel está falando. Quer dizer, ele é o meu *pai*. Claro, ele está muito bem para a idade, eu acho... Ele tem em torno de um metro e oitenta de altura, o cabelo grisalho. Ele é magro, mas tem os músculos dos braços bem definidos, pois é meio neurótico sobre fazer exercícios físicos, já que seus pais tinham falecido de problemas cardíacos; além disso, seus hábitos alimentares eram horríveis, então ele se focava *nisso,* em vez de adicionar um pouco de salada na sua alimentação. E nós compartilhamos os mesmos olhos verde-claros, o que o enaltecia ainda mais, já que o seu cabelo não era castanho-escuro, como o meu. Mas ainda assim. Ele é o meu *pai*.

— Só para você saber, eu me voluntario como tributo para ser a sua madrasta. — Ariel sussurra, dando uma piscadinha para o meu pai.

— Imagino que vocês sejam as prostitutas que corromperam a minha menininha... — meu pai finalmente fala, andando pelo corredor e se aproximando de nós, com os braços cruzados na frente do peito.

Imediatamente, esqueço tudo sobre o quanto senti a falta dele, quando percebo que uma semana separados ainda não mudou a perspectiva dele. Seu rosto está contorcido de desgosto, como se ele tivesse acabado de chupar um limão, enquanto olha para mim e as minhas amigas.

— Ei! Para a sua informação, eu nunca fiz isso, a não ser quando eu dormi com o marido dessa daqui. — Ariel fala, irritada, apontando o dedo para a Cindy. — E sério, foi um erro acidental, já que o pedaço de merda mentiroso agora tem herpes no olho.

A boca do meu pai se abre, e os seus braços se descruzam.

— Isso não está ajudando — murmuro, pelo canto da boca, entredentes.

---

3   No original, a autora fez referência ao policial Sticks, do reality show policial *Live PD*. Como a série é transmitida apenas nos Estados Unidos, no processo de tradução foi feita uma adaptação.

— Acredito que você viu o erro das suas ações e decidiu voltar para casa? Eu sabia que você ia perceber o erro terrível que cometeu, e o quão difícil e assustador é o mundo de verdade. Só não achei que demoraria uma semana para você chegar a essa conclusão — meu pai fala, e vejo a sombra de um sorriso no seu rosto.

Quero berrar e gritar com ele, mas, honestamente, eu não tenho mais energia para fazer isso. É claro que, embora ele esteja me olhando, não está nem me *vendo*. Ele não vê que eu não sou mais uma criança que precisa da sua proteção contra tudo e todos, e isso não faz nada mais do que me deixar triste, em vez de ficar com raiva.

Ariel abre a boca para, provavelmente, soltar uma quantidade absurda de profanidades, que só vai deixar a situação ainda pior, então rapidamente segurei o seu braço e a puxei para trás.

— Não, pai. Não estou voltando para casa — falo, suavemente, para ele. — Estou aqui apenas para pegar o resto das minhas coisas. Falei para você na semana passada: está na hora de eu fazer as minhas próprias escolhas. Eu amo você, e agradeço tudo o que fez por mim, mas não consigo mais fazer isso. Preciso viver a minha vida da maneira que *eu* quero vivê-la. E você precisa viver a *sua* vida sem a sua filha adulta morando aqui, ficando no meio do seu caminho. Saia de casa, faça amigos e, quem sabe, marque um encontro. Eu não quero perder você, o quero na minha vida. Quero ser capaz de pegar o telefone e ligar para você e falar sobre livros e jantar juntos. Você também não quer isso?

Meus olhos ficam cheios de lágrimas enquanto olho para ele, esperançosa. Esse homem tem sido tudo na minha vida, e não consigo imaginar nunca mais falar com ele, nunca mais cozinhar com ele ou não ser capaz de ligar para ele quando precisar. Só quero que ele perceba que eu não sou mais uma garotinha, mas isto não significa que eu não precise mais do meu pai.

Vejo o seu nariz tremer, e meu pai balançar a cabeça para mim.

— Eu não sei mais quem você é, Isabelle. Você deixou essas... *pessoas* a corromperem, e eu não consigo nem olhar para você agora.

Com essas palavras, ele se vira e se afasta, desaparecendo no corredor e se trancando no quarto.

Cindy e Ariel me abraçam apertado, enquanto as lágrimas que enchiam meus olhos começaram a cair pelas minhas bochechas.

— Eu sinto muito, querida. — Cindy me diz, encostando a cabeça na minha.

— Eu também. — Ariel fala. — Eu ainda quero escalar aquele homem como se ele fosse uma árvore, mas não até que ele se desculpe com você. Amigas são mais importantes que tiozões gostosos.

Cindy bufa, e apesar do que acabou de acontecer e da intensa necessidade que eu sentia de me encolher em um canto e chorar, não consigo evitar uma risada. Com a cabeça levantada, me solto do abraço das minhas amigas e lidero o caminho para o meu antigo quarto, para pegar as minhas coisas.

Capítulo dez

VÁ SE FERRAR

— Alcance o alfinete de novo — peço, levantando a mão à minha frente.

Ariel dá um tapinha na minha mão, afastando-a, e dá um passo para trás, para olhar para mim.

— Você não precisa de nenhum alfinete. Caramba, esse pode ser o melhor trabalho que já fiz.

Olho para baixo, para o vestido superjusto e de mangas compridas que a Ariel decidiu que era a única coisa no meu guarda-roupa que servia para um encontro, e faço uma careta quando vejo nada mais do que um imenso decote.

— Normalmente eu combino este vestido com um suéter colorido e sapatilhas da mesma cor — reclamo, mudando o peso de um pé para o outro, dos sapatos de salto que ela me fez calçar.

— Se você colocar um suéter de novo, eu vou dar um soco na sua garganta. Além disso, se você usar alfinetes para diminuir o decote dos seus vestidos de novo, vou furar seus olhos com eles.

Paro de reclamar depois disso, porque Ariel às vezes me assusta um pouco.

— Puta merda, você tem pernas ótimas. Por que diabos você as esconde debaixo daqueles vestidos medonhos? — Ela pergunta, pegando o pincel de maquiagem da mesa, e passa nas minhas bochechas.

Tenho que admitir: eu gosto da maneira como as minhas pernas ficam legais neste vestido, embora eu me sinta meio nua, porque a barra do vestido é praticamente no meio da coxa, e não estou usando a minha costumeira calça legging por baixo. Minhas pernas nuas, na verdade, parecem bem delineadas, especialmente com estes saltos de dez centímetros que a Ariel me emprestou. Só espero ser capaz de andar com esses sapatos sem cair de cara no chão. Não é bem este o tipo de impressão que eu quero passar num primeiro encontro.

Meu primeiro encontro da vida, além do meu baile do último ano da escola.

Pressiono minha barriga quando sinto um nervosismo tomar conta de mim, enquanto Ariel termina a minha maquiagem. Cindy e ela me asseguraram de que o cara com quem vou sair nesta noite era o melhor dentre todos os que me enviaram e-mails: elas disseram que ele é bonito, e que o seu *hobbie* número um é ler. Estou mais do que um pouco animada para poder conversar com outro adulto sobre livros, especialmente com um homem. E um que não fosse muito sacrifício olhar.

Ariel finalmente termina o que quer que estivesse fazendo com o meu rosto, segura meus ombros e me vira para o espelho.

— Ai, meu Deus — sussurro, quando vejo o que Ariel fez comigo na última hora, no banheiro do Vincent.

O único momento em que o meu longo cabelo castanho não está preso em um coque bagunçado é quando eu acordo. Meu cabelo é tão grosso que sempre me incomoda, especialmente quando estou ocupada, arrumando os livros nas prateleiras da biblioteca.

Ariel se recusou a deixá-lo preso, e usou uma chapinha para deixar meu cabelo suavemente ondulado e solto. Ela não pesou na maquiagem, mas definitivamente colocou mais do que apenas o meu costumeiro *blush* nas bochechas e *gloss* nos lábios. Ela fez os meus cílios parecerem dez vezes maiores e mais volumosos, com um rímel, colocou uma sombra prateada e cintilante, e finalizou tudo com um ousado batom vermelho.

— Você tem certeza de que não podemos nos livrar dos óculos? — Ela pergunta.

— Só se você quiser que eu trombe nas paredes e pense que o cara é um vaso de plantas em um canto — falo para ela, empurrando a armação dos óculos, que tinha escorregado pelo meu nariz, de volta para o lugar.

— Acho que vamos ter que nos contentar com eles por enquanto, pelo menos até acharmos umas lentes de contato. Você está realmente arrasando com essa coisa de nerd gostosa.

Sorrio para ela, me sentindo muito mais confiante sobre o que ia acontecer nesta noite, agora que eu parecia e me sentia sexy.

— É melhor irmos logo. A Cindy achou que era melhor encontrar o cara em um local público, então ele vai buscar você na biblioteca em meia hora. Também fizemos com que ele nos enviasse um e-mail com uma cópia da carteira de motorista, e ligamos para a sra. Potter e dissemos que se o cara parecer estranho, é para ela não deixar você entrar no carro com ele. — Ariel me informa, enquanto joga todas as maquiagens que trouxe, em uma bolsa enorme.

Assim que entramos na sala, paro de repente ao lado da lareira, quando vejo Vincent parado na ilha da cozinha, colocando uma jaqueta de couro preta.

Depois de sairmos da casa do meu pai, paramos na da Ariel para que ela pudesse pegar todas as coisas que precisava para me transformar. Quando chegamos aqui, Vincent não estava em casa, então presumi que ele tinha saído para trabalhar. Agora meu nervoso está de volta, com força total, imaginando o que ele pensaria de mim assim.

— Vamos, bundona. A sua carruagem a espera — Ariel reclama, olhando para mim.

Vincent vira a cabeça rapidamente, quando escuta a voz da Ariel, e seguro a minha respiração quando os olhos dele encontram os meus. Então, lentamente, observo enquanto eles descem pelo meu corpo e tornam a subir, o calor do seu olhar me aquecendo. Espero que ele diga alguma coisa sobre o quão diferente estou, mas nada além de um silêncio estranho paira na sala.

Decidindo que agora era um bom momento para botar esse meu lado sexy em jogo e ver se poderia existir algo mais entre nós, depois que eu conseguisse um pouco mais de experiência, levanto a cabeça e começo a andar confiante na direção dele.

Provavelmente esse foi o meu primeiro erro.

Talvez eu devesse ter pedido para a Ariel me ensinar a andar com esses instrumentos de tortura, sem sair tropeçando para todos os lados.

Consigo dar três passos antes dos meus tornozelos torcerem e um dos saltos idiotas escorregar pelo chão de madeira. Meus braços estão sacudindo no ar, tentando me equilibrar, mas sem sucesso. Meu corpo se inclina para frente e fecho meus olhos, esperando não me machucar muito quando meu rosto finalmente encontrar o chão.

Bem quando eu penso que terei que cancelar meu encontro por causa de um nariz quebrado, com sangue espirrando, sinto dois braços fortes segurarem meu corpo e impedirem a minha queda. Vincent me coloca de pé, mas me deixa encostada nele, com minhas mãos espalmadas no seu peito, para me equilibrar.

Consigo sentir todo o seu corpo — desde a aspereza do tecido da sua calça jeans contra as minhas coxas, até a sua barriga, pressionada contra a minha — e o seu peitoral musculoso esfregando contra os meus seios, a cada respiração. Seus braços enormes ainda estão firmes ao redor da minha cintura, e eu nunca me senti tão segura na vida. Finalmente inclino a cabeça para olhar para ele, agradecida por estes sapatos idiotas serem bons para alguma coisa. Em vez de eu ter que praticamente quebrar o pescoço por causa da nossa diferença de altura, estes sapatos me deixam mais alta, então minha cabeça está bem na altura do seu queixo. Ao levantar o olhar, tudo em que eu consigo pensar é sobre como a curva do seu pescoço, entre a garganta e o ombro, seria um bom lugar para eu colocar o meu rosto, especialmente agora, que estou em uma altura perfeita para alcançar esse lugarzinho. Meu coração começa a bater acelerado, esperando que ele faça algum elogio, e rezo para que ele não consiga sentir as batidas, com os nossos peitos praticamente colados. Recorro a uma tremenda força de vontade para não encostar o meu nariz na pele dele e respirar aquele perfume já característico.

— O que diabos você está vestindo? E que merda é essa no seu rosto?

E lá se vai o meu elogio...

Meu coração parece que afunda, enquanto empurro o peito do Vincent com todas as forças que tenho, até que ele finalmente libera o aperto dos braços ao meu redor e me afasto.

Quando meus tornozelos começam a desestabilizar de novo, ele rapidamente vem na minha direção, mas eu bato nas suas mãos.

— Estou bem! — Falo, com os dentes firmemente fechados, deslizando os sapatos no chão de madeira ao andar para trás, em vez de levantá-los e tentar andar como uma pessoa normal.

Continuo lutando com os saltos e deslizando, até que estou longe o suficiente e não consigo mais sentir o perfume ou o calor do corpo dele, e posso clarear meus pensamentos.

— Que porra você fez com ela? — Vincent pergunta, olhando para Ariel, quando eu finalmente consigo chegar ao lado dela sem cair.

— Tirei o lado sexy dela, para tomar um ar. Obrigada, de nada. O pretendente da Belle vai comer na mão dela, no final da noite. Ou, você sabe, ficar de joelhos e comer a...

— Você não falou que precisávamos ir? — Interrompo Ariel, me inclinando para pegar a minha bolsa, que estava no braço da poltrona.

— Você tem um encontro? — Vincent pergunta, com o rosto e a voz berrando incredulidade, mesmo que tenha praticamente sussurrado a pergunta.

Minha esperança de que ele fosse me achar atraente quando me visse dessa maneira, murcha e morre dentro de mim, como se alguém tivesse jogado água em um algodão-doce. Não querendo chorar e acabar com a maquiagem maravilhosa que Ariel fez em mim, escolho ficar com raiva.

— Sim, eu tenho um encontro. Eu sei que é difícil acreditar que um homem possa querer sair com alguém tão entediante, nerd e simples como eu, mas milagres acontecem — falo para ele e me apoio no braço da Ariel, para que ela possa me ajudar a andar até a porta.

— Belle, não foi isso o que...

— Vá se ferrar! — Grito para ele, enquanto abro a porta da frente. — E não espere acordado.

Ariel e eu damos um passo para fora, e eu fecho a porta atrás de nós com um estrondo.

Assim que ela me ajuda a descer os degraus e andar pela calçada, até onde o carro dela estava estacionado, paro do lado da porta do passageiro e volto a minha raiva para ela.

— E VOCÊ! Mas que merda! Será que não dava para você ter me defendido lá dentro? Esperava, no mínimo, uns treze palavrões quando ele perguntou o que você tinha feito comigo!

Ariel passa do meu lado e abre a porta do carro, me dá um tapinha no ombro e se inclina na porta, enquanto eu me sento.

— Você fez um trabalho tão bom em defender a si mesma, lá no seu pai, que eu achei que poderia deixar você lidar com a fera. Foi uma coisa linda de se ver, pequeno gafanhoto. O que você não notou foi que durante todo o momento, ele não conseguia tirar os olhos de você, especialmente dos seus peitos, que estavam quase saltando do vestido. Aliás, de nada — ela adiciona e dá uma piscadinha. — Tenho certeza de que você também não notou a imensa barraca que se armou na calça dele, quando você se afastou. Sorte sua que eu passo um bom tempo olhando para essa parte do corpo dos homens. Da próxima vez, solte alguns "foda-se" e mostre o dedo do meio. Provavelmente ele vai ficar louquinho e arrastar você pelos cabelos para o quarto, como um homem das cavernas.

Com as palavras pairando no ar, ela fecha a minha porta, e, pela primeira vez desde que eu saí do banheiro, um sorriso ilumina meu rosto.

Capítulo onze

GUS TONE

— E então, para o meu aniversário de trinta anos, recebi uma herança polpuda dos meus avós. Fui viajar para Barbados e comprei a BMW que você gostou tanto.

Na verdade, eu nunca disse que gostei do carro dele. Assim que fomos para o estacionamento da biblioteca, ele me falou o quanto custou. Sorri, meio desconfortável, e entrei no carro sem dizer uma palavra.

Assim como eu fiz a noite toda, desde que entrei no carro dele, e durante o jantar chique no restaurante italiano da cidade, enquanto ele fazia nada mais do que falar sobre si mesmo. Somente assenti, educadamente com a cabeça, para o meu pretendente, Gus. Ou, como ele se apresentou quando foi me buscar na biblioteca: *"Tone. Gus Tone."*. Como se ele fosse James Bond ou algo do tipo.

Ao menos ele é relativamente atraente de se olhar do outro lado da mesa, à luz difusa do restaurante, com a chama da vela entre nós. Isso se você gostar do tipo cabelo lambido, sem barba e de terno. Gus tem cabelo preto e lindos olhos azuis, e preenche o terno muito bem. Ele não é todo cheio de músculos, como o Vincent, mas posso dizer que ele tem uma boa forma, então ao menos ele foi honesto sobre isso no seu perfil do *Match dos Céus*.

— Enfim, me dei muito bem sendo inteligente com investimentos nos últimos anos. Meu pai acha que é hora de eu me assentar, então pensei em tentar a sorte nesse negócio de encontro online. Qualquer coisa é melhor do que as caçadoras de fortunas com quem eu fiquei ultimamente. Elas dão uma olhada para mim e veem cifrões de dólar e um futuro confortável.

Ele coloca a mão dentro do bolso do terno e tira um espelho pequeno e compacto e checa o seu reflexo, arrumando o cabelo e passando a língua sobre os dentes. Imediatamente, meu apetite desaparece quando ele faz aquele som nojento de sucção, tentando tirar algum pedaço de comida que possa ter ficado preso entre os dentes. Abaixando o garfo sobre a mesa coberta por uma toalha branca, afasto o prato com metade do macarrão à carbonara.

— Como é o seu portfólio? O quanto você tem em fundos de investimento? Imagino que você tenha uma boa conta no banco — ele diz, com uma risada, fechando o espelho e o colocando de volta no bolso. — Só um idiota não teria dinheiro investido, principalmente na sua idade.

— Eu... Eu... Uhm...

Enquanto eu tropeço nas palavras, tentando encontrar uma maneira de dizer para ele que eu tenho uma conta quase zerada e uma poupança de apenas trinta e cinco centavos, e ao mesmo tempo me assegurar de que ele saiba que eu não sou uma caça-fortunas, ele afasta o olhar de mim e estala os dedos para a garçonete que nos atendia.

— Ei, querida. A conta. Traga rápido, e eu aumento a sua gorjeta de dez para quinze por cento, que tal?

A pobre mulher olha para mim e eu lhe dou um olhar de desculpas, antes de ela revirar os olhos e se afastar da nossa mesa.

— Então, com o que você trabalha? Imagino que você tem um emprego, certo? — Gus pergunta, pegando o celular da mesa e digitando furiosamente, em vez de olhar para mim.

— Você me buscou na biblioteca, que é onde eu trabalho, lembra?

— Fascinante. Conte mais... — ele fala, distraidamente, ainda digitando no telefone.

— Você sabia que a nomofobia é o medo de ficar sem um celular, e que cinquenta e oito por cento dos homens no nosso país sofrem disso? — Pergunto.

Ele murmura uma resposta, sem levantar o olhar do celular, claramente sem escutar uma palavra do que eu disse. Com um suspiro, aproveito a primeira oportunidade, desde que conheci o cara, para falar sobre mim.

— Eu... ahm... eu sempre gostei de livros. Comecei a trabalhar na biblioteca na época da escola e...

— Aham, interessante — ele murmura, distraído, me interrompendo; o som que o celular faz toda vez que ele digita, começa a me irritar.

— Então, qual foi o último livro que você leu? — Pergunto, pedindo a Deus que eu possa encontrar algo para conversar com esse homem e que chame a atenção dele.

— Livros? — Ele ri. — Eu não leio livros. Filmes são muito melhores. Eu não consigo entender as pessoas que ficam sentadas, fazendo nada a não ser olhar para as palavras. Isso é tão entediante, e uma total perda de tempo.

As palavras dele são como uma facada no meu coração. Que tipo de animal era esse homem?

— Mas no seu perfil do site dizia que você adorava ler.

Gus finalmente abaixa o celular, se virando para a janela escurecida do nosso lado para checar seu reflexo.

— Claro, coisas interessantes como *Men's Health, GQ, o New York Times*. *Livros* era a única opção naquele menu idiota. E de qualquer forma, é a mesma coisa — ele dá de ombros enquanto a garçonete finalmente volta e deixa a pastinha de couro do lado do prato dele.

Tenho que usar toda a minha força de vontade para não virar a mesa e gritar com ele enquanto abre a pasta, se inclina para o lado e tira a carteira do bolso traseiro.

— Então, parece que com a gorjeta, a sua parte é vinte e sete dólares e trinta e dois centavos.

Fico olhando, sem expressão, enquanto ele coloca algumas notas na pasta e a desliza para o meu lado da mesa.

Assim, eu sou totalmente a favor da independência da mulher e tudo o mais, mas, pelo amor de Deus, isso é um encontro! As pessoas realmente fazem isso? Não é algo que você deveria discutir *antes* do dito encontro?

Cadê o cavalheirismo? Li tudo sobre isso em milhares de romances, e em nenhum deles o herói faz a mocinha pagar pela própria comida. Nos livros que li, aqueles homens perderiam a cabeça se a mulher ao menos pensasse em pagar a conta.

Não querendo fazer uma cena chamando-o de porco sovina, pego minha bolsa, rezando para ter dinheiro suficiente. Depois de dez minutos de buscas e após sair catando cinco dólares em moedas que foram parar no fundo da bolsa, junto com milhares de recibos e pedaços de papéis, junto tudo e coloco na pastinha e a fecho.

Levanto-me rapidamente da mesa, querendo sair daqui o mais rápido possível, e tiro o meu celular de dentro da bolsa, para ligar para a Ariel e pedir uma carona enquanto saio do restaurante, nem sequer me importando de ser rude por não me despedir daquele idiota.

— Izzy, espere! — Gus chama, assim que chego ao lado de fora e finalmente respiro ar fresco.

Santo Deus, quem ele pensa que é, me chamando por um apelido?!

Viro-me e olho para ele sem dizer nada, imaginando o que ele poderia querer falar para mim neste momento. Acho que ambos concordamos que esse foi o pior encontro da história dos encontros, e isso levando em conta que eu não tenho muito com o que comparar.

— Você sabia que a coisa que mais acaba com os primeiros encontros é fazer nada, a não ser falar sobre si mesmo? E, na Idade Média, o cavalheirismo era a salvação de um homem. Especialmente, aqueles que queriam salvar as suas próprias vidas — informo para ele, esperando que talvez algum neurônio naquela cabeça oca se tocasse.

— Você é estranha.

Imediatamente fico alerta e, se possível, ainda mais ofendida do que já me senti em toda a minha vida, tudo isso nesta noite. A maneira como ele disse essas palavras, com um toque de zombaria na voz, e com os lábios curvados em um sorriso, faz com que eu queira dar um soco na sua boca. O que é estranho, considerando que Vincent disse essas mesmas palavras para mim na outra noite, e não fiquei nem um pouco incomodada.

Vincent não dissera para ser cruel, e as palavras não saíram da sua boca como uma acusação. Ele só estava falando um fato, sem que soasse como algo que eu deveria me sentir envergonhada ou me desculpar.

Olho para o celular na minha mão e seleciono o nome da Ariel na minha lista de contatos.

— Então, ligo para você em alguns dias. — Gus me diz.

— Para quê? — Pergunto, clicando em "ligar" e levando o telefone ao ouvido.

— Para um segundo encontro, claro. Você é ok, eu acho. E não foi a noite mais entediante que eu já tive — ele dá de ombros.

— Você só pode estar de brincadeira — murmuro e me viro para longe dele, assim que o telefone começa a chamar.

Assim que eu começo a me afastar, sinto uma dor aguda na minha bunda.

— Não me ligue. Eu ligo para você, gata.

Ariel finalmente atende a ligação, enquanto eu lentamente me viro e dou um olhar assassino para o Gus.

— Venha me pegar agora. E traga dinheiro para a fiança — rosno ao telefone.

Capítulo doze

EU MANDO EM MIM

Ainda xingava e murmurava baixinho quando passei pela porta da frente da casa do Vincent, uma hora depois. Bati a porta tão forte que o batente chegou a tremer, e, por um segundo, isso fez com que eu me sentisse um pouquinho melhor.

— Onde diabos você estava?

E lá se vai a minha tentativa de bom humor.

Vincent se levanta do sofá e caminha na minha direção. Por que ele sempre tem que estar tão lindo? Assim é extremamente difícil ficar irritada com ele. Como sempre, ele está com a sua costumeira calça jeans, meias, e uma camiseta branca de manga comprida; com o seu cabelo escuro todo desajeitado caindo sobre os olhos e orelhas, ele é exatamente o oposto daquele idiota do Gus.

— Você sabe muito bem onde eu estava, e são apenas onze horas da noite — respondo, me recostando na porta para livrar os meus pés doloridos dos saltos. — Por que você não está no trabalho?

A única coisa boa sobre esta noite é que depois da minha queda humilhante antes de sair, eu caminhei como uma profissional com essas malditas coisas a noite toda. Não que o Gus tivesse a decência de notar e se importar.

— Peguei a noite de folga. O que aconteceu com a sua mão?

É óbvio que ele nota a maneira como aperto a mão direita contra a minha barriga enquanto uso a esquerda para tirar os sapatos. Jogo-os no chão e me afasto da porta.

— Nada. Está tudo bem.

Movo-me para passar por ele, mas meu caminho é bloqueado pelo seu corpo gigante. Quando ele pega a minha mão e a puxa para si, solto um gemido.

— Cacete, o que foi que você fez?

— Eu disse que está tudo bem! Meu pretendente ficou com as mãos bobas e eu posso, ou não, ter quebrado o nariz dele.

Assim que desliguei a ligação para a Ariel, levantei meu braço e o joguei com toda a força no rosto do Gus.

Mesmo que eu possa ter quebrado a minha própria mão no processo, foi satisfatório escutá-lo gritar como uma garotinha e cair na calçada, chorando e fazendo uma cena tão grande que acabamos atraindo uma pequena multidão. Afastei-me lentamente e esperei na esquina até Ariel aparecer, alguns minutos depois. Fiz com que ela arrancasse antes de dizer o que tinha acontecido, com medo de que saísse voando do carro e quebrasse cada osso do corpo do cara.

— Filho da puta — Vincent rosna. — Me dê o nome e o endereço dele neste exato momento.

— Você está louco?! Além disso, eu não sei onde ele mora, e assim como acabei de falar, eu mesma lidei com a situação. Tenho quase certeza de que ele ainda está caído no chão, em posição fetal, na frente do Bella Rosa, chorando como um bebê.

Eu não conto ao Vincent que Cindy e Ariel têm uma cópia da carteira de motorista do cara e que sabemos exatamente onde ele mora. Vincent parece tão irritado que eu tenho medo de que ele possa ir lá e matar o Gus.

Aqui jaz Tone. Gus Tone. O sugador de dentes, batedor de bundas, e um idiota prepotente.

Uma risada histérica sobe pela minha garganta e Vincent balança a cabeça para mim; um pouco da fúria que tomava conta do seu rosto segundos atrás parece começar a desaparecer.

Gentilmente, ele passa a mão pelo meu braço e me puxa para a cozinha. Estou tão cansada e mentalmente exausta que nem luto contra. Silenciosamente, ele abre o freezer, tira um pacote de ervilhas congeladas e o coloca sobre os meus nós dos dedos, que estão vermelhos e inchados. Encolho-me com o primeiro contato com a minha pele, e então deixo sair um suspiro aliviado quando a dor começa a diminuir.

— Chega de encontros às cegas. Nunca mais.

Meu alívio dura pouco, e logo endireito os ombros e olho para ele. Bem, tenho que inclinar a cabeça para trás, já que não estou mais de salto e agora ele está bem mais alto que eu.

— Escute aqui, amigão. Passei a minha vida inteira lidando com um homem autoritário, superprotetor e mandão. Não vou trocar seis por meia dúzia e deixar que outro homem me diga o que posso ou não fazer, então pode pegar as suas ordens e enfiá-las no seu rabo! — Grito, dando um passo para mais perto dele e cutucando seu peitoral sólido com um dedo.

— Você, e nem ninguém, não mandam em mim! EU MANDO EM MIM!

Quando termino meu discurso, meu coração está acelerado e estou sem fôlego, enquanto observo o homem frustrado que está parado à minha frente.

— Já acabou? — Ele pergunta, com uma voz entediada.

— Ah, eu não estou nem PERTO disso! Estudos revelaram que uma mulher comum beijará quinze homens e terá o seu coração quebrado duas vezes antes de encontrar a pessoa *certa*. Em toda a minha vida eu só dei um beijo, e nunca tive meu coração quebrado. Tenho muito mais encontros para ir e ter experiências. Eu preciso beijar mais quatorze homens e deixar que dois deles quebrem meu coração. E sim, é horrível que eu tenha que sair com imbecis como o Gus Tone para fazer isso, mas não me importo! Eu quero o conto de fadas. EU MEREÇO O CONTO DE FADAS!

Algo que se parece com dor passa pelo rosto do Vincent, mas desaparece tão rápido que eu me pergunto se não imaginei aquilo.

— Agora, se você me der licença, estou exausta. Passei a noite toda, antes de agredir fisicamente o meu pretendente, escutando-o falar sobre quanto dinheiro ele tem e observá-lo sugar os dentes. Vou me jogar no sofá, desmaiar, e esperar que eu não tenha pesadelos com aquele som nojento.

Assim que me afasto de Vincent e começo a caminhar para a sala de estar, ele vem atrás de mim e passa as mãos ao redor dos meus ombros, me virando na direção do corredor.

— O que você está fazendo? — Reclamo, e ele me dá um empurrão gentil quando tento parar. — Já quebrei o nariz de um homem hoje. Não vamos adicionar mais um na conta. Porque eu vou...

— Pare de falar por dois minutos — ele diz, baixinho, me interrompendo, quando chegamos ao final do corredor.

Passando por mim, ele vira a maçaneta de uma porta fechada e a abre, gesticulando para que eu entre. Reviro os olhos e me mexo, mas paro abruptamente quando entro.

— Eu limpei tudo enquanto você estava no seu *encontro*. Não sabia do que você gostava, então só peguei algumas coisas na loja. Se você não gostar de algo, posso devolver e pegar outros itens.

Eu já tinha dado uma olhada neste quarto hoje mais cedo, quando ele estava tomando banho, assim como fiz com cada ambiente da casa. E sim, tentei até a porta na frente do quarto dele, e claro, estava trancada. Quando olhei aqui mais cedo, o quarto estava um desastre. Era o sonho de um acumulador, com cada centímetro coberto por peças aleatórias de mobília, que iam até o teto em alguns lugares, malas, roupas, pilhas de revistas e outras coisas estranhas, o que tornou impossível eu entrar aqui. E agora… ai, meu Deus. Ele deve ter começado a trabalhar nisso no momento em que eu gritei com ele e saí para o meu encontro.

Tudo tinha sido removido, com a exceção de uma cômoda de nogueira, dois criados-mudos, um de cada lado da cama king-size com uma cabeceira também de nogueira, e uma *chaise* bem na frente da janela. Agora que eu podia ver o chão, vejo que está coberto por um tapete grosso de cor clara, com marcas de que tinha sido passado um aspirador de pó. Quando olhei aqui dentro mais cedo, as paredes claras estavam nuas. Agora, alguns quadros com pinturas de flores em um vaso e a Torre Eiffel em uma paisagem noturna, estão pendurados. A cama está coberta por uma colcha estampada com flores rosas e amarelas, e uma quantidade absurda de travesseiros combinando estava empilhada na cabeceira.

— Vincent… — sussurro, piscando e fungando para afastar as lágrimas, por todo o trabalho que ele teve só para mim.

— Nova regra — ele murmura. — Nada de choro. Eu não gosto de choro.

Olho sobre meu ombro, na sua direção, e vejo que ele está com as mãos nos bolsos da frente da calça e encostado no batente da porta, parecendo incrivelmente desconfortável.

— Isso é lindo. Eu não sei nem o que dizer. Ninguém nunca fez nada assim para mim.

Mesmo eu tentando ao máximo, é impossível impedir que uma lágrima escape e role pela minha bochecha.

— É só a porra de um quarto — ele murmura, se virando e caminhando pelo corredor até o seu quarto, e fecha a porta com um estrondo.

Esse homem é um enigma para mim. Ele me irrita profundamente ao dizer que não estou autorizada a ir a outros encontros às cegas, se vira e faz algo incrivelmente doce que me deixa em lágrimas, e então desaparece quando eu tento agradecê-lo. Ele diz que não é o herói de ninguém, mas suas ações provam o contrário.

Eu vou descobrir quem é esse homem, nem que seja a última coisa que eu faça.

Capítulo treze

LUMINOUS, O MENTIROSO

Ter uma boa noite de sono, em uma cama tão confortável, ajudou muito a apagar a lembrança do meu primeiro encontro às cegas, na noite anterior. Poder levantar e imediatamente tomar banho no luxuoso banheiro do Vincent também ajudou.

Não consigo tirar o sorriso do rosto enquanto caminho pelo corredor, mas paro no batente da porta quando escuto a voz baixa do Vincent. Olho ao redor e vejo-o andando de um lado para o outro na cozinha, de costas para mim, soando cada vez mais agitado enquanto conversava com a pessoa do outro lado da linha.

— Eu falei que era uma ideia idiota — ele murmura, passando a mão no cabelo, enquanto continua a fazer um buraco no chão.

Ele não fala por alguns minutos, apenas escuta o que a outra pessoa está falando. Eu deveria entrar na cozinha e deixar Vincent saber que eu estava ali, mas algo faz com que os meus pés fiquem firmemente presos no chão. E não é a maneira como a bunda dele fica bem delineada com aquela calça jeans.

— Não vai dar certo… Porque não! Não dá. Vou explicar tudo e então…

Ele para de falar, ainda de costas para mim, e vejo a sua cabeça pender para frente e seus ombros caírem. Sinto a urgência de ir até ele e abraçá-lo por trás, dizer que o que quer que esteja o incomodando vai dar certo.

— Caramba, por que eu deixo você me meter nessas? — Ele fala, com um suspiro. — Não, você não é um gênio, você é a porra de um idiota, e eu deveria ter pensado melhor antes de aceitar essa merda. Alguém vai acabar se machucando e…

Vincent se vira e me vê parada à porta como se fosse uma maluca, e imediatamente para de falar. Sorrio e aceno para ele com a mão, entrando na cozinha como se tivesse acabado de chegar ali, e não estivesse há cinco minutos ouvindo a conversa alheia.

— Tenho que ir. Vejo você no trabalho.

Ele termina a ligação e joga o telefone na bancada.

— Está tudo bem? — Pergunto, enquanto vou até a cafeteira e me sirvo, imaginando que não tem por que fingir que não escutei o que ele falou.

— Sim. Era o Eric. Só estávamos falando sobre coisas do trabalho — ele murmura e me viro para encará-lo, levando a xícara de café até os lábios e tomando um gole.

Eric Sailor é um dos donos do Charming's, junto com o namorado da Cindy, o PJ. Ele é lindo, engraçado, e acho que tem uma queda pela Ariel, mas, por alguma razão, ela não o suporta. O que é uma pena, porque eles parecem um casal perfeito.

— O que diabos você está vestindo?

Ele muda rapidamente de assunto enquanto me olha de cima para baixo, com uma das sobrancelhas levantadas.

— Tenho uma reunião hoje com a diretoria na biblioteca, e vou apresentar algumas ideias novas para... só algumas novas ideias — digo para ele, pensando que se ele não vai falar sobre os seus problemas, eu também não vou.

Ele não precisa saber que estou ficando completamente sem ideias para apresentar à diretoria, e que a reunião de hoje pode ser a minha última chance de convencê-los a manter a biblioteca aberta. Eu só preciso de alguns meses. Até lá, espero ser capaz de guardar algum dinheiro das festas de strip para fazer uma doação generosa, que irá acalmá-los e mostrar a eles o quão disposta estou sobre manter a biblioteca aberta.

— Enfim... Pensei que me vestir como um ditado, uma vez por mês, seria legal!

Estou começando a me arrepender da ideia que me fez acordar no meio da noite. Fiquei tão empolgada sobre isso que escrevi tudo no meu bloco de notas que estava em cima do criado-mudo e demorei uma hora para voltar a dormir. Quanto mais Vincent olha para a minha roupa, com uma expressão confusa no rosto, mais eu percebo que a minha escolha não daria certo.

Usar uma capa de chuva longa e transparente, com imagens de cães e gatos coladas nela, e também uma pequena sombrinha colorida na cabeça, faz com que eu me sinta ridícula.

— Um ditado é comumente usado para expressar um significado que não condiz literalmente com as palavras usadas — explico para ele, revirando olhos, exasperada.

— Eu sei o que é um ditado.

Sinto minhas bochechas esquentarem de vergonha quando ele cerra os olhos e suas palavras saem duras, e percebo que o insultei.

— Ah, sim, claro que você sabe! Quer dizer, por que não saberia? — Dou um sorriso constrangido. — Bem, então é claro que você sabe que estou representando *'está chovendo gatos e cachorros'* — levanto os braços e dou uma voltinha.

Quando volto a ficar de frente para ele, vejo que um dos cantos da sua boca está tremendo, e espero que isso signifique que tudo está perdoado. A buzina de um carro na frente da casa faz com que eu dê um último gole no café e rapidamente coloque a xícara na máquina de lavar.

— Deve ser a Ariel, ela vai me levar para o trabalho hoje — falo para ele, enquanto me apresso para a sala e pego a minha mochila, que tinha deixado no sofá antes de ir para o banho hoje de manhã.

— O que tem nessa mochila? — Ele pergunta, apontando para ela assim que ponho uma das alças no ombro.

— Ah, nada demais, só uma muda de roupa. Eu, ahm... tenho outro encontro hoje à noite.

O quase sorriso no seu rosto, de momentos atrás, desaparece em um segundo e ele rosna baixinho, olhando para mim, e eu começo a andar para trás, na direção da porta.

— Bem, tenha uma boa noite no trabalho! Vejo você mais tarde. Bem, não mais tarde, já que você estará no trabalho. Então... Vejo você amanhã — divago, me viro e praticamente saio correndo pela porta da frente, sem proporcionar a ele a chance de me dar um sermão sobre o meu encontro.

— Eu realmente adorei como, no final, tudo fez sentido. Assim que terminei, voltei para o início.

Meu pretendente, Steven Luminous, ri enquanto fala sobre um dos meus livros preferidos, e não pude evitar rir junto com ele. Dizer que este encontro era o completo oposto do que eu tive com Gus, é afirmar o óbvio. Steven tem sido nada mais do que um perfeito cavalheiro desde que me buscou mais cedo, na biblioteca. Eu estava tão chateada depois da reunião com a diretoria que quase liguei para ele para cancelar, porque não estava com ânimo para outro desastre.

Os membros da diretoria só ficaram sentados, olhando para mim com expressões entediadas, quando contei para eles a minha ideia de se vestir como um ditado, assim como toda a lista de outras ideias que poderiam levar mais pessoas para a biblioteca. Sessões de autógrafos com autores, excursões escolares, *workshops* de escrita criativa, apresentados por autores locais, venda de livros usados... Eu tinha três páginas escritas à mão, cheias de ideias que poderiam gerar mais interesse pela biblioteca. É incrivelmente triste que tenhamos que usar esses artifícios para atrair as pessoas. O que tinha acontecido com o ir na biblioteca pelo amor à leitura?

    Eles me disseram que não acreditavam que essas ideias funcionariam, e que já era tempo de eu perceber que tentar salvar a biblioteca era uma causa perdida. Mas eu me recuso a desistir. Eles ainda não fecharam o local, e a contragosto, me deram um mês para "colocar as minhas coisas em ordem".

    Assim que Steven apareceu na porta, eu já estava pronta para me desculpar com ele e perguntar se poderíamos remarcar, mas os olhos dele parecerem acender enquanto ele olhava ao redor, no primeiro andar da biblioteca. Quando ele pediu para levá-lo para um *tour*, meu humor melhorou consideravelmente. Com o cabelo loiro e curto, olhos azuis e a barba por fazer, ele definitivamente era um homem de boa aparência. Vestindo uma calça jeans escura e um suéter bordô, com uma camisa de botões por baixo, ele estava bem casual. Isso me diz que Steven não queria se vestir bem demais com um terno, como o idiota do Gus, mas ele também queria parecer apresentável e se importava em passar uma boa primeira impressão.

    Passamos uma hora andando pela biblioteca, enquanto ele apontava todos os livros que já tinha lido, me perguntando quais eram os meus preferidos. Ele não fala constantemente sobre si mesmo e nem menciona a palavra dinheiro, e parece genuinamente interessado em tudo o que eu tenho a dizer, e até mesmo parabenizou o meu trabalho na biblioteca. Ele me levou a um dos meus restaurantes mexicanos preferidos, que ficava bem na saída da cidade, e assim que sentamos, perguntei se iríamos dividir a conta, secretamente cruzando os dedos sob a mesa. Mesmo que meu estômago já tivesse começado a roncar com aqueles cheiros deliciosos assim que entramos, eu já tinha me resignado a pedir apenas um copo de água e a comer os aperitivos gratuitos, se necessário. Ele arregalou os olhos e me perguntou que tipo de cavalheiro faria outra pessoa pagar pelo jantar. Na mesma hora, relaxei e me perguntei se seria rude se eu pedisse licença para ligar para a Cindy e a Ariel, para avisar que elas estavam desculpadas pelo que me fizeram passar com o Gus.

— Vocês gostariam de mais alguma coisa?

Nossa garçonete para ao lado da mesa e percebo que ela já esteve aqui duas vezes, nos perguntando a mesma coisa. Olho ao redor enquanto Steven educadamente diz para ela que não e pede a conta, e noto que somos os únicos no restaurante. Ele tira a carteira do bolso e eu olho para o relógio: faço um cálculo mentalmente e percebo que já estamos aqui há mais de três horas. A coitada da garçonete provavelmente quer nos matar.

— Parece que eles querem nos expulsar daqui. Nem percebi que já está quase na hora de fechar. — Steven fala, dando um sorriso que ilumina o seu rosto. — Tenho que dizer que não quero que a noite termine ainda.

Ele se inclina sobre a mesa e coloca a mão sobre a minha, e eu começo a sentir um frio na barriga. É exatamente assim que imaginei como deveria ser um encontro. Um homem gentil, inteligente, culto e charmoso, que abre as portas para mim, segura a cadeira enquanto me sento, e que deixa o telefone no carro e diz: *"Acho rude levar o celular em um encontro. Você deve aproveitar a companhia da pessoa com quem você está, em vez de ficar olhando as redes sociais"*.

Eu podia me sentir derretendo quando ele disse essas palavras. E agora, a sua mão suave e quente está segurando a minha, e ele está me olhando do outro lado da mesa, com expectativa, mas, ao mesmo tempo, tímido.

É isso. Este é o meu momento de, finalmente, conseguir alguma experiência. Não vou fazer nada idiota como dormir com ele no primeiro encontro, mas não me oponho a ir para um lugar mais privado e dar uns beijos.

— Também não estou pronta para que a noite termine — falo para ele, suavemente, com um sorriso.

De repente, o rosto do Vincent aparece na minha mente. A expressão fechada dele, quando eu falei que tinha um outro encontro. Pergunto-me se ele está pensando em mim enquanto trabalha, e se estou estragando a chance de termos algo mais no futuro por fazer uns testes com outros homens antes. Sinto-me imediatamente culpada pelos meus pensamentos enquanto estou na frente de um homem incrível, que não me deixa louca com suas maneiras grosseiras, então afasto a sensação e dou um sorriso para o Steven.

— Espero que você não pense que eu estou avançando o sinal, já que acabamos de nos conhecer, mas sinto uma conexão real com você, Isabelle. O que você diria sobre sairmos daqui e irmos para um local um pouco mais privado? — Steven pergunta, com uma expressão esperançosa no rosto.

Colocando todos os pensamentos sobre o Vincent de lado, concordo com a cabeça.

— Isso soa incrível.

Steven solta um suspiro aliviado, olhando por cima do ombro e acenando com a cabeça.

— Diga-me, Isabelle, como você se sente sobre mulheres?

— Ahm... Eu... Uhm... Eu gosto delas? — Respondo, meio confusa.

— E reuniões com mais pessoas?

— Ah, eu adoro pessoas! — Falo para ele, animada. — Adoro conhecer pessoas novas e fazer amizades. Eu diria que, quanto mais, melhor.

O rosto do Steven parece se iluminar com o sorriso que ele abre, e admito que estou um pouco confusa pela sua pergunta. Mas, considerando que este é um primeiro encontro, acho que ele só quer saber mais sobre mim, o que o torna ainda mais charmoso do que antes.

— Tenho que dizer: achei que esse negócio de encontro online seria uma enorme perda de tempo, mas você é perfeita de todas as maneiras. — Steven diz, e fico vermelha com o elogio.

Abro a minha boca para agradecer quando, do nada, uma mulher aparece atrás de mim e se senta na cadeira ao lado do Steven. Ele tira a mão da minha e coloca o braço sobre o encosto da cadeira da mulher.

Ela é incrivelmente linda, com o cabelo loiro e comprido, e está usando um vestido xadrez avermelhado, sem alças. O vestido amarelo, de mangas compridas, que estou vestindo, o qual Ariel pré-aprovou, e meu cabelo preso em um rabo de cavalo alto e a franja penteada para um lado do meu rosto, de repente pareceram simples e infantis demais, em comparação à mulher.

— Isabelle, esta é a Stephanie. Minha esposa. — Steven diz, com um sorriso.

De repente, tudo de bom sobre esse homem desaparece com um audível *pop* no meu cérebro, como se alguém tivesse estourado um balão. Afasto-me e levanto as mãos, como se a Stephanie fosse apontar uma arma para mim a qualquer momento.

— Ai, meu Deus! Eu sinto muito! — Digo rapidamente para Stephanie, rezando para que ela não cause uma cena e pule por sobre a mesa e arranque meus olhos. — Você tem que saber que eu não tinha ideia de que ele era casado. Eu *nunca* aceitaria sair com um homem casado!

Dou um olhar assassino para o Steven e aponto o dedo para ele.

— Você deveria ter vergonha de si mesmo! — Sussurro alto para ele. — Você é um mentiroso. Luminous, o Mentiroso, é assim que o seu nome deveria ser.

Mesmo sendo os únicos no restaurante, eu realmente não quero ser expulsa por fazer uma cena. Eles têm as melhores batatas com salsa do mundo todo.

Stephanie ri suavemente e se inclina para pegar a minha mão, que ainda está apontando acusatoriamente para o Steven.

— Você é tão adorável — ela me diz, antes de se virar para o marido. — Eu não falei que só de olhar a foto do perfil dela, já sabia que era adorável e perfeita?

Steven assente, se inclina para ela e lhe dá um beijo na bochecha.

— Você estava certa, e eu, errado. Está feliz agora? — Ele brinca.

Eles dividem um olhar amoroso, e eu olho ao redor procurando pela nossa garçonete, me perguntando se ela era uma obra da minha imaginação, porque isso que estou vivendo só poderia ser um episódio de The Twilight Zone[4].

— Alguém poderia me explicar o que está acontecendo?

Stephanie acaricia a minha mão.

— Gostaríamos que você viesse para casa conosco.

Olho para ela, completamente confusa.

— Sabe, para sexo a três. — Steven adiciona.

Tiro a minha mão de debaixo da mão da Stephanie e empurro minha cadeira para trás, tão rápido que quase caio. Meus pés tropeçam um no outro quando tento me levantar, e dou alguns passos vacilantes para longe da mesa, batendo o quadril na mesa ao lado, fazendo alguns copos vazios virarem.

— Sexo a três é uma fantasia comum. Além de *lesbianismo*, *sexo a três* é o termo mais popular pesquisado por mulheres que procuram pornografia online. De acordo com uma análise de 2014 do Pornhub, um dos maiores sites do mundo sobre tal temática, a categoria sexo a três é procurada setenta e cinco por cento a mais por mulheres do que por homens. E sim, eu posso ser uma dessas pessoas que procurou o termo no Google, e vocês parecem ser um casal muito legal, mas não, obrigada! — Divago, logo depois me viro e saio correndo do restaurante, o mais rápido possível.

---

4   The Twilight Zone – Aqui no Brasil a série de televisão recebeu o nome de 'Além da Imaginação' que apresenta histórias de ficção científica, suspense, fantasia e terror.

Capítulo quatorze

EU LIDEI COM A SITUAÇÃO

— Você pode parar de anotar e prestar atenção? — Ariel sussurra para mim.

Levanto o olhar do meu caderninho, me sentindo culpada, e dou uma olhada na Cindy, que está do outro lado da sala. Sinto meu rosto esquentar de vergonha, e a pele da minha nuca começa a pinicar.

— Isso é estranho. Não é estranho para você? — Sussurro, baixinho, para a Ariel, enquanto a nossa outra amiga tira a última peça de roupa, ficando apenas com um sutiã preto de renda, combinando com a calcinha boxer e stilettos prateados.

Fecho um dos meus olhos e curvo meus ombros para cima quando ela se vira para nós, dá uma piscadinha e começa a dançar sensualmente para o homem sentado na cadeira bem atrás dela.

Cindy decidiu que estava na hora de uma pesquisa de campo, então trouxe eu e a Ariel para essa despedida de solteiro, para que ficássemos no canto e a observássemos trabalhar, e assim sabermos o que esperar. PJ a tem acompanhado em todas as festas, como guarda-costas, até começarmos a fazer dinheiro suficiente para contratar alguém, e já que esta noite seria agitada no Charming's, ele estava mais do que feliz em passar essa tarefa para nós, para que pudesse ir trabalhar.

— Só é estranho porque você não está prestando atenção. — Ariel argumenta, enquanto faz sinal de positivo com as duas mãos para a Cindy, que se inclina para frente e balança a bunda para o noivo.

— Também tenho prestado atenção — falo para ela, olhando para o caderninho na minha mão. — Passo um: cumprimentar os clientes e educadamente informar as regras de não tocar a dançarina ou a si mesmos durante a apresentação. Passo dois: conectar o seu celular no sistema de som dos clientes, com a *playlist* escolhida. Passo três:...

Ariel arranca o caderno e a caneta das minhas mãos e joga tudo no chão.

— Se você vai assistir, ao menos me diga por que está com um humor tão horrível hoje. Você ainda está brava sobre a questão do Steven? Nós já pedimos desculpas e prometemos dar uma olhada melhor no seu próximo encontro. — Ariel me lembra.

— Não estou de mau humor. E vou continuar irritada pela merda com o Gus e com o Steven, até o fim dos meus dias.

Cruzo os braços, com a cara fechada, e percebo que Ariel está certa. Eu tenho estado de mau humor, e não é de hoje. Estou assim a semana inteira, e é tudo culpa do Vincent. Não o vejo desde que saí correndo da casa dele, na manhã do meu encontro com o Steven.

Bem como ele tinha me dito quando me convenceu a morar com ele, o cara trabalhou até de manhã, chegando em casa bem depois de eu ter ido dormir, e ficando na cama até depois de eu ir para a biblioteca. Nunca nos vemos, e isso é meio chato.

Isso sem falar que depois de voltar para casa após outro encontro desastroso, esperava encontrá-lo sentado no sofá, como aconteceu na primeira vez, pronto para me dar um sermão. Eu fiquei um pouco triste por passar pela porta naquela noite e encontrar a casa vazia, e isso só me deixava ainda mais confusa. Mesmo que a sua atitude fosse frustrante, de certa maneira eu achava meio doce ele ter ficado em casa para se assegurar de que eu estava bem. Obviamente, não foi por essa razão que ele ficou em casa, e mais óbvio ainda, ele não se importava se o meu encontro fosse com um maníaco homicida. Ele foi trabalhar sem nem pensar duas vezes. Claramente, ele sabia que eu não tinha morrido naquele encontro, já que ainda estava morando na sua casa, mas mesmo assim... Achei que talvez ele estivesse começando a gostar de mim, pelo menos um pouco, e que era por isso que ele estava tão protetor e irritado. Sinto-me péssima por estar errada.

— Você já conseguiu conhecer o Fera de uma maneira mais profunda? Dividiram uma bela garrafa de vinho e conversaram sobre os seus sentimentos? — Ariel sussurra no meu ouvido, interrompendo meus pensamentos.

— Não, foi uma ideia idiota. Ele não gosta de mim dessa maneira — murmurei, observando Cindy se afastar do noivo e começar a dançar para o padrinho.

— Não é uma ideia idiota. Eu vi a maneira como ele olhou para você.

— E se eu me declarar e ele rir de mim? E se ele me disser que não se interessa por mim da mesma maneira? E se...

— E se o meu pai tivesse peitos e eu o chamasse de mãe? Quem se importa com o "se"? Por mais que eu odeie admitir que estou errada, talvez esse negócio de encontros online não seja para você.

— Nossa, você acha?!

— Cale a boca e me deixe terminar — Ariel rebate. — Você nunca vai conseguir essa coisa de experiência com os homens, com estranhos. E também não vai ter o frio na barriga que você tanto quer, com alguém que não conhece. Você estava confortável o bastante com o Fera, para se mudar para a casa dele. Você vai conseguir conhecê-lo melhor, só precisa botar as asas de fora e flertar com ele sem analisar tudo até a morte.

A ideia de tentar flertar com aquele homem me deixa meio enjoada. Mesmo que Ariel diga que eu não deveria me importar com as coisas que poderiam dar errado, não consigo evitar.

Sou daquelas que fazem listas para tudo, que gostam de planejar. Demoro dez dias apenas para escolher quais livros solicitar para a biblioteca, faço até uma lista de prós e contras de cada livro. Estamos falando de algo que é um passo enorme para mim.

Meu celular vibra no bolso do vestido, me impedindo de achar algo para dizer para a Ariel sobre por que eu não posso simplesmente ir direto no Vincent, bater meus cílios para ele e perguntar se ele gosta de mim, como uma garota da quinta série que queria saber se o seu primeiro *crush* também estava a fim dela.

Tiro o celular do bolso e não reconheço o número que aparece na tela; saio da sala e vou para o hall de entrada da casa, antes de atender a ligação.

— Isabelle? Aqui é o Steven. Steven Luminous.

Mas que diabos?

Dou uma tossida, sentindo a vergonha tomar conta de mim quando penso no que aconteceu no nosso encontro, e que eu nunca corri tão rápido na minha vida como quando saí daquele restaurante. Por que será que ele estava me ligando?

— Eu queria ligar para você mais cedo, mas fiquei totalmente ocupado com o trabalho — ele fala. — Só queria me desculpar pelo que aconteceu na semana passada. Eu realmente sinto muito por fazer aquilo com você. Foi rude e completamente desnecessário e... Eu realmente sinto muito.

Eu não poderia estar mais chocada, nem se o meu pai entrasse pela porta e me dissesse que cometeu um grande erro.

— Ahm, obrigada?

Não queria que as palavras tivessem saído como uma pergunta, mas esta é a última ligação que eu esperava receber.

— Você é uma mulher realmente muito adorável, linda, inteligente e interessante, Isabelle. Não posso me desculpar o suficiente pelo meu comportamento. Espere um segundo, minha esposa também gostaria de falar com você.

E a coisa vai ficando cada vez mais estranha...

— Isabelle? Oi, é a Stephanie! Eu também gostaria de me desculpar pelo que eu e o Steven fizemos. Eu estou me sentindo culpada desde que você saiu correndo do restaurante e, sabe, pelo que aconteceu depois que você saiu...

— O que aconteceu depois que eu saí?

— Ah! Quer dizer... você sabe... conversamos depois que você saiu e percebemos o erro terrível que fizemos, e nos sentimos péssimos por isso — ela responde rapidamente. — Espero que isso não faça você desistir de encontros online, pois foi assim que conheci o Steven, e somos muito felizes juntos.

Vocês são tão felizes juntos que decidiram escolher uma mulher qualquer para dormir com vocês?!

Santo Deus, ninguém mais acredita em contos de fadas e finais felizes? Tenho quase certeza de que se o Príncipe Encantado voltasse para o castelo uma noite dessas e sugerisse que Cinderela e ele deveriam apimentar as coisas com uma terceira pessoa, ela teria enfiado o sapatinho de cristal na bunda dele.

— Bem... ahm... obrigada por ligar, eu acho — respondo, vagamente.

Termino a ligação depois de Stephanie me fazer prometer que tomaremos um café um dia desses. Volto para a sala de estar com uma expressão confusa no rosto e explico baixinho para Ariel o que acabou de acontecer.

— Sério, quando chegar em casa hoje, a primeira coisa que você vai fazer é ir direto no Vincent e tascar um beijo nele. Se você tiver que ir em mais um desses encontros, a sua cabeça vai explodir.

Enquanto esperamos Cindy terminar, discretamente pego do chão o caderno e a caneta, virando para uma página em branco e escrevendo uma lista de prós e contras sobre dar o primeiro passo em relação ao Vincent. Os contras são definitivamente maiores do que os prós, especialmente o item no topo daquela coluna, o qual eu circulei umas dez vezes: *Ele não se importa nem um pouco comigo.*

Coloco minha bolsa na ilha da cozinha, e solto um suspiro cansado.

— Outro encontro ruim?

Dou um grito com o som da voz do Vincent. Ele está sentado no sofá, com os pés levantados na mesa de centro, e a lareira está acesa. Tem um livro ao seu lado, e sinto meu coração começar a bater acelerado com a visão. Ele parece tão relaxado que eu meio que desejo tê-lo visto sentado ali, lendo, assim que eu entrei. A imagem mental é algo que a Ariel chamaria de "ótimo material para siririca".

— Não, não foi um encontro ruim — falo, finalmente. — Estava com a Cindy e a Ariel.

— Por acaso você recebeu um telefonema esta noite? — Ele pergunta, se virando para me olhar.

Cerro os olhos, imaginando como é que ele sabia disso.

— O que você fez?

Ele tira os pés da mesa de centro, se levanta do sofá e caminha até estar na minha frente, colocando as mãos nos bolsos da calça jeans.

— Você recebeu um telefonema? — Ele pergunta de novo.

— Sim. E vou perguntar de novo: o que você fez?

— Eu lidei com a situação — ele diz, dando de ombros.

— O que você quer dizer com lidou com a situação? Lidou com o quê?

— Eu não gostei da ideia de você ir a outro encontro com um maldito estranho, então eu segui você até aquele restaurante mexicano. Vi quando você saiu correndo daquele lugar, como se tudo estivesse pegando fogo. Depois que a Ariel buscou você, alguns minutos depois, fui lá dentro e tive uma boa conversa com o Steven e a Stephanie — ele explica.

— VOCÊ O QUÊ?! — Gritei. — Você não pode fazer uma coisa dessas!

— Eles se desculparam? — Ele pergunta, levantando uma das sobrancelhas enquanto me olha.

— Isso é um absurdo! Não é assim que as coisas funcionam!

— Eles se desculparam? — Ele pergunta de novo.

— Sim! Eles se desculparam! Ai, meu Deus. Eu não consigo acreditar que você fez isso! Por que você faria isso?

— Eu lidei com a situação — é tudo o que ele responde.

Com isso, ele se vira e se afasta de mim, pega o livro do sofá e desaparece no corredor.

Depois de alguns minutos andando irritada de um lado para o outro na cozinha, murmurando comigo mesma sobre *stalkers* estranhos que sentam do lado de fora de um restaurante enquanto estou em um encontro, e depois dizem sabe-se lá Deus o que, para fazer com que Steven e Stephanie me liguem e se desculpem, paro de andar quando uma lâmpada se acende na minha cabeça.

— Ah! — Arfo e cubro a minha boca com a mão.

Ele ficou sentado do lado de fora do restaurante, enquanto eu estava no encontro. Ele me viu correr de lá toda assustada, e foi descobrir o que tinha acontecido, e vai saber que tipo de tática de intimidação o homem usou para fazer Steven e Stephanie me ligarem esta noite.

Ai, meu Deus. Talvez ele *realmente* se importe comigo, pelo menos um pouco.

Pego a bolsa da bancada e rapidamente alcanço o caderno e a caneta, e rabisco todos os contras sobre dar o primeiro passo em relação ao Vincent.

Capítulo quinze

EU NÃO CONFIO EM STRIPPERS

Meu pé batia nervosamente no pé da banqueta, enquanto eu olhava absorta para o que tinha anotado na noite anterior, durante a festa na qual Cindy performou. Com um suspiro frustrado, afasto o caderninho e começo a bater os dedos na bancada. Espero ansiosamente que o Vincent saia do quarto, e é impossível eu conseguir me concentrar.

Na verdade, eu o tenho visto todos os dias desde que ele me disse que tinha "lidado com a situação" do Steven e da Stephanie. A sra. Potter se sentiu mal por mim quando eu contei para ela sobre os meus encontros desastrosos, e me informou que ela abriria a biblioteca pelos próximos dias porque, segundo ela, eu merecia alguns dias de sono a mais, para me recuperar. Eu e o Vincent passamos um tempo juntos todos os dias, almoçando logo depois de ele acordar e antes de eu ir para a biblioteca. Na verdade, consegui arrancar mais alguns quase sorrisos quando contei para ele a minha versão do encontro com o Steven. Eu não consegui nenhum sorriso total ou qualquer coisa louca como essa, mas, ainda assim, foi incrível.

— *E então ele me perguntou se eu estava interessada em sexo a três. Você consegue acreditar nisso?! E a esposa dele estava totalmente de boa com a ideia. Nunca li nada como isso em um livro de romance* — *falei para o Vincent, balançando a cabeça enquanto dava uma mordida em um dos sanduíches de presunto que eu tinha feito para o nosso almoço.*

— *Uma vez, eu tive que separar uma briga de casal no clube, porque a esposa pagou por uma dança no colo, para o marido. Ele não queria* — *Vincent me conta, ao pegar uma batatinha do prato e jogá-la na boca.* — *Eles estavam sentados em uma das cabines da parede e eu podia escutá-los gritando, apesar da música. 'EU PAGUEI PARA VOCÊ UMA DANÇA COM UMA MULHER PERFEITA-*

MENTE LINDA, COM UM BELO PAR DE SEIOS E UMA BUNDA MELHOR AINDA! OLHE PARA OS PEITOS DELA! OLHE PARA ELES AGORA!'

A voz do Vincent ficou afinada quando ele gritou, imitando a mulher, e era algo tão diferente dele que eu comecei a rir e não consegui parar, enquanto ele continuava, deixando a voz mais grave, para imitar o marido.

— 'EU NÃO QUERO OLHAR, CHERYL! POR FAVOR, NÃO ME FAÇA OLHAR PARA OS PEITOS DE OUTRA MULHER. VAMOS PEDIR O DINHEIRO DE VOLTA E IR PARA CASA!'

— Eu não acredito que isso realmente aconteceu — *falei, no meio da risada.*
— História verdadeira — *Vincent respondeu.*

Ele me contou algumas outras histórias naquele dia, sobre clientes loucos no Charming's, que me fizeram rir tão histericamente que cheguei a chorar. Foi fácil e engraçado, e agora eu arruinaria tudo isso com o que eu estou a ponto de fazer.

Fiz as minhas listas. Ensaiei na frente do espelho um milhão de vezes, e acho que descobri uma maneira de ver se existe alguma coisa entre nós sem ir direto ao ponto e perguntar para ele, com o risco de ser humilhada.

Quando escuto a porta do quarto dele se abrir, me endireito no banco e seco minhas mãos suadas, na saia do meu vestido amarelo de manga três-quartos. Escuto o chão ranger enquanto ele caminha pelo corredor, e assopro algumas mechas de cabelo que se desprenderam do meu coque bagunçado, para longe dos meus olhos, empurro os meus óculos para cima do nariz e respiro profundamente.

Ele chega no final do corredor e os meus nervos estão a flor da pele, e o meu coração parece querer sair pela boca. Ele está vestindo o pijama de sempre: calça xadrez pendendo no quadril e nenhuma camiseta. Seu cabelo está bagunçado e seus olhos ainda estão sonolentos, quando ele acena para mim, indo para a cafeteira.

— Bom dia! — Falo alegremente.

Ele se vira, se encosta na bancada e olha para mim por cima da xícara de café, enquanto toma um gole.

— Então, eu tenho outro encontro hoje — digo para ele, com uma risada estranha.

Ele rosna e afasta a xícara da boca.

— Por que diabos você continua com essa coisa idiota?

— Foi ideia da Cindy e da Ariel. E eu sei que os dois primeiros foram horríveis, mas estou esperançosa com o de hoje. Além do mais, sou uma mulher de palavra, e me sentiria mal se não honrasse com o meu compromisso.

E estou meio que feliz porque você sabe que eu tenho outro encontro, já que isso vai deixar você com ciúmes porque você se importa comigo e, talvez, se sinta um pouco atraído por mim.

— Sabe, eu não tenho muita experiência quando o assunto é homens, o que você provavelmente já sabe, já que eu disse para você que só beijei um cara até hoje e nunca tive o meu coração quebrado. E para a cereja do bolo: só transei com um cara, uma vez — falo, apressada, sem querer me deixar tomar pelo nervosismo. — E demorou, tipo, uns vinte minutos só para ele entrar e...

— Pare — Vincent me interrompe, colocando a xícara na bancada, mas eu o ignoro.

É agora ou nunca, e eu preciso acabar logo com isso.

— Ele ficou reclamando que tudo era tão apertado e...

— Pare — ele me interrompe de novo e seu rosto se contorce, como se estivesse com dor.

— Que eu era muito pequena e ele...

— Pare. De. Falar.

Ai, merda. Agora eu o deixei bravo. Talvez tenha sido informação demais...

Alguns minutos tensos e silenciosos se passam até que eu não aguento mais ficar quieta, ou a maneira como ele está me olhando e apertando as bordas da bancada, tão forte que posso ver os nós dos seus dedos ficando brancos.

— Ok, mas posso dizer só mais uma coisa? É realmente importante.

— Porra — ele murmura baixinho, fechando os olhos e apertando a ponte do nariz.

— Decidi que provavelmente não vou conhecer meu Príncipe Encantado nesses encontros idiotas e tudo o que estou fazendo é perdendo meu tempo, esperando que eles sejam seres humanos decentes e que eu me sinta atraída por eles, para conseguir a experiência que preciso para entender como os homens pensam e o que eles querem, para poder começar a fazer strip no The Naughty Princess Club — falo o mais rápido que consigo, para que ele não me interrompa novamente. — Eu já conheço você, então não precisaria perder meu tempo em conhecer você, só para descobrir que você é um idiota. E... bem... olhe só para você. Você é um homem. Um homem bem confiante e atraente, que poderia me ensinar sobre os homens. E o bônus é que você trabalha em um clube de strip. Você vê mulheres dançarem e flertarem com homens todas as noites, para que eles lhe deem boas gorjetas. Eu não sei como ser sexy. Eu não sei como dançar. Então me salve de outro encontro horrível e me ensine a ser sexy e flertar com os homens.

Respiro fundo e seguro o fôlego, nervosa. Esta casa está tão silenciosa que você conseguiria escutar um prego cair no chão. Bem quando eu pensei que tivesse feito o pior erro da vida, Vincent resolve falar.

— Eu não sou um cara de felizes para sempre, princesa — ele me lembra.

Meu coração falha uma batida quando ele fala isso, mas consigo me controlar, esperando que ele concorde com isso e que possamos passar mais tempo juntos, então, talvez ele *seja* um cara de felizes para sempre. Talvez ele pudesse ser o *meu* felizes para sempre.

— Eu sei. E está tudo bem. Quer dizer, não é como se eu pensasse que devêssemos nos casar e ter bebês ou coisa do tipo — digo, com uma risada nervosa.

Ai, Deus, nós faríamos bebês maravilhosos.

— E eu não vou ajudar você a se tornar uma *stripper* — ele rosna.

— Não diga isso como se fosse um xingamento! Você trabalha em um clube de strip!

Ele finalmente se afasta da bancada e caminha na direção da ilha da cozinha, cruzando os braços sobre aquele peitoral lindo, belo e gloriosamente nu.

— Eu não confio em strippers. Elas não são nada além de mentirosas.

— Bem, *eu* não sou uma mentirosa — argumento. — E não vou fazer isso porque eu sempre sonhei em tirar as minhas roupas por dinheiro. Estou fazendo isso porque eu preciso finalmente fazer algo novo e excitante com a minha vida. E também porque o dinheiro é muito bom.

— Ah, sim, definitivamente é muito bom. Paga tão bem que você poderá comprar um lugar chique para morar, roupas caras, sapatos e joias, e provavelmente um carro superlegal e caro, para todos ficarem com inveja. Ou você pode fazer algo que todas fazem e encontrar um *sugar daddy*, que poderá comprar todas essas coisas para você — ele diz, irritado, e dá um sorriso.

— Do que é que você está falando?! Primeiro de tudo, como você se atreve a sugerir que eu sou esse tipo de pessoa?! E segundo, o PJ só emprega mães solteiras e que não são em *nada* parecidas com o que você está descrevendo — argumento, tentando não ser muito dura com ele.

— Vamos apenas dizer que o PJ não foi sempre tão bom em escolher as mulheres que contratava. Algumas delas mentiram e traíram e fizeram tudo o que podiam por dinheiro. — Vincent fala.

Há tanta dor e raiva na sua voz que eu tenho vontade de descer do banco, contornar a ilha e abraçá-lo, mas ainda estava muito irritada pelo que ele tinha insinuado sobre mim.

Ele obviamente estava falando sobre uma experiência pessoal, mesmo que não tenha soado bem quando ele falou.

— Quem ela era? — Sussurrei.

Ele pisca e, por um momento, acredito ver seu rosto ser tomado pela tristeza. E rápido como apareceu, a expressão foi embora e substituída pelo tremular irritado do músculo do seu maxilar, enquanto ele me observa.

— Isso não tem nada a ver comigo. Não vou ensinar alguém a se tornar uma stripper, não importa o quão doce e inocente ela possa fingir ser.

Com essas palavras, eu desço do banco, agarro o caderninho da bancada e enfio na minha bolsa.

— Você é TÃO idiota! — Grito, pego a minha bolsa e me viro para ele. — Para a sua informação, eu não estou fingindo nada! Eu não preciso do dinheiro para comprar sapatos chiques ou joias ou qualquer coisa do tipo! Eu preciso para salvar a minha biblioteca. Meu *lar*. O único lugar que sempre fez com que eu me sentisse normal, onde as pessoas não me olham de maneira estranha quando eu falo fatos aleatórios e inúteis. Aquele lugar é a minha vida toda, e sem ele, eu não sei quem sou! A diretoria quer fechar o lugar que tem sido o meu paraíso por nove anos. Quando eu entro pelas portas da frente e passo as minhas mãos pelas lombadas daqueles livros, sinto como se eu finalmente pudesse *respirar*. Recuso-me a deixar que isso aconteça e, sim, estou disposta a sair da minha zona de conforto e me tornar a porra de uma stripper para salvar a biblioteca! Então, vá se ferrar e obrigada, por nada!

Viro-me antes que as lágrimas que enchem meus olhos caiam, saio apressada da cozinha e passo pela porta, fechando-a com um estrondo. Não consigo acreditar que pensei que pudesse existir algo mais entre nós. Ao menos posso ficar agradecida porque eu não fiz algo humilhante, como ir direto nele e falar para o idiota que eu gostava dele.

Chego na casa do Vincent às dez da noite, depois de outro encontro desastroso; fecho a porta com o pé e reviro os olhos para mim mesma. Sinto como se essa fosse a única saída e entrada, desde que me mudei para esse lugar.

— Você chegou cedo.

Como sempre, dou um pulo e grito quando escuto a voz do Vincent.

— Você não deveria estar no trabalho? — Pergunto, irritada, jogando minha bolsa na mesa e me perguntando por que não consigo ter uma folga.

— Era uma noite tranquila. Saí mais cedo — ele explica, levantando de um dos bancos e vindo na minha direção.

— Aí nossa, você decidiu ser um *stalker* assustador e me seguir de novo?

Mesmo que as minhas palavras tenham soado sarcásticas, uma parte minha esperava que ele tivesse feito isso. O que é uma coisa muito, muito idiota de se esperar, depois do que aconteceu mais cedo.

— Não. O que aconteceu? — Ele pergunta, e em sua voz consigo escutar a sua preocupação, enquanto ele caminha para mais perto de mim.

Mesmo que eu queira passar por ele e ir direto para o meu quarto e chorar pelo dia que eu tive e pelas coisas que ele disse para mim, não posso fazer isso. Suspirando, conto para ele, a contragosto, sobre a minha noite.

— Ah, nada de mais, só outro encontro dos infernos. Desta vez com o sr. Jonathan Cogs. Foi uma noite positivamente estimulante, começando com a mãe dele me buscando na biblioteca e nos levando para jantar porque, e eu repito: '*A bicicleta tandem*[5] *do Jonathan estava com o pneu furado*'.

Vincent teve a cara de pau de tremer o canto da boca em uma risada contida, e eu olho para ele antes de continuar.

— Tivemos um jantar adorável no Sunshine Diner; uma mesa para três, veja bem, porque a sra. Cogs era a nossa motorista da noite. E sabe, eu entendo, pois eu era a menininha do papai e tudo o mais. Eu ainda morava com o meu pai, até ser expulsa do único lar que tive, porque ele não aprovava as minhas novas amigas e não gostava do fato de que eu precisava ter a minha própria vida, em vez de só ler sobre ela nas páginas dos livros.

Santo Deus, o que tem de errado comigo? Primeiro eu conto para ele sobre a bi-

---

5   Bicicleta tandem – bicicleta dupla, na qual duas pessoas pedalam.

blioteca, e agora isso.

Pisco para afastar as lágrimas e levanto a cabeça. Em seguida, continuo contando a minha história para terminar logo com isso, ir para a cama e fingir que esse dia nunca aconteceu.

— Ela cortou a comida para ele, fez toda a conversa e até mesmo me perguntou se eu era fértil, porque o garotinho dela não estava ficando mais jovem e ela queria netos — termino, soltando o ar, irritada.

O som que sai da boca do Vincent faz meu coração bater acelerado, e olho para ele tanto chocada quanto irritada.

— Você vai rir disso? Você realmente está rindo pelo que eu passei esta noite? — Pergunto.

— Sinto muito, sei que não é engraçado. E sinto muito por ter sido um imbecil mais cedo — ele fala em uma voz baixa e séria, que aquece não apenas o meu coração.

Bem quando eu achei que escutá-lo rir foi chocante o bastante, ele me surpreende ainda mais ao se desculpar.

— Acredito que chamei você de idiota, não de imbecil, mas obrigada mesmo assim.

O canto da sua boca treme e ele dá um passo na minha direção.

— Por acaso o Jonathan deu um beijo de despedida em você, no final do encontro? — Vincent pergunta, suavemente.

— Você está brincando?! Para que a mãe dele ficasse a alguns centímetros de distância dos nossos rostos, dizendo para ele como fazer? Por que você me perguntaria isso?

Ele diminui a distância entre nós, passa um braço ao redor do meu quadril e o outro pelos meus ombros, colocando a mão na minha nuca. Ele me puxa contra o seu corpo e eu arfo, surpresa, e minhas mãos vão direto para o peito dele.

— Estou perguntando isso porque você tem razão, eu sou um idiota. E eu sempre quis beijar essa sua boca, desde que a vi pela primeira vez. Só queria ter certeza de que eu serei o único que tocará esses lábios nesta noite.

Ele pressiona a minha nuca, e antes que eu possa perguntar o que ele está fazendo, Vincent puxa meu rosto para perto do seu e cola a sua boca na minha. Suspiro, surpresa, contra os seus lábios, e Vincent aproveita a oportunidade para colocar a língua em jogo.

Assim que roça gentilmente a língua na minha, fico totalmente perdida. Minhas pernas se transformam em gelatina, e me agarro na camiseta dele.

Depois de anos e anos lendo sobre primeiros beijos em livros, agora percebo que eles são *nada,* em comparação com a vida real. Nada do que experimentei na minha vida toda se compara à maneira como o Vincent me beija: gentil e suave, mas, ainda assim, forte e exigente ao mesmo tempo. Seu braço aperta ao redor da minha cintura, nos deixando ainda mais colados enquanto aprofunda o beijo. Nossas bocas dançam uma com a outra, e cada roçar da sua língua contra a minha faz com que eu sinta meu corpo todo arrepiar, e uma sensação de necessidade que eu nem sei por onde começar.

Muito antes de eu estar pronta para o beijo terminar, Vincent diminui a intensidade e puxa gentilmente meu lábio inferior com os dentes, e isso faz com que um frio suba pela minha coluna. Ele afasta a cabeça da minha e olha para mim, e sua mão vai da minha nuca para a minha bochecha.

— Eu pensei que você não confiasse em strippers — sussurro, depois de alguns segundos, quando finalmente me lembro de como se fala.

— Você ainda não é uma stripper. E confio menos ainda nos imbecis com quem você tem ido a encontros — ele responde, acariciando minha bochecha com os dedos, fazendo com que eu perca o foco de novo.

Balanço a cabeça antes de olhar para ele.

— Então, isso significa que você vai me ajudar a ser sexy e a flertar? — Pergunto, esperançosa.

Quer dizer, honestamente, o cara não pode me beijar assim, do nada, e pensar que vou me afastar e esquecer que isso aconteceu.

Ele dá um suspiro, e acho que se não estivéssemos ainda colados e se ele não estivesse tocando em meu corpo, ele apertaria a ponte do nariz.

— Merda... pelo jeito, sim.

Capítulo dezesseis

COMIDA, FRANCÊS, CÍLIOS

— Flerte comigo.

Levanto o olhar do livro que eu estava lendo, para encontrar Vincent parado na frente do sofá, com os braços cruzados sobre o peito, olhando para mim.

— Desculpe, o quê? — Pergunto, confusa, fechando o livro e o colocando ao meu lado no sofá.

— Você queria aulas de como ser sexy e flertar. Então, flerte comigo. Mostre-me o que você sabe.

Ai, Deus. Eu não estou pronta para isso. Pensei que estava, mas meio que esperava que essas aulas fossem resumidas apenas em beijar Vincent mais umas trocentas vezes, e eu não tendo que fazer o papel do macaco no circo.

Movo as minhas pernas, que estão enroladas debaixo de mim, e me levanto do sofá para ficar em pé na frente dele; seco minhas mãos suadas e nervosas no meu vestido, tentando me lembrar de como todas as mocinhas dos livros que li, lidaram com essa coisa de flertar.

Comida. Esse é o caminho para o coração de um homem, certo? Tenho certeza de que li isso em algum lugar.

— Que tal se eu for para a cozinha e fazer algo delicioso? Talvez um bife suculento, com batatas assadas e ervilhas — falo para ele, com uma voz suave, esperando que tenha soado sexy e rouca, e não como se eu estivesse com problemas para respirar.

O que é verdade. Após ficar parada tão perto assim do Vincent, é sempre difícil lembrar como levar ar para os meus pulmões.

Uma das suas sobrancelhas levanta, enquanto ele olha para mim de maneira interrogativa, e rapidamente percebo o meu erro.

— Esqueça disso. Nada de ervilhas. Ervilhas não são sexy — digo, e dou uma risada desconfortável. — Que tal bife, batata e... soufflé.

Não sei se soufflé é sexy, mas é francês. Falar francês sempre soa sexy.

De repente, lembro de uma cena do livro que eu estava lendo alguns minutos atrás, onde a mulher na história pisca os cílios para o homem que ela gostava, e imediatamente ele pegou no seu braço e a beijou. Não tenho muita certeza sobre como piscar rapidamente levou a um beijo, mas não custa nada tentar.

Comida, francês, cílios. Eu consigo.

Sorrio para o Vincent e pisco os olhos tão rápido que quase fico tonta.

— *Soufflé, croquet monsieur, foie gras...* — sussurro, sedutoramente, parando de falar quando não consigo pensar em mais nenhuma comida em francês.

Ok, talvez fígado de pato não seja a coisa mais sexy da culinária francesa, mas meu francês é limitado ao que assisti em programas de culinária na televisão, e vou ter que fazer isso funcionar.

— O. Que. Infernos. Você está fazendo? — Vincent pergunta.

O pouco de confiança que eu tinha desaparece no mesmo instante, e sinto meus ombros caírem, derrotados.

— Eu estava flertando. Essa sou eu flertando — falo para ele, encolhendo os ombros.

— Isso não era flertar. Isso era... Eu não sei o que era. Olha, você não pode aprender a flertar imitando algo que você leu em um livro — ele fala, fazendo com que as minhas bochechas fiquem quentes de vergonha, porque era *exatamente* isso o que eu estava fazendo. — Flertar é fazer alguém sentir que você se sente atraída por ele, pela sua linguagem corporal, não necessariamente com *palavras*, a menos que você esteja elogiando. Fazer contato visual, tocar, *mostrar* para a pessoa que você está interessada. Seja você mesma. Faça o que é natural para você. Toque-me. Faça um elogio para mim.

Tocar e elogiá-lo *não* era algo natural para mim. Por acaso ele estava louco? Abafo meu nervosismo e percebo que não vou aprender nada, a menos que eu faça exatamente o que ele diz.

Levanto uma das minhas mãos e acaricio o seu braço algumas vezes.

— Você está vestindo uma camiseta muito bonita. É nova? O algodão é realmente macio — falo, enquanto a minha mão roça a manga da sua camiseta.

O canto da sua boca treme, mas ele não ri de mim. Sua mão pega no meu pulso e me puxa mais para perto, colocando minha mão no seu peito musculoso, e eu consigo sentir o seu coração batendo.

— Aproxime-se — ele ordena.

Engulo em seco; meus olhos estão grudados na sua mão enorme cobrindo a minha contra o seu peito, e forço meus pés a se moverem alguns centímetros.

— Mais perto — ele fala, baixinho.

Desta vez dou um passo completo, parando praticamente colada nele. Não sei como eu deveria agir naturalmente, quando o calor do corpo dele e o cheiro da sua pele fazem meu corpo se arrepiar de uma maneira que não estou acostumada. Estar tão perto dele, ser forçada a tocá-lo, faz com que eu queira lhe perguntar se ele tem hipertireoidismo, um problema que aumenta a produção do hormônio tiroxina. O excesso deste hormônio pode causar o aumento do metabolismo do seu corpo, o que leva ao aumento da temperatura corporal, e que explicaria o porquê de ele ser tão quente.

Pelo amor de Deus, até mesmo na minha cabeça não consigo ser sexy e flertar.

— Olhe para mim.

Meus olhos saem do seu peito e sobem pelo seu pescoço, parando em seus lábios carnudos. Meu coração parece martelar no peito, desejando que ele me beijasse de novo. Esqueci completamente o meu nervosismo de estar perto deste homem na outra noite, quando seus lábios estavam colados aos meus.

Percebendo que isso não vai acontecer neste momento, continuo subindo o olhar até que meus olhos encontram os dele. Vincent tem olhos castanhos tão lindos e cílios cheios e escuros, que olhar para eles me faz esquecer de onde estou e o que estou fazendo.

Com a sua mão ainda sobre a minha, mantendo-a contra o seu peito, ele começa a acariciar a pele das costas das minhas mãos, me deixando em transe.

— Você tem olhos lindos — sussurro, distraidamente, com minha língua passando sobre meus lábios secos. — Olhos castanhos são um traço genético dominante, criado pela presença de melanina no olho. Mais de cinquenta por cento da população mundial têm olhos castanhos.

Vincent solta um gemido, e contra a minha mão, posso sentir o som ecoar pelo seu peito. Minha mão se fecha em punho, agarrando a camiseta dele, puxando-o mais para perto de mim.

Prendo o fôlego enquanto continuo a olhar em seus olhos, observando-o baixar lentamente a cabeça e sua boca se aproximar cada vez da minha. Fecho os olhos e bem quando me preparo para sentir seus lábios contra os meus, de repente ele tira a mão da minha e dá um passo para trás.

Abro os olhos e ele pigarreia, então o observo colocar as mãos nos bolsos da frente da calça e acenar com a cabeça para mim.

— Aula concluída. Muito bom.

Repasso na minha cabeça tudo o que acabou de acontecer entre nós, percebendo que eu tinha divagado sobre algum fato inútil e idiota no meio do flerte, e me pergunto se isso tinha acabado com o clima e por que ele tinha se afastado de mim.

— Não minta. Não teve nada de *bom* nisso. Não tem nada de sexy em falar fatos sobre a cor dos olhos — falo para ele e reviro os olhos.

— Eu *não* estou mentindo. Você estava sendo *você*, o que é exatamente o que eu falei para você fazer. Quando você está perdida no momento, e não presa na sua própria cabeça, você é a mulher mais sexy que eu já conheci.

Abro a boca, chocada, e meu coração acelera ainda mais, tanto que eu fico surpresa por não explodir.

De repente, ele se vira e se afasta de mim, indo para o corredor, e me pergunto por que ele está andando tão rápido, se ele realmente acredita no que acabou de me dizer.

— Para aonde você está indo?! Volte aqui! Preciso que me ensine mais! — Grito para ele.

— A aula acabou — ele responde, sem parar de andar. — Preciso de uma merda de banho frio.

Espero até ele desaparecer no corredor e escutar a porta do banheiro batendo, para deixar que um sorriso animado tome conta do meu rosto.

Capítulo dezessete

A COISA VAI FEDER

— E ESTE é o corredor — anuncio, balançando a mão e deixando cair um pouco do meu vinho no chão. — Não é um corredor bonito?

Pressiono minha bochecha contra a parede fria, fecho os olhos e dou um suspiro.

Já se passaram dois dias desde que Vince me deu a primeira aula sensual, e ainda não tive uma segunda. Ou um segundo beijo, por mais que eu tenha tentado. Claro, só nos vemos por alguns minutos depois que ele acorda e antes de eu precisar ir para o trabalho, mas passo esses minutos praticando meu flerte ao lhe fazer elogios e sendo eu mesma, e não ficando nervosa ao estar perto dele, enquanto fazia isso. Pressionei minha mão contra o seu peito sem a sua ajuda e até mesmo rocei meu ombro no seu corpo quando passei por ele na cozinha, para pegar uma xícara de café. Ontem, fui além e coloquei as minhas *duas* mãos no seu peito e fiquei nas pontas dos pés para estar mais próxima, quando lhe desejei que tivesse uma boa noite no trabalho. E ainda assim, tudo o que tenho é a lembrança daquele primeiro beijo, para me manter aquecida à noite.

Aquele beijo... a causa de tantas noites em claro, pelas quais passei desde que Vincent me deu a primeira aula, é o motivo de eu ter convidado Cindy e Ariel para passarem a noite chorando as pitangas comigo.

O vinho era só uma bela adição, cortesia da Cindy.

— Ok, tudo bem. Estou convencida de que isso não é uma câmara de tortura. Na verdade, é um lugar bem legal. — Ariel fala, depois que terminamos o *tour* pela casa. Então ela se aproxima da porta fechada, na frente do quarto do Vincent. — O que tem aqui?

Abro os olhos, ainda com a bochecha colada à parede, e vejo que ela está mexendo na maçaneta.

— *'Tem um quarto no final do corredor, na frente do meu. Está trancado. Está sempre trancado. Não toque, e não tente entrar. Aquele quarto fica sempre fechado e ninguém entra. Grrrrrr.'* — falo com uma voz grave e rabugenta, imitando o

Vincent o melhor que consigo, e adiciono um rosnado no final.

— Essa é a regra onze-dez da casa. Matemática é difícil.

Afastando-me da parede, bebo outro gole de vinho enquanto Ariel continua a mexer na fechadura.

— E isso não grita *assassino em série* para você? — Cindy pergunta, passando por mim e se aproximando da Ariel.

Ela empurra Ariel para o lado e tenta ela mesma mexer na tranca.

— Ainda está trancado, gênio. Você achou que a tocaria e em um passe de mágica a porta se abriria para você? — Ariel reclama.

— Tentei fazer o PJ me contar tudo o que sabe sobre o Fera, mas ele não soltou uma palavra. Mesmo depois de eu ter dado para ele a melhor chupada da vida. — Cindy reclama, se afastando da porta e cruzando os braços, ainda olhando para a maldita porta. — Ele disse que o Fera é seu amigo e que só ele pode se abrir sobre a própria vida, quando achar que é o momento certo. Mas ele me assegurou de que a Belle está em boas mãos. Ele disse que o Fera pode ser um pouco grosseiro, mas, no fundo, é uma boa pessoa.

— Uma boa pessoa que prometeu me ensinar a ser sexy e a flertar, e além de uma aula alguns dias atrás, não fez mais nada — falo para elas, bebendo o resto do meu vinho e tonteando um pouco.

Quando contei para a Cindy e para a Ariel que eu tinha decidido não ir direto ao ponto e perguntar para o Vincent se ele gostava de mim, e em vez disso eu disse que precisava da *expertise* dele para que pudéssemos passar mais tempo juntos, elas me deixaram chocada ao dizerem que era um plano brilhante, já que ele era tão fechado sobre si mesmo e seus sentimentos.

— Não quero chegar e gritar: *ME DÊ UM POUCO DA SUA EXPERIÊNCIA E ME BEIJE MAIS, AGORA*, mas, qual é?! Por que ele está demorando tanto?

— Eu ainda estaria puta, depois de ele ter acusado você de fingir ser doce e inocente. Além disso, eu teria cortado as bolas dele, enquadrado e pendurado em cima da lareira, só para ele nunca esquecer. — Ariel comenta.

— Mas isso não funcionaria. Eu meio que preciso das bolas dele, não? Especialmente se ele realmente gostar de mim, e essa coisa de me ensinar a dança sensual, terminar com ele fazendo coisas sensuais comigo. Durante a excitação, os testículos aumentam de tamanho por causa da vasoconstrição, que é o acúmulo de sangue na área pélvica, que acontece durante a excitação. A pele do escroto fica mais rígida e os testículos aumentam aproximadamente cinquenta por cento no tamanho e peso. Entretanto, Masters e Johnson descobriram que se a excitação sexual é mantida por tempo suficiente, os testículos podem ficar quase duas vezes maiores, retornando ao tamanho normal depois do orgasmo.

Cindy e Ariel olham para mim, completamente confusas.

— Eu dei uma pesquisada sobre sexo e sacos nos últimos dias, só por via das dúvidas — encolho os ombros e levo a taça de vinho até a minha boca, e franzo o cenho quando lembro que está vazia.

Honestamente, eu não sei por que não me incomoda que Vincent não tenha se desculpado pelo que falou para mim. Talvez seja porque eu tenha começado a entendê-lo um pouco melhor. Ele não é muito de falar, é muito mais de fazer. E aquele beijo que ele me deu, assim como ter decidido me ajudar com as aulas, mesmo que isso tenha resultado em noites em claro para mim, porque quero mais, meio que era a sua maneira de se desculpar e possivelmente me mostrar que ele gostava um pouco de mim, então é difícil ficar brava com ele.

— Precisamos ver o que tem nesse quarto. Cindy, me dá um cartão de crédito. — Ariel pede e levanta a mão.

Cindy se vira e corre pelo corredor, tropeçando um pouco e batendo na parede, rindo enquanto caminha.

— Eu não acho que seja uma boa ideia — sussurro, caminho pelo corredor e paro atrás da Ariel.

— É uma ideia perfeita. Ele está no trabalho. Vamos entrar, olhar e nos certificar de que ele não é um maluco que gosta de uns tapinhas, com essas coisas de chicotes e correias pendurados nas paredes, e então trancaremos tudo, como se nunca tivéssemos entrado.

Cindy volta alguns segundos depois, balançando um cartão de crédito sobre a cabeça, com uma das mãos, e com outra garrafa de vinho sob o braço. Ela passa o cartão para a Ariel e enche o meu copo.

Tiro o cartão de crédito da mão da Ariel, antes que ela possa tentar usá-lo.

— Ei! — Ela reclama, tentando pegar o cartão de volta, mas eu o seguro fora do seu alcance.

— Sério, não podemos fazer isso. Ele está me deixando ficar na casa dele sem cobrar nada. Isso é uma imensa invasão de privacidade. Não vamos entrar nesse quarto.

— Querida, eu sei que você não quer perder a confiança dele, mas é meio estranho que ele tenha dito para você que esse quarto em específico era o único fora dos limites, e então não disse o porquê. Quer dizer, isso é a mesma coisa que falar a uma criança que ela não deve tocar em alguma coisa. — Cindy afirma. — Isso só a deixa mais curiosa. *Me* deixa mais curiosa. Você é nossa amiga e estamos preocupadas com você. Só queremos ter certeza de que você está segura, e que ele não está escondendo nenhum corpo ali dentro. Como a Ariel disse: entramos, saímos e fingimos que isso nunca aconteceu.

Ariel pega o cartão de crédito da minha mão antes que eu consiga impedi-la. Bebo meu vinho, nervosa, enquanto ela desliza o cartão entre a porta e o batente, e tenta virar a maçaneta. Depois de alguns minutos de tentativas, ela começa a murmurar baixinho.

— Porta de merda.

Devolvendo o cartão para a Cindy, ela começa a bater na porta com o ombro, várias vezes.

Quando *aquilo* não funciona, ela dá alguns passos para trás, até que as suas costas estejam na parede oposta. Com um alto grito de guerra, ela corre para frente e se joga na porta, e imediatamente quica, caindo de bunda no chão.

Cindy e eu rimos enquanto ela xinga e esfrega o ombro, e por um momento esqueço que não deveríamos estar fazendo isso, porque é realmente engraçado, e o vinho está uma delícia.

— Aqui, segure isso. — Cindy fala, repentinamente, me entregando a garrafa de vinho.

Levo a garrafa até a minha boca e bebo direto do gargalo, mesmo tendo uma taça cheia na outra mão, e observo fascinada enquanto ela levanta a perna e chuta a porta, com toda a força.

— Droga. Isso sempre funciona nos filmes — ela reclama quando a porta não cede.

— Alguém tem um grampo de cabelo? — Pergunto, enquanto Ariel se levanta do chão e olhamos para a porta. — Vocês estão vendo aquele pequeno buraco no meio da tranca? Ele mostra que essa é uma tranca de pressão. Tudo o que precisamos é de algo pontudo para enfiar ali, e então a tranca deve abrir na hora.

As duas se viram e me observam.

— Talvez você devesse ter compartilhado isso uns cinco minutos atrás, idiota. — Ariel reclama.

Encolho os ombros e dou outro gole na garrafa, e vejo a Cindy levar as mãos até o seu longo cabelo loiro e tirar de lá um grampo que segurava a sua franja. Ariel e eu nos aproximamos dela e olhamos por cima do seu ombro, enquanto ela abre o grampo e o enfia no buraco.

Alguns segundos depois, escutamos um *pop*.

Olhamos de uma para a outra, surpresas.

Mesmo com todo o vinho que consumi, eu ainda sei que isso é errado. Eu ainda sei que não deveríamos entrar neste quarto. Espero que já que não fui eu quem abriu a fechadura, seja absolvida de toda a culpa que estou sentindo.

Tecnicamente *eu* não abri a porta, foi a Cindy.

— Você está pronta? — Ariel me pergunta, pegando a garrafa de vinho da minha mão e dando um gole. — O que você vai fazer se entrarmos e tiver corpos espalhados por todos os lados?

— Para a média humana, o fedor é normalmente percebido de vinte e quatro horas a três dias depois da morte, dependendo de alguns fatores — falo para elas. — Estou morando aqui há duas semanas, então eu já teria sentido o cheiro de corpos em decomposição.

Ariel se afasta da porta e aponta para Cindy.

— Você vai primeiro.

— Eu não, você ficou louca? — Ela protesta, também se afastando da porta. — E se alguma coisa pular em mim? Meus reflexos são lentos e eu não serei capaz de me defender. Eu bebi vinho demais. Vá *você* primeiro.

Ela agarra o braço da Ariel e a empurra para a porta fechada.

— Ah, não! Pode ter alguma coisa lá dentro! E se ele mantém um animal selvagem aí? E se um tigre pular em nós assim que abrirmos a porta? Meu rosto é muito bonito para ser comido por um tigre! — Ela choraminga.

— Ah, pelo amor de Deus — murmuro e tiro as duas do caminho. — Eu vou.

E lá se foi a minha absolvição. Minha necessidade de saber o que tinha atrás da porta acabou empurrando a minha culpa para escanteio.

Sem pensar duas vezes, giro a maçaneta, abro a porta e dou um passo para dentro.

Bato com a mão na parede e ligo a luz. O quarto é imediatamente banhado por um brilho suave e bonito, vindo de um lustre de cristal pendurado no teto, e não posso evitar que meus olhos se enchem de lágrimas quando olho ao redor, com a boca aberta.

Ariel e Cindy batem nos meus ombros ao passarem por mim, as duas parando no meio do quarto, que era imenso. O teto era abobadado, assim como na sala de estar, e, honestamente, eu estou surpresa pelo tamanho deste quarto. Imagino que Vincent deva ter tirado algumas paredes, porque isto aqui era três vezes maior que os nossos quartos juntos.

— Mas que caralho?! — Ariel fala, enquanto continua andando pelo quarto.

— Isso... não era o que eu esperava. — Cindy adiciona.

Não consigo fazer nada mais do que ficar parada aqui, em choque, enquanto as minhas duas amigas andam pelo quarto.

— Por que diabos ele proibiria você de entrar aqui e manteria este quarto fechado? Isto aqui é como a sua nave-mãe. — Ariel fala, balançando a cabeça.

Realmente, isto aqui é definitivamente a minha nave-mãe. É a biblioteca particular mais linda que eu já vi. E sério, chamar de biblioteca particular não transparece o devido valor. É quase mais bonita do que a biblioteca que eu trabalho.

As estantes vão do chão ao teto e cobrem todas as paredes do quarto, e cada uma das prateleiras está cheia de livros. Tem até uma escada com rodinhas, e eu praticamente começo a pular, animada. A necessidade de subir naquela coisa e pedir para alguém me empurrar pelo quarto é tão grande que eu quase não me contenho. Nós nem temos uma dessas na *minha* biblioteca. Usamos uma escada antiga, capenga e enferrujada, quando precisamos alcançar as prateleiras mais altas.

Há uma lareira revestida de pedra, similar a da sala de estar, construída entre as estantes em uma das paredes, e várias mobílias de couro em frente a ela.

— Esta é a coisa mais linda que eu já vi — sussurro, maravilhada, me aproximando de uma das paredes e passando as pontas dos dedos pelas lombadas dos livros.

Ele tem todos os tipos de livros, indo dos *thrillers* até os romances de época clássicos.

— Por que ele manteria algo assim trancado? Não faz sentido — Ariel questiona e senta em uma das poltronas de couro na frente da lareira.

— Talvez ele seja tão fechado porque era casado e este era o quarto preferido da esposa. — Cindy brinca, parando ao lado da poltrona da Ariel.

— Ahhhhh, talvez uma estante caiu em cima dela e a coitada morreu, e ele não consegue mais pisar aqui dentro! — Ariel adiciona.

— Ah, não. Isso é tão triste. — Cindy fala, com o cenho franzido.

— Isso é tão ridículo — murmuro e balanço a cabeça para elas.

— Não tão ridículo quanto o que vocês três estão fazendo aqui dentro.

Cada uma de nós solta um grito agudo e eu me viro para encontrar Vincent parado à porta, com as mãos no bolso da calça e uma expressão assassina no rosto.

— É CULPA DELA! — Nós gritamos, uma apontando para a outra.

Vincent balança a cabeça e suspira.

— Eu sinto muito — murmuro e levanto a garrafa. — O vinho nos fez fazer isso. E além disso, eu acho que podemos ter estragado um pouco a sua porta, quando a Ariel tentou abri-la usando o ombro, e quando a Cindy tentou com um chute. Eu realmente sinto muito e nós vamos comprar uma nova porta para você.

— Ai, meu Deus, não conte isso para ele! — Ariel sussurra. — Agora ele realmente vai nos matar.

Vincent tira as mãos do bolso, levanta o celular, digita alguma coisa e leva o aparelho ao ouvido.

— Ai, merda. A coisa vai feder! Ele está ligando para a polícia. Eu não quero ir para a cadeia! — Ariel choraminga, pulando da poltrona, e se agarra ao braço da Cindy.

— Tem mulheres bêbadas na minha casa. Venha buscá-las. — Vincent rosna ao telefone.

— Porra. Aposto que ele chamou a máfia. Ele se parece com um desses mafiosos. Ou como alguém de uma gangue de motociclistas. Ai, não. Vamos ser levadas por motociclistas e nunca mais ouvirão falar de nós. — Cindy chora.

Vincent termina a ligação e enfia o celular de volta no bolso.

— O seu namorado vai chegar aqui em dez minutos. — Vincent rosna para Cindy e me dá um último olhar irritado, antes de se virar e desaparecer no corredor.

Solto o ar que estava segurando, agradecida por não ter nenhum derramamento de sangue.

Cindy e Ariel passam rapidamente por mim, as duas me dando um tapinha nas costas. Ariel me passa a garrafa de vinho no meio do caminho.

— Aqui, você pode precisar disso. Vamos esperar o PJ lá fora. Se o Fera começar a gritar com você, só finja chorar. Os homens não sabem lidar com mulheres chorando. — Ariel fala para mim.

Minhas amigas me deixam sozinha na biblioteca e saem correndo o mais rápido que conseguem, quando chegam ao final do corredor. Assim que eu escuto as suas vozes dizendo para o Vincent que ele tem uma biblioteca linda, e logo depois o som da porta batendo, percebo que não preciso fingir que vou chorar. As lágrimas enchem meus olhos, e meus lábios começam a tremer enquanto eu abraço a garrafa de vinho e faço lentamente a caminhada da vergonha pelo corredor, para que possa enfrentar a punição pelo que eu fiz.

Capítulo dezoito

REGRAS FORAM FEITAS PARA SEREM QUEBRADAS

Quando chego à sala de estar, Vincent está parado de costas para mim, do outro lado da sala, virado para a porta por onde as minhas amigas tinham acabado de sair, e de braços cruzados.

— Vocês se divertiram hoje? — Ele pergunta, com a voz baixa e sem emoção.

O que era ruim. Eu não sei se devo me desculpar de novo e implorar para ele não me expulsar, ou fingir que aquilo não era nada de mais. Talvez eu deva fingir que nunca aconteceu.

— Ah, sim! Nós nos divertimos bastante!

Observo seus ombros ficarem tensos e percebo que provavelmente eu deveria ter escolhido a opção de pedir desculpas. Abro a minha boca para falar um *me desculpe* em alto e bom som, quando de repente alguém bate à porta.

Vincent fecha as mãos em punhos e eu olho ao redor da sala, me perguntando se Cindy ou Ariel tinham esquecido alguma coisa. Eu realmente esperava que fosse só um vendedor qualquer ou algo do tipo. Se as minhas amigas aparecessem aqui de novo, talvez ele perdesse a cabeça. Vincent dá um passo para frente e abre a porta.

— Oi! Eu sou o Dusty! Estou aqui para buscar a Isabelle para um encontro. Você é o pai dela? Prazer em conhecê-lo, senhor.

Gemo enquanto o homem parado à porta, que parece ter saído do colegial, estende a mão para o Vincent. Na outra mão, ele tinha um buquê de flores silvestres com raízes e terra penduradas, que acredito que ele tenha colhido em algum lugar do quintal do Vincent. Com Cindy e Ariel aparecendo aqui e com todo o vinho que bebemos, além de descobrir que o Vincent não tem um quarto cheio de corpos, mas sim, uma biblioteca repleta de livros, eu me esqueci completamente desse encontro idiota.

Vincent dá um passo para trás e bate a porta na cara do Dusty, sem dizer uma única palavra.

— Bem, isso foi rude... — murmuro, enquanto Vincent se vira e olha para mim, do outro lado da sala.

Dou alguns passos para trás, até que minhas costas batem na parede. Ele está a mais de seis metros de mim, mas a expressão do seu olhar é um pouco amedrontadora.

— Você. Quebrou. Uma. Regra.

Ele pontua cada palavra e fala entredentes. Pela primeira vez desde que o conheci, tremo de medo, em vez de animação. Claro, falei para as minhas amigas que entrar naquele quarto não era correto, mas eu deveria ter dito e feito mais. Eu deveria ter negado e batido o pé e nunca, nunca mesmo, me permitir beber tanto vinho que acabasse esquecendo sobre a confiança que o Vincent tinha depositado em mim quando disse para eu não entrar naquele quarto.

— E-e-eu sei — gaguejo. — Eu disse que sinto muito e...

— ESTOU ME LIXANDO QUE VOCÊ SENTE MUITO! — Ele berra, e sua voz troveja e praticamente chacoalha a casa inteira. — NÃO ERA PARA VOCÊ ENTRAR NAQUELA MERDA DE QUARTO. ESTAVA TRANCADO POR UM MOTIVO. VOCÊ CONCORDOU COM AS REGRAS, E VOCÊ MENTIU!

Ele fica parado, com as pernas separadas e com a respiração pesada, e ambas as mãos estão fechadas, tensas, do lado do corpo. Eu sei que não deveria cutucar a onça com vara curta, mas é impossível me manter calada. Eu sei que estou do lado errado, e sei que deveria estar me jogando aos pés dele, mas também sei que não sou mais o tipo de pessoa que aceita alguém falar comigo dessa maneira, mesmo que eu tenha feito algo para merecer isso.

— O que diabos tem de errado com você?! Acalme-se, e pare de agir como uma...

Ele caminha na minha direção, e em vez de eu me encolher contra a parede até ser engolida por ela, coloco as mãos no quadril e me mantenho firme.

— Como uma o quê? Como a PORRA DE UMA FERA?! — Ele grita. — Esse sou eu, princesa! Quantas vezes vou ter que dizer para você?

— Esse *não* é você, esse é quem você *escolheu* ser! Eu vi você ser doce e gentil, então nem tente agir como se não fosse nada mais do que um animal que não consegue controlar o temperamento. Eu disse que sentia muito. Não sou uma mentirosa. Eu só queria entender você melhor.

Ele dá outro passo ameaçador na minha direção, e praticamente sai fogo pelos seus olhos, quando me observa.

— Não tem nada para entender. Fique longe da porra daquele quarto.

Eu não sou um príncipe das merdas dos contos de fadas que você lê, então tire isso da sua maldita cabeça! Eu falei que ajudaria você com essa ideia ridícula de aprender a ser sexy, mas é só isso, nada mais.

— Então que diabos foi aquele beijo na outra noite? — Respondo, irritada. — E nem tente me dizer que aquilo foi uma aula, porque nós dois sabemos que é mentira!

— Foi um lapso momentâneo de julgamento e não vai acontecer de novo, entendeu?

Coloco minhas mãos no seu peito e o empurro com todas as minhas forças, até que ele saia do meu caminho, então passo por ele antes de as lágrimas caírem.

— Ah, não se preocupe. Entendi a mensagem, alto e claro! — Respondo, gritando para ele, enquanto vou para a porta.

— Aonde é que você está indo?

— NÃO É DA PORRA DA SUA CONTA! — Berro, abrindo a porta, e fico surpresa por ver Dusty sentado nos degraus.

Quando eu fecho a porta com um estrondo, ele se vira, olha para mim e sorri. Ando pela varanda, seguro no seu braço e o puxo para se levantar.

— Vamos. E já vou avisando que é bom que você esteja me levando para o melhor encontro da minha vida!

Esse é o pior encontro da minha vida.

Pode ser que o meu humor tenha azedado o encontro, mas acho que mesmo se eu estivesse no meu melhor dia, esse encontro ainda seria horrível. O que também é triste. Nas primeiras horas, Dusty parecia exatamente o meu tipo; ele até usava óculos com armação preta, como o meu, o qual ele ficou empurrando pelo nariz a noite toda.

Ele gosta de falar sobre livros e sabe mais fatos aleatórios e inúteis do que eu. Mas Dusty é… como é que eu posso descrever…? Tem a mão boba.

— Eu nunca vim aqui antes. É um lugar legal, um pouco cheio, mas legal mesmo assim. — Dusty fala alto, para se fazer ouvir sobre o barulho do bar, e sua mão imediatamente desce e vai parar na minha bunda.

Afasto a sua mão e lhe dou outro olhar, como fiz nas outras dez vezes desde que chegamos. Sei que deveria dar um soco no rosto dele, mas considerando que eu já tinha feito isso com um dos meus pretendentes, e que eu realmente não queria voltar para a casa do Vincent tão cedo, estou tentando ao máximo me manter calma. Talvez um bar não tenha sido a melhor sugestão, mas eu queria algum lugar bastante movimentado, já que não conhecia o cara. Porém, um bar cheio, onde não pudemos nos sentar e fomos forçados a ficar de pé no meio de pessoas, ao balcão, onde o Dusty podia facilmente me bolinar, provavelmente não foi a minha melhor decisão esta noite.

— Desculpe! Sinto muito! Eu faço isso quando estou nervoso — ele me diz, rindo de maneira apreensiva enquanto levanta as duas mãos, e eu bebo um gole grande do meu vinho.

— Eu sei. Você já me falou isso, mas não há motivo para você ficar nervoso. Por que não me conta mais sobre você? Onde você trabalha?

Ele começa a divagar sobre o seu trabalho como contador. Fala sobre planilhas, números e matemática, até que me abstraio e não escuto mais nenhuma palavra do que ele diz.

Quem diabos o Vincent pensa que é, agindo daquela maneira? Eu sei que fiz algo idiota, e sei que foi uma coisa horrível de se fazer, trair a confiança dele dessa maneira, mas como ele ousa falar comigo daquele jeito? Como ele ousa gritar comigo? Espero que ele se sinta como um idiota. Espero que ele esteja sentado sozinho naquela casa, se arrependendo de cada palavra que disse para mim. Ele vai ter que rastejar bastante para conseguir que eu o perdoe dessa vez.

Não consigo acreditar que eu esteja considerando perdoar o homem, depois da maneira como ele se comportou. Mas, por baixo de toda aquela raiva, havia dor. Uma dor tão latente porque eu o tinha enfrentado de propósito, e era isso o que tornava impossível eu me afastar dele e nunca mais voltar. Isso, e o fato de eu não ter outro lugar para morar. Eu quero saber por que ele tinha ficado tão irritado por eu entrar naquele quarto, além de ter aberto a fechadura e entrado quando ele tinha deixado claro que isso era algo que eu não deveria fazer. Era mais do que apenas um desafio às suas ordens, eu podia ver isso claramente.

Quero saber por que ele esconderia algo tão bonito e incrível como uma biblioteca particular. Isso é algo que não faz sentido para mim. Tem que haver algo mais do que essa regra idiota que eu tinha quebrado. E eu quero saber por que ele tinha me beijado daquela maneira, para depois dizer que não passaria daquilo e que tinha sido um lapso momentâneo de julgamento. Posso não ter muita experiência com beijos, mas sei que senti aquele beijo reverberar pelo meu corpo, e que isso não é algo que aconteceria se fosse apenas um erro.

— E não há nada mais satisfatório do que quando todos os números batem. — Dusty fala, me tirando dos meus pensamentos, quando mais uma vez ele abaixa a mão e a coloca em uma das minhas nádegas.

Abro a minha boca para pedir que ele retire a mão, quando de repente uma voz baixa e irritada, próxima a mim, se sobressai entre as conversas ao nosso redor.

— Tire a mão da bunda dela, antes que eu a arranque do seu corpo e acabe com a sua raça.

Sinto meu corpo gelar quando viro a cabeça e vejo o Vincent parado a menos de um metro de distância, dando um olhar assassino para o pobre do Dusty. O homem é inteligente o bastante para tirar a mão de cima de mim e dar alguns passos para trás, batendo no casal sentado nas banquetas atrás dele.

— Sinto muito, senhor! É um tique nervoso, eu juro! — Dusty explica, apressado, andando para trás e se fastando cada vez mais no bar, quando acaba batendo em outro grupo de pessoas.

O choque por Vincent estar aqui finalmente cede, e a raiva toma conta enquanto apoio a minha taça de vinho na bancada do bar e coloco as mãos na cintura.

— Que merda você está fazendo aqui?! — Grito para ele.

— Segui você. E claramente a salvei *daquele* idiota. — Vincent responde, sem nem ao menos me olhar, enquanto continua a observar o Dusty, cuja face agora estava coberta por uma fina camada de suor.

— Não preciso que você me salve, e ele não é um idiota! *Você* é um idiota! — Respondo, irritada.

— Você pediu para ele agarrar a sua bunda? — Ele pergunta, finalmente olhando para mim e levantando uma sobrancelha.

— Eu... eu... não! Claro que não! Mas...

— Então estou salvando você daquele idiota.

Ele tira o olhar de mim e dá um passo ameaçador na direção do Dusty.

— Caia fora daqui e nunca mais ligue para ela. — Vincent rosna.

O braço direito do Dusty se move, e sua mão agarra a bunda de uma mulher parada bem ao lado dele.

— Desculpe! Desculpe! É um tique nervoso! — Ele se desculpa rapidamente com a mulher, quando ela se vira e lhe dá um olhar de puro ódio, então Dusty tropeça nos próprios pés e bate em uma das mesas do bar, virando alguns copos.

Vincent rosna de novo para ele, e Dusty se vira e sai correndo do bar, empurrando as pessoas que estavam no seu caminho. Quando ele desaparece pela porta, Vincent relaxa visivelmente e se vira para mim.

— Eu não acredito que você fez isso — murmuro.

— Por nada.

— Eu não estava agradecendo você! Você não pode aparecer aqui dessa maneira, quando estou em um encontro! Especialmente depois da maneira como você se comportou hoje à noite. Você é um idiota!

Esbarro com o ombro nele quando saio do balcão, e dou um jeito de passar pelas pessoas, até que finalmente chego ao lado de fora. Então, paro na calçada, fechando os olhos, e respiro profundamente o tão necessitado ar fresco.

— Desculpe-me.

Abro os olhos quando escuto Vincent falar atrás de mim, tão baixo que eu quase não o escuto, mas me recuso a me virar. Escuto seus passos no chão de concreto, e alguns segundos depois, sinto o calor do seu corpo quando ele para bem atrás de mim. Meu corpo, traidor, se arrepia. Ele está tão perto de mim que consigo sentir o cheiro do sabonete e o calor do seu hálito contra o topo da minha cabeça.

— Você está me deixando louco — ele murmura.

Segurando o fôlego, me mantenho totalmente parada, esperando que ele diga algo mais.

— Nunca esperei alguém como você, e é... porra! — Ele xinga.

Consigo escutá-lo passando a mão pelo cabelo, e, lentamente, me viro para encará-lo.

— É o quê? — Sussurro, levantando o olhar.

— É confuso. Eu não confio nas pessoas tão fácil assim. Sei que você não é uma mentirosa. Eu nunca deveria ter dito aquilo para você — ele admite, baixinho.

— Eu não deveria ter quebrado uma das suas regras. Desculpe-me, Vincent — digo para ele, suavemente, sem quebrar o contato visual, para que ele possa ver que falo verdadeiramente sério quanto a isso.

Ele solta um suspiro profundo, levanta a mão, pega uma mecha de cabelo que tinha se soltado do meu coque bagunçado e a coloca atrás da minha orelha. As pontas dos seus dedos descem suavemente pela minha bochecha e então ele volta a colocar as duas mãos nos bolsos da frente da calça jeans.

— Talvez algumas regras sejam feitas para serem quebradas. Vamos para casa.

A maneira como ele diz *casa* faz meu coração pular uma batida. Eu deveria dizer para ele que não vou mais aceitar ordens dele, mas ao menos ele tinha se desculpado. Nunca pensei que escutaria aquelas duas palavras saindo da sua boca. Sei que uma mulher sã provavelmente ficaria morrendo de medo deste homem e do seu temperamento pavio curto, mas acho que já ficou claro que eu não sou sã quando o assunto é Vincent Adams. E mesmo que eu não o conheça há muito tempo, *sei* que ele nunca me machucaria. Ao menos, não fisicamente. Já meu coração, era um assunto completamente diferente.

— Tudo bem. Mas só porque você pediu direitinho.

O canto da sua boca treme e ele tira uma das mãos do bolso e a estende para mim. Coloco a minha mão pequenina na sua gigantesca, e ele entrelaça os dedos nos meus, me guiando até a sua caminhonete, que estava estacionada na esquina.

Capítulo dezenove

> ESSE SOU EU ME RECUSANDO A DIVIDIR

Já se passaram três dias desde a explosão do Vincent e de ele "me salvar" do meu encontro com o Dusty.

Mais uma vez, parece que estamos à deriva, enquanto vemos todos ao nosso redor se afogarem... Ok, talvez eu seja um pouco dramática, mas dizer que as cosias estão estranhas e tensas entre nós, é afirmar o óbvio. Ele tem sido extremamente educado comigo durante os poucos minutos dos dias em que nos vemos, algo que estou começando a perceber que não gosto nem um pouco. O seu jeito rude e grosseiro acabou me conquistando. E desde a nossa desconfortavelmente quieta volta para casa, de carro, naquela noite no bar, a porta da biblioteca continua destrancada e escancarada. Ainda assim, eu não consigo entrar lá, mesmo que o quarto esteja gritando para que eu entre, me sente na poltrona na frente da lareira e leia um livro.

Agora parece como invasão de privacidade. Por algum motivo, Vincent tem sentimentos muito fortes para com aquele quarto, e mesmo que ele claramente o tenha deixado aberto para mim, eu simplesmente não consigo entrar lá. Não até que ele me diga o *porquê*. Não até que eu consiga entender o que tem esse quarto, que fez o Vincent quase perder a cabeça quando entrei lá sem a sua permissão.

E além de tudo isso, eu nem sei como está a nossa situação no que se refere àquelas aulas sobre ser sexy e flertar. Será que ele ainda quer me ajudar? Será que eu ainda *quero* que ele me ensine? Será que ele ir atrás de mim, se desculpar e ser todo doce, significa que ele realmente gosta de mim, apesar do que ele disse antes? E será que *eu* ainda gosto dele e quero descobrir se algo pode vir a se desenvolver entre nós?

— Sabe, você pode entrar lá.

Pulo quando escuto a voz baixa do Vincent às minhas costas e me viro, me sentindo culpada por encontrá-lo parado atrás de mim, bem na porta da biblioteca. Seu cabelo ainda está pingando do banho e ele está vestindo a calça jeans que já é a sua marca registrada, coturnos pretos e uma camiseta que lhe serve como uma luva.

Como é de manhã cedo, pensei que ele ficaria dormindo o dia todo, depois de trabalhar até tarde ontem à noite, mas acho que errei. O cheiro do seu característico sabonete enche meus sentidos, e eu tenho que fechar minhas mãos em punhos e travar meus joelhos para me impedir de dar um passo para frente e cheirá-lo.

Bem, acho que isso responde a minha pergunta sobre se eu ainda gosto dele ou não.

Quando eu não respondo, ele pega uma das minhas mãos e me puxa para a biblioteca, parando ao lado da escada com rodinhas.

— Vai, eu sei que você está morrendo de vontade de subir nela.

Eu não quero que ele veja o quão feliz isso me faz, mas não posso evitar. Solto um gritinho animado, seguro nos corrimãos e subo alguns degraus, com um sorriso enorme no rosto. Viro-me e olho para Vincent.

— Deixe-me adivinhar... Quer que eu empurre você?

Em vez de respondê-lo, eu começo a me balançar, animada, na escada.

Ele solta uma risada baixa, segura na base da escada e, lentamente, a empurra pelas estantes.

— Que dia maravilhoso! — Grito, animada, cometendo o erro de soltar uma das minhas mãos do corrimão e a levantando no ar.

Perco o equilíbrio e um dos meus pés escorrega. Com a outra mão ainda segurando o corrimão, aumento o agarre enquanto escorrego, mas as mãos do Vincent seguram minha cintura e evitam que eu caia no chão. Quando meus pés tocam o piso, me viro lentamente para encará-lo. Ele está tão perto de mim que não tenho escolha a não ser me encostar na escada, enquanto levanto o olhar para ele.

— Nova regra — ele diz, suavemente, e isso faz com que eu revire os olhos. — Você pode entrar aqui sempre que quiser. Mas, se você ainda quiser a minha ajuda, chega de encontros.

Abro a minha boca para argumentar, mas ele rapidamente coloca a mão sobre os meus lábios, para me silenciar.

— Esse não sou eu sendo autoritário. Esse sou eu me recusando a dividir.

Engulo em seco e levanto a mão para segurar a sua, e lentamente a afasto da minha boca antes de fazer algo idiota, como lamber a sua palma para ver qual é o gosto da sua pele.

— Entendi. Entendi tudinho. Em alto e bom som, amigo. Mas, só para você saber, eu tinha esquecido completamente que tinha um encontro naquela noite. Eu teria cancelado, se lembrasse. Coitado do Dusty.

Ai, meu Deus. Pare de falar.

Vincent cerra os olhos e observa meu rosto por alguns segundos, até que eu esteja quase me contorcendo sob seu olhar.

— Pergunte. Eu sei que isso está deixando você louca.

Olho para ele, interrogativamente.

— Sobre este quarto. E porque eu fui um *idiota* fenomenal na outra noite — ele responde.

Mordo o lábio e observo, fascinada, seus olhos se fixarem no que eu estava fazendo, suas lindas íris castanhas ficando cada vez mais escuras quanto mais eu mordia o lábio. Balançando a cabeça para clarear meus pensamentos, solto uma tossida baixa e desconfortável.

— Ahm, bem... acho que andei imaginando por que você manteria um quarto como esse fechado. É maravilhoso, Vincent. Eu viveria neste quarto, se tivesse algo parecido na minha casa.

Ele leva um minuto para olhar as estantes ao redor, enquanto eu levo um minuto para olhar para *ele*.

Seu maxilar marcado e escurecido pela barba por fazer me faz imaginar como seria a sensação de passar a minha mão ali. Seria macio ou áspero? E como seria a sensação em outras partes do meu corpo?

Meu corpo fica todo arrepiado, mas me controlo quando seus olhos encontram os meus mais uma vez e ele suspira profundamente, tirando as mãos da minha cintura enquanto dá um passo para trás, se afastando de mim.

— Este quarto é maravilhoso. Só que me lembra muito do meu passado e isso me deixa irritado; algo que você já sabe. Fico com raiva e perco meu temperamento porque... é embaraçoso. Coloquei essa regra quando você se mudou porque eu não queria que você conhecesse essa parte da minha vida. Sobre as escolhas idiotas que eu fiz e que me trouxeram a este ponto. Sobre como eu ferrei com tudo.

Ele passa a mão no cabelo molhado e eu mantenho quieta, não querendo arruinar o momento em que ele finalmente está se abrindo para mim. Alguns minutos tensos e silenciosos se passam antes de ele finalmente voltar a falar.

— Eu não sou segurança no Charming's desde sempre. Antes, era professor na *Magdalene Preparatory*.

Arregalo os olhos, chocada, e demoro alguns segundos para poder falar.

— Essa é a escola mais renomada do Estado. Eu queria estudar lá e tinha as notas suficientes para entrar, mas meu pai não podia bancar. Mesmo com as bolsas que eu tinha conseguido, ainda assim não era o bastante. Os professores são os melhores do país... — paro de falar e olho para ele sob uma nova perspectiva.

— Não soe tão surpresa. Eu era um professor muito bom — ele me diz.

— Não estou surpresa por você ser um professor. Você é inteligente e autoritário, e eu consigo ver você indo de um lado para o outro em uma sala de aula, falando acaloradamente sobre alguma matéria. Acho que estou surpresa por você não ser mais um professor. Quer dizer, o Charming's é um ótimo lugar, e o PJ e o Eric são maravilhosos, mas... não é exatamente o Magdalene Preparatory.

— Não, definitivamente não é. — Vincent dá uma risada totalmente desprovida de humor. — Alguns anos atrás, eu era noivo. Ela se chamava Kayla e era dançarina no Charming's. Estávamos juntos por três anos e... eu achei que era ela. Acabou que ela achava que cada homem que entrava pela porta era o escolhido, desde que ele tivesse mais dinheiro do que o anterior. Eu descobri que ela estava dormindo com metade dos clientes, quando apareci lá depois de terminar a correção de algumas provas. Encontrei-a na sala dos fundos, entre as suas apresentações, há dez segundos de foder com um cliente. Para encurtar a história, quebrei a cara dele, mas o conselho da escola descobriu o que fiz, quando ele prestou queixa, e então me demitiram. PJ me procurou algumas semanas depois, quando o segurança se demitiu, me ofereceu o emprego, me apelidou de Fera, e o resto é história. Mantive este quarto fechado desde então, porque vir aqui me lembrava demais de tudo o que perdi.

— Ah, Vincent, eu sinto muito — sussurro, dando um passo na sua direção e colocando minhas mãos no seu peito. — Isso deve ter sido horrível. Uma psicóloga clínica especializada em relacionamentos disse em um estudo recente que acredita que o ato de trair pode ser contagioso, e que é bem provável que você faça isso se as pessoas ao seu redor também o façam. Então, se você pensar nisso, trair é meio que um tipo de herpes. É nojento, doloroso, e as cicatrizes nunca vão embora.

O canto da boca do Vincent se mexe até formar um sorriso, e alguns segundos depois, sou recompensada com uma pequena risada, enquanto ele balança a cabeça.

— Você é tão estranha — ele sussurra, olhando para mim com um sorriso no rosto.

— Então, é por isso que você não confia em strippers...

Ele apenas assente.

— Bem, ao menos agora eu sei que você não escondia corpos aqui dentro — falo para ele, dando um pequeno sorriso. — Eu realmente sinto muito por ficarmos bêbadas e invadirmos a sua biblioteca. Se isso faz você se sentir melhor, eu era firmemente contra isso e tentei fazer com que as minhas amigas desistissem. Bem, isso foi no começo. E depois...

— Você deixou que o vinho falasse mais alto — ele terminou a frase por mim. — Bem, se isso faz *você* se sentir melhor, eu estava planejando destrancar a porta e deixar você entrar aqui, quando eu chegasse em casa naquela noite. Senti que você merecia isso depois de toda a merda que eu falei para você naquele dia, sobre você fingir ser doce e inocente. E eu sei que isso faz com que eu soe como um hipócrita, depois da maneira como me comportei quando peguei você aqui. Acho que eu só queria fazer isso nos meus próprios termos, e fiquei puto quando vi que estava fora do meu controle. Eu não pisei numa biblioteca ou toquei em um livro até a primeira noite em que entrei na *sua* biblioteca. Você me fez perceber o quanto eu sentia falta de ler e falar sobre livros.

— E então eu estraguei tudo ao trair a sua confiança.

De repente, Vincent segura a minha cintura e me puxa para ele.

— Você não fez nada disso. Você é exatamente quem diz ser, e eu acho... eu só não estou acostumando com esse tipo de honestidade.

Seus dedos apertam a minha pele, mas não de uma maneira dolorosa. É quase como se ele estivesse tentando ao máximo se segurar, e isso faz com que a minha pele se aqueça de excitação.

— Agora você vai voltar a me ensinar a ser sexy e a flertar? — Pergunto, animada.

Ele dá outra risada e novamente balança a cabeça.

— Não até que você esteja confortável.

— Estou usando um vestido leve, de algodão, e estou descalça. Isto é o mais confortável que vou ficar — respondo.

Ele aumenta a pressão na minha cintura e me levanta alguns centímetros, me abaixando em um degrau da escada.

— Não foi isso o que eu quis dizer — ele murmura, se aproximando até que o seu corpo esteja entre as minhas pernas. Minhas mãos sobem e agarram seus bíceps grossos. — Quero dizer: não até que você esteja confortável *comigo*.

Solto uma risada nervosa quando suas mãos saem da minha cintura e descem pelo lado de fora das minhas pernas.

— Ah, ha ha, isso. Ahm, estou totalmente confortável com você! — Minha voz sai um pouco aguda demais e ele levanta uma sobrancelha para mim, enquanto suas duas mãos vão para baixo da saia do meu vestido, e suas palmas deslizam pelas minhas coxas nuas, até que voltam para a minha cintura.

Engulo, nervosa, sentindo a minha nuca arrepiar e meu corpo ser coberto por uma camada fina de suor frio, quando a ponta dos seus dedos toca a barra da calcinha no meu quadril.

— Você está usando cetim? — Ele pergunta, baixinho.

— Sim. Tenho uma queda por lingeries bonitas, mesmo que ninguém além de mim as veja, e de acordo com uma pesquisa recente, oitenta e quatro por cento das mulheres dizem que têm lingeries especiais e sensuais. Elas fazem com que você se sinta sensual e acentue as suas melhores características, mas são totalmente impraticáveis para o dia a dia. Ainda assim, eu as uso todos os dias. Na verdade, oitenta e nove por cento das mulheres, quando perguntadas, responderam que essas peças especiais as deixavam mais sensualmente confiáveis, e eu preciso fazer o que posso para me sentir mais sensualmente confiável, para que eu possa ser uma stripper — divago, nervosa, enquanto seus dedos continuam a brincar com as bordas da minha calcinha vermelha de cetim, a que eu não sabia que seria vista por alguém, muito menos por *ele*, quando a vesti hoje de manhã.

Meu coração começa a bater forte no meu peito e estou tão ofegante que acho que posso hiperventilar, quando seus dedos começam a se mover para o meio das minhas coxas. Minhas mãos soltam imediatamente os seus braços e vão para o meio de nós dois, agarrando seus pulsos antes que ele vá mais longe.

— O que você está fazendo?!

— Você perguntou se eu ensinaria você a ser sexy. Isto envolve tocar. — Vincent responde, facilmente, com suas mãos quentes ainda paradas na parte de dentro das minhas coxas. — Além disso, eu gosto de você. Não quero ser apenas o seu professor de strip. Eu não sou um cara de contos de fadas, mas gostaria de ter a chance de ver até aonde essa coisa entre nós pode ir.

— Eu... uhm.. Eu só... bem...

Ele solta uma risada suave, tira as mãos de debaixo do meu vestido, dá um passo para trás, e lentamente minha respiração volta ao normal.

— É, foi isso que pensei. Você ainda não está confortável comigo, e está tudo bem.

Ele segura a minha mão e me puxa para descer da escada, me arrastando pelo quarto e pelo corredor.

— O que vamos fazer? Para aonde estamos indo? — Pergunto, quando ele para na sala de estar para pegar a minha bolsa e a passa para mim, e me espera colocar os sapatos antes de pegar as chaves no balcão da cozinha.

— Para algum lugar onde você se sinta mais confortável — é tudo o que ele responde, enquanto me leva para a porta da frente.

Capítulo vinte

ASSIM ESTÁ BOM?

— Aquele homem, com certeza, tem uma bela bunda.

— Sra. Potter! — Sussurro, olhando chocada para ela.

— Estou velha, não morta. Olha só como ele preenche aquela calça jeans!

Nós duas estamos inclinadas, com os cotovelos sobre a mesa da recepção, os queixos apoiados nas mãos, olhando para o Vincent, que está guardando alguns livros que foram devolvidos hoje.

— O sr. Potter não tinha muita bunda, até mesmo quando era jovem. Mas isso não importava, porque aquele homem ainda me fazia trepar nele como em uma árvore. Como estão as coisas entre vocês dois? — Ela pergunta, batendo em mim com o ombro.

— Estão bem. Muito... bem.

Suspiramos baixinho quando Vincent se inclina para guardar um livro em uma das prateleiras mais baixas.

Quando ele me tirou de casa mais cedo e disse que me levaria para algum lugar onde eu me sentiria confortável, nunca esperei que ele fosse me levar para a biblioteca. Ele ficou aqui comigo o dia todo, me fazendo mostrar para ele como era gerenciar uma biblioteca. Mostrei como se catalogavam livros novos no computador, e tentei não rir quando ele digitou apenas com os dois dedos indicadores, demorando três vezes mais para dar entrada nos livros no sistema, do que uma pessoa normal.

Quando perguntei como ele pôde ter sido um professor, se não sabe digitar nem para salvar a própria vida, ele apenas encolheu os ombros e disse que tinha um assistente para isso. Ele me observou ajudar alguns clientes a encontrarem os livros que procuravam; a mostrar para alguém como usar a antiga máquina de microficha em uma das salas de trás, para procurar por alguns artigos de jornal; e ele se encostou em uma das estantes da seção infantil, silenciosamente me observando ler para um grupo de crianças. Foi quase impossível tentar fingir que o seu olhar não me distraía durante toda a história sobre um ratinho tentando encontrar um pedaço de queijo, mas consegui terminar a contação.

Agora está quase na hora de fechar a biblioteca, e mandei-o guardar alguns livros de volta nas prateleiras, para que eu pudesse dar uma respirada. Tê-lo aqui o dia todo, no meu espaço, era demais. Eu não estava acostumada a ter alguém interessado no que eu fazia aqui no dia a dia, mas ele nunca agiu como se estivesse entediado ou como se preferisse estar em qualquer outro lugar.

E a ideia dele tinha funcionado: eu nunca tinha me sentido tão confortável com ele. Agora, Vincent me entendia um pouco mais, e eu entendi que por trás daquele exterior grosseiro, havia um homem doce e de bom coração.

— Ok, o que mais? — Vincent pergunta, empurrando o carrinho vazio até a mesa e parando na frente.

— Hora de fechar! — A sra. Potter anuncia, se afastando da bancada e pegando o casaco e a bolsa do cabideiro. — Divirtam-se, crianças!

Ela dá uma piscadinha e então contorna a mesa, parando na frente do Vincent.

— Não esqueça o que eu falei sobre a resistência das estantes A-B na seção infantil — ela sussurra alto, levantando na ponta dos pés e dando um tapinha na bochecha do Vincent.

Gemo e apoio a cabeça nas minhas mãos, enquanto ela caminha pela biblioteca e sai pela porta, com o sino soando alto.

— Então, o que precisa fazer para fechar? — Vincent pergunta, quando eu abro a gaveta e tiro um molho de chaves.

— Nada mais do que fechar tudo, fazer uma ronda pela biblioteca, para ter certeza de que não tem mais ninguém, e então desligar as luzes — falo para ele e o vejo com a mão estendida sobre a bancada.

Coloco as chaves na sua mão e o observo ir até a porta e trancá-la, voltando para trás da bancada e deixando as chaves ali em cima. Ele pega a minha mão e me puxa para si.

— Vem, vou ajudar você a ver se não ficou ninguém para trás — ele diz, com um sorriso, e começamos a caminhar pela biblioteca. — Então, me conte como você começou a administrar este lugar.

Um sorriso ilumina meu rosto enquanto verificamos atrás de portas, debaixo de mesas e percorremos cada corredor.

— Bem, obviamente eu adoro livros. Quando eu estava na escola e queria arranjar um emprego, para ter dinheiro suficiente para comprar mais livros, este foi o único lugar que meu pai aprovou — digo para ele, encolhendo os ombros. — Ele é superprotetor. Minha mãe morreu quando eu era pequena. Ela trabalhava em um banco que foi assaltado, e quando ela se recusou a dar o dinheiro, o assaltante atirou no peito dela.

— Caramba, Belle. Eu sinto muito. — Vincent fala, baixinho, enquanto vamos para a seção de não-ficção.

— Está tudo bem. Eu era pequena e nem me lembro dela. Algumas vezes, eu não sei o que é pior: conhecer pessoas e ter todos os tipos de lembranças depois que elas se vão, como o cheiro delas, o som das suas vozes e como são seus sorrisos, ou não ter nenhum tipo de lembrança e ter que fingir — explico. — Acho que foi aí que o meu amor pelos livros começou. Eu adorava ler histórias sobre crianças e suas mães, queria saber tudo sobre como era ter alguém que fizesse tranças nos seus cabelos, ajudasse a escolher as suas roupas, ensinasse você a passar maquiagem, e todas essas coisas.

Andamos pela seção de ficção científica e eu continuo a falar, com a mão do Vincent na minha.

— Meu pai fez o melhor que pôde, mas eu não consegui a experiência das roupas, cabelo e maquiagem — digo, com uma risada, apontando para o meu coque bagunçado e as mechas de cabelo que caíam ao redor do meu rosto.

— Você se saiu bem — ele fala, suavemente, quando paramos na frente de uma estante, e Vincent se vira para me olhar.

As suas palavras me aquecem por dentro, como se ele tivesse acabado de dizer que eu era a mulher mais bonita do mundo.

— Enfim, assim que comecei a trabalhar aqui, eu soube que era isso o que eu queria fazer na minha vida. Meu pai se sacrificou muito, trabalhou sete dias por semana, doze horas por dia, na fábrica de aço, desde que eu me lembro, para que eu pudesse ter o meu diploma de Administração de Empresas e o meu mestrado em Biblioteconomia, que terminei ano passado. E administro a biblioteca desde então. O fato de que talvez eu não consiga salvar este lugar está me matando.

Vincent se inclina e toca a minha bochecha com a mão, acariciando com o dedo a minha pele abaixo do olho.

— Se alguém pode fazer isso, é você.

Ficamos ali parados por alguns minutos: Vincent com a mão na minha bochecha, e eu, olhando para ele, até que não consigo mais me conter. Fico na ponta dos pés, entrelaço meus dedos na sua nuca, e puxo seu rosto na direção do meu.

Assim que nossos lábios se tocam, me esqueço de todos os meus problemas. Sua boca é mágica e deveria ter uns cem livros dedicados à maneira como ela se move contra a minha. O beijo começa doce e lento, mas eu não quero mais que seja assim.

Minha língua toca seus lábios e um gemido reverbera pelo seu peito. De repente, seus braços se apertam ao meu redor e ele me levanta.

— Envolva-me com as suas pernas — ele fala, com a boca ainda colada à minha.

Faço o que ele pede: cruzo os tornozelos nas suas costas e aperto meus braços ao redor dos seus ombros, enquanto ele dá alguns passos para frente, até que as minhas costas estão contra uma estante e Vincent se pressiona em mim, bem no meio das minhas coxas.

— Assim está bom? — Ele pergunta, suavemente.

Tudo o que consigo fazer é assentir, querendo mais, mas sem ter ideia de como pedir. Uma sensação crescente começa a tomar conta da parte baixa do meu corpo, onde a saia do meu vestido subiu, e eu consigo sentir a aspereza da sua calça jeans pressionando na minha calcinha de cetim.

Lentamente, ele inclina a cabeça e toma a minha boca, desta vez com mais força e com mais poder do que antes. Sua língua dança sobre meus lábios e, assim que toca a minha, estou totalmente perdida. Meu quadril balança contra ele, como se tivesse vontade própria, o que faz com que ele solte outro gemido bem na minha boca. É a coisa mais sensual que já aconteceu comigo, e sim, eu ainda quero mais.

Nosso beijo se torna mais frenético e selvagem; a sua língua vai cada vez mais para dentro da minha boca, e seus lábios machucam os meus, com a força da sua pressão em mim. Agarro-me nele ainda mais forte; meus braços se apertam ao redor dos seus ombros, para trazê-lo o mais perto possível de mim, e os músculos das minhas pernas tensionam ao redor do seu quadril, puxando-o para onde eu mais precisava dele.

Bem quando eu penso que posso morrer, por causa dessa sensação maravilhosa, Vincent começa a mover o quadril entre as minhas coxas e vejo estrelas explodirem, mesmo com os olhos fechados, enquanto nossas cabeças mudam de posição e o beijo fica ainda mais profundo. Ele continua a se mover lentamente entre as minhas pernas, e a dureza contida pela sua calça jeans esfrega em mim de uma maneira incrivelmente deliciosa. Ele começa a aumentar o ritmo, o movimento do seu quadril combinando com a sua língua, entrando e saindo da minha boca, até que eu estou ardendo tanto que quero gritar.

Orgasmos não me são estranhos. Eu mesma me dei alguns aqui e ali, quando tinha vontade, mas de maneira alguma estava preparada para a sensação de ter alguém tão em sintonia com o que eu quero e preciso. Meu quadril balança erraticamente contra o dele, e a sua ereção me atinge no lugar certo.

Vincent estava completamente certo: eu não estava confortável com ele antes, mesmo que eu pensasse que sim. Estar aqui com ele hoje, dividindo uma parte tão grande da minha vida com ele, e vê-lo realmente interessado no que eu mostrava e dizia para ele, era mais sensual do que qualquer coisa que eu já tenha lido em um livro, e li alguns bem apimentados...

Tudo sobre este homem, a maneira como ele se certificou de que eu estava bem com o que estava acontecendo entre nós, antes de prosseguir, o seu cheiro, a sensação de tê-lo se movendo entre as minhas pernas, a maneira como ele me segura contra si, fazendo com que eu me sinta segura, até a maneira como ele me devora com o seu beijo, me leva até a estratosfera em tempo recorde.

A sensação estarrecedora começa na ponta dos meus dedos dos pés e sobe pelo meio das minhas pernas, até que me faz explodir tão rápido e tão forte que eu tenho que afastar a minha boca da dele para poder respirar.

— Ai, meu Deus! — Grito e enterro meu rosto no seu pescoço, enquanto a liberação percorre o meu corpo.

Estou arfando contra a pele do seu pescoço, e as minhas unhas estão cravadas nos seus ombros enquanto Vincent continua a movimentar lentamente o quadril entre as minhas pernas, até que cada músculo do meu corpo se transforme em gelatina e eu fique toda mole, soltando um longo e profundo suspiro.

— Ai, meu Deus — digo novamente, desta vez em um sussurro, enquanto tento fazer meu coração voltar ao seu ritmo normal.

Com os seus braços ainda firmemente ao redor do meu corpo e as minhas pernas ainda o enlaçando, eu finalmente levanto a cabeça para olhar para ele, me perguntando por que eu não me sentia totalmente envergonhada pelo que tinha acabado de acontecer.

— Você está bem? — Vincent pergunta, preocupado, estudando meu rosto.

— Um estudo feito por cientistas da Groningen University, da Holanda, provou que quando as mulheres têm orgasmos, a amígdala, uma parte do cérebro associada ao medo e a ansiedade, mostra entre pouca e zero atividade — falo para ele.

— É, você está bem — ele ri. — Lembre-me de agradecer à sra. Potter pela dica. Essa estante A-B é realmente resistente.

Não consigo evitar: jogo a cabeça para trás e rio tanto que chego a dar uma roncada. Vincent me segura firme enquanto eu libero minhas pernas, surpresa por ser capaz de ficar em pé por conta própria, quando meus pés tocam o chão. Com meus braços ainda ao redor do seu pescoço, um pouco mais frouxos agora que não estou enlouquecida no meio de um orgasmo, e porque ele tem cem metros de altura e eu mal consigo alcançá-lo, sorrio para ele.

— Sabe, esta é, tipo, a minha fantasia número um: ficar com um cara gostoso na biblioteca e fazer coisas gostosas com ele — digo, com meus dedos dançando na sua nuca.

— Eu não sou um...

— Sim, sim, sim — eu o interrompo. — Você não é um Príncipe Encantado. Só fique quieto e me deixe curtir a minha fantasia.

Ele sorri para mim, abaixa a cabeça e me dá um beijo suave e doce.

Depois de tudo o que ele me contou hoje, e do que ele era capaz de fazer comigo em apenas alguns minutos, percebo que de maneira alguma vou conseguir ver até aonde essa coisa entre nós pode ir, sem me apaixonar perdidamente por ele.

Capítulo vinte e um

O QUÊ VOCÊ FEZ?

— Você quer que eu faça O QUÊ com essa cadeira? — Chio enquanto mexo, nervosa, as mãos.

— Faça amor com ela. — Cindy repete, revirando os olhos.

Ela empurra a cadeira, que tirou da caminhonete quando chegou aqui, para o meio da sala de estar do Vincent, e se afasta para apontar para ela.

— Eu não sei como fazer isso — sussurro, repensando a minha ideia de convidar Cindy para vir aqui hoje à noite, para me dar algumas dicas de dança.

— Você já fez sexo antes. Tudo bem, foi só uma vez, mas tenho certeza de que você se lembra de como funciona.

— Ele entrou, se moveu um pouco, e depois já tinha terminado! — Grito, frustrada, jogando as mãos para cima.

— Pelo amor de Deus, é assim que você cruza cachorros. — Cindy murmura, enojada.

Ela sai da sala rapidamente e vai para a cozinha, e abre e fecha algumas portas até que encontra o que está procurando, no armário em cima do micro-ondas. Tira uma garrada de bebida, abre outra porta, pega um copo pequeno e volta para a sala, com os dois objetos. Ela me passa o copo, abre a garrafa e o enche com alguns centímetros de um líquido ambarino.

— Beba.

Levo o copo ao nariz e cheiro, me encolhendo com nojo.

— Isto tem um cheiro horrível. O que é?

— É um *bourbon* de ótima qualidade. Cale a boca e beba. Você precisa de um pouco de coragem líquida para isso — ela explica, tirando o copo do meu nariz e colocando na minha boca.

Tampo o nariz e engulo o conteúdo do copo, engasgando e arfando assim que o líquido desce pela minha garganta.

— É como fogo! — Tento falar, entre tossidas, enquanto me inclino e tento respirar de novo.

Cindy dá batidinhas nas minhas costas, pega o copo vazio da minha mão e serve mais daquela bebida.

— Manda ver, garota — ela diz, devolvendo o copo para mim.

Quando consigo voltar a encher meus pulmões de ar, percebo um calor se espalhando pelo meu estômago, que não era assim tão desagradável. Endireito-me, tampo o nariz e bebo a segunda dose, desta vez com menos tosse e engasgo.

Cindy pega o copo da minha mão e o coloca na mesa de centro.

— Ok, logo você vai se sentir um pouco tonta, então isso vai ajudar. De acordo com o que você me contou, sobre o que aconteceu na biblioteca na outra noite, você tem uma experiência mais recente e claramente melhor, que pode ajudá-la com isso.

Meu olhar perde o foco e eu olho para o vazio, pensando naquela noite na biblioteca.

Vincent me beijando. Vincent me levantando e me encostando na estante. O cheiro, o gosto, o gemido animalesco do Vincent na minha boca, e a explosão de prazer diferente de tudo o que eu já tinha sentido antes.

— Terra para Belle!

Cindy estala os dedos na frente do meu rosto, e eu pisco rapidamente os olhos para voltar ao presente.

Meu telefone vibra sobre a bancada, mas o ignoro e olho preocupada para a cadeira para a qual Cindy está apontando.

— Acredito que usar essa cadeira para ajudar você a dançar no Charming's seria incrível. Você poderia começar parecendo toda doce e inocente, sentadinha lendo um livro, quando, BAM! A bibliotecária sexy surge e deixa todo mundo louco!

Levo a mão para a boca e começo a mordiscar o canto da minha unha.

— Você pode fazer isso, Belle. Tenho total confiança em você. — Cindy continua. — Como você se sentiu quando o Fera encostou você naquela estante, te levando para passear na cidade do prazer?

— Você pode parar de chamá-lo de Fera, sabe... Ele tem um nome — resmungo.

— Isso ainda veremos. Quando ele parar de agir como um animal na minha presença, vou parar de me referir a ele com esse apelido. Agora, me diga como você se sentiu — ela ordena, cruzando os braços.

Meu celular volta a vibrar na bancada, e Cindy olha para mim quando me viro na direção dele.

— Pode ser importante. Ou uma emergência.

— A biblioteca está fechada, o Fera está no trabalho, e a Ariel está entrevistando potenciais colegas de quarto em um bar na cidade. Se tiver uma emergência sobre livro ou strip, a polícia pode cuidar disso. E se a Ariel tiver uma emergência nas entrevistas, ela mesma vai lidar com isso e cortar a garganta de alguém. Foco. — Cindy ordena novamente.

Com um suspiro, volto a pensar no meu lugar feliz, lembrando-me das sensações que Vincent me fez sentir na outra noite. E nos últimos dias desde então, quando tivemos umas sessões bem quentes de amassos. Infelizmente, elas não terminaram da mesma maneira que aquela noite na biblioteca e me deixaram um pouco frustrada, mas eram tão quentes quanto.

— Eu me senti sexy. E querida. E viva — sussurro, com um suspiro.

— Perfeito! Agora, lembre-se dessas sensações. Finja que você está sozinha na sala. Suba nessa cadeira e se mova como quando aquele homem animalesco a amassou contra a estante.

Sabendo que se eu não fizesse o que Cindy diz, ela ficaria o resto da noite me enchendo o saco, vou até a cadeira, me inclino e agarro o encosto.

— Tudo bem, agora coloque as pernas uma de cada lado da cadeira e se sente lentamente.

— Mas... estou usando um vestido! — Reclamo, sabendo que assim que eu fizesse o que ela disse, o vestido subiria pelas minhas coxas.

— E você usará praticamente nada quando fizer o strip! Faça logo!

Nervosa, engulo em seco e deslizo meu pé esquerdo pelo chão, até que ele está perto da cadeira. Fecho os olhos e deslizo meu pé direito para o outro lado, até que estou parada em cima da cadeira.

Meu celular vibra de novo, e abro os olhos para olhar para a bancada.

Bufando, Cindy fica atrás de mim, coloca as mãos nos meus ombros e me empurra para sentar na cadeira.

Pense no seu lugar feliz, pense no seu lugar feliz.

Agarro o encosto da cadeira e lentamente começo a mover meu quadril, para frente e para trás, fingindo que o Vincent está sentado na minha frente e que não estou masturbando uma cadeira vazia.

— Ótimo. Agora, gire o quadril e levante os braços lentamente. Solte e balance o cabelo gentilmente.

Faço como ela diz, mas quando solto meu cabelo do coque bagunçado e o balanço, algumas mechas batem no meu olho e entram na minha boca, fazendo com que meus olhos lacrimejem e eu cuspa o cabelo.

— Ok, precisamos trabalhar nisso, mas ao menos você conseguiu fazer os movimentos.

Cindy passa os próximos trinta minutos me ensinando alguns movimentos básicos para eu fazer com a cadeira e, quando ela termina, eu me sinto bem orgulhosa de mim mesma, mesmo que o meu celular idiota tenha incomodado o tempo todo, quebrando a minha concentração.

Quando ela finalmente anuncia que terminamos, saio da cadeira e vou correndo para a bancada da cozinha, para pegar o celular. Quando vejo que tenho quinze ligações perdidas do meu pai, sinto meu coração afundar.

— Ai, não. Meu pai — sussurro, preocupada, digitando rapidamente o seu número e levando o celular ao ouvido.

— Ai, merda. — Cindy resmunga, chegando perto de mim. — Eu preciso contar uma coisa para você.

Olho para ela, interrogativamente, enquanto espero a ligação completar.

— Eu posso ter mandado a mãe do PJ até a casa do seu pai, para fazer um strip para ele.

— Você fez o quê?! — Grito, horrorizada, enquanto o telefone começa a chamar.

— Em minha defesa, ela tem me implorado por um emprego, porque o de meio período que ela tem, como assistente administrativa, lhe dá muito tempo livre, e ela estava entediada e queria conhecer pessoas novas, e ela é a mãe do meu namorado e quero que ela goste de mim! — Cindy divaga. — Além disso, o seu pai precisa transar com urgência e perdoar você, porque estou cansada de te ver triste e sentindo falta dele. Então matei dois coelhos com uma cajadada só! Uhul!

Ela levanta a mão para que eu bata na dela, mas a afasto.

Eu conheci a mãe do PJ, Luanne Charming, quando ela foi na casa da Cindy para um jantar. Ela é uma mulher muito adorável e bonita, mas ainda assim... Isso tinha 'péssima ideia' piscando em neon.

— E então o quê, nós vamos oferecer serviços com strippers idosas agora? Não se preocupem, pessoal, nossas strippers levam seus próprios andadores! — Falo, histérica, enquanto o telefone continua a chamar.

— Luanne não é idosa, ela tem cinquenta e três anos! E você já a viu: a mulher é gostosa! Achei que se tem alguém que pode amolecer o seu pai, é ela.

Abro a minha boca para soltar um monte de xingamentos para Cindy, quando o telefone para de chamar e a voz do meu pai soa tão alta no meu ouvido que afasto o aparelho e me encolho.

— ISABELLE MARIE READING!

Lentamente, aproximo o celular do meu ouvido, esperando que talvez Luanne não tenha aparecido na casa dele e que meu pai tenha me ligado porque antes de eu me mudar, troquei alguns itens da cozinha de lugar e ele não consegue encontrar alguma coisa que quer. Talvez seja só alguma emergência culinária e ele esteja procurando pelas panelas elétricas.

— Pai? É tão bom ouvir a sua voz! — Minha voz soa feliz ao telefone, e eu cruzo os dedos.

— O QUE VOCÊ FEZ?! — Ele grita, à toda.

— No feng shui, a cozinha é considerada um dos ambientes mais importantes em uma casa, e por ser um local onde a comida é preparada para nos nutrir e sustentar, ela representa nutrição e prosperidade. O design, localização e disposição da cozinha são quesitos que influenciam na prosperidade e saúde, então as suas panelas elétricas agora estão sob a pia da cozinha, para que você tenha muita saúde e prosperidade! — Tagarelo.

— VOCÊ SABE MUITO BEM QUE EU NÃO LIGUEI PARA FALAR SOBRE FUGO DO SUSHI OU O QUE QUER QUE VOCÊ ESTEJA FALANDO! — Ele berra. — PASSEI OS ÚLTIMOS TRINTA MINUTOS TENTANDO FAZER COM QUE ELA SAÍSSE, E ELA PASSOU OS ÚLTIMOS TRINTA MINUTOS TOCANDO MÚSICAS ESTRANHAS NAQUELE TELEFONE CHIQUE DELA, E ME PERGUNTANDO QUAL DELAS ME DEIXAVA NO CLIMA! EU NÃO SEI QUEM É ESSE KID STONE, MAS A MÚSICA DELE NÃO DEIXA NADA NO CLIMA, E VOCÊ PRECISA TIRÁ-LA DA MINHA CASA!

Até eu conseguir terminar esta ligação, provavelmente vou ter um rompimento de tímpano.

— Ahm, acho que você quis dizer Kid Rock, pai. E eu sinto muito, não sabia que as minhas amigas iriam…

— Ei! — Meu pai grita de repente e sua voz diminui um pouco, então percebo que ele não está falando comigo. — Pare com isso! Você tem que parar com isso ago.... ooooh, ha ha! Isso faz cócegas!

Arregalo os olhos, e minha boca se abre em choque quando escuto meu pai rir. Também ouço sons abafados, vindos da voz feminina ao fundo, junto com a batida sexy da música "Cowboy", do Kid Rock, e então meu pai pigarreia.

— O que significa isso, Isabelle? Você mandou uma estranha até a minha casa e… ui. Ai, caramba…

— Pai?! Pai, o que tem de errado? O que aconteceu? — Pergunto, em pânico, rezando para que ele não esteja tendo um ataque cardíaco ou algo do tipo.

— Ela acabou de tirar a blusa. Uhm. Talvez a música desse Kid Stone não seja tão ruim assim — ele pondera, sussurrando alto.

— Eu realmente sinto muito. Estarei aí em dez minutos e...

— Não venha aqui! — Ele me interrompe. — Tenho que ir. Falo com você mais tarde.

A ligação cai e eu afasto o celular do ouvido, olhando para o aparelho.

— O que aconteceu? Ele está bravo, não está? — Cindy pergunta.

Fico olhando para o celular por alguns minutos antes de poder responder.

— Ahm, acho que meu pai acabou de desligar na minha cara, por causa de uma dança no colo — murmuro.

Cindy joga as mãos para cima e grita, animada.

— Viu?! O que eu falei para você? Nenhum homem consegue resistir ao poder de uma dança no colo! Isso pede uma celebração!

Uma hora depois, eu percebo que entendi errado o que Cindy quis dizer com a palavra *celebração*. Achei que nós duas iríamos brindar pelo momento, mas como eu tinha acabado de masturbar uma cadeira no meio da sala de estar, com um copo de *bourbon* na minha mão, e a garrafa meio vazia estava na mesa de centro, percebo que sou a única que estava aproveitando o momento.

E honestamente, eu nem me importo. Estou feliz que meu pai finalmente tenha me ligado, mesmo que me deixasse enjoada, sem colocar para fora, saber o que estava acontecendo neste momento lá na casa dele. Mas isso poderia ser culpa do álcool balançando no meu estômago.

Ou da força com a qual eu estava batendo meu cabelo.

Ou talvez da sensação maravilhosa que estou sentindo ao montar esta cadeira, como se fosse um cavalo premiado.

— Que porra é essa?

A música sexy que estava tocando para de repente, ao som da voz grave do Vincent. Ou talvez tenha parado na minha cabeça, considerando que a canção vinha do celular dela, e não de uma caixa de som.

Bourbon é tão bom!

Ainda montada na cadeira, segurando o encosto com uma mão e meu copo de *bourbon* com a outra, me inclino para trás o máximo que consigo, até que estou praticamente vendo o Vincent de ponta cabeça, parado à porta.

— Querido! Você chegou! — Grito, e dou uma risadinha quando o líquido balança perigosamente no meu copo.

— Você. Fora. Agora. — Ele murmura, apontando para Cindy.

Continuo observando tudo daquela posição invertida, enquanto Cindy corre de um lado para o outro na sala, pegando a bolsa e a jaqueta, e sai em disparada pela porta.

— Eu volto outra hora para pegar a cadeira. Continue ensaiando! — Ela fala para mim, enquanto a vejo caminhar pelo teto.

Ou ela ainda está no chão? Ahhh, será que é possível fazer strip no teto?

— Tenha um bom dia, senhor — Cindy murmura para Vincent, olhando bem para ele enquanto Vince segura a porta para ela sair.

Ele bate a porta com um estrondo e caminha pela sala na minha direção, e para diante de mim com os braços cruzados.

— Você está no teto? Como você consegue *fazer* isso? — Pergunto, maravilhada.

Suspirando, ele se inclina, me pega pelos braços e me endireita.

A sala gira e eu balanço na cadeira, enquanto ele pega o copo da minha mão e o coloca na mesa de centro, ao lado da garrafa de bebida.

Com um gemido, me levanto da cadeira e me viro para ele bem devagar, para que eu não tropece. Depois de alguns segundos tentando me equilibrar, aponto para ele e depois para a cadeira.

— Você. Senta. Agora.

Ele levanta uma sobrancelha para mim e eu me arrepio de antecipação.

— Você não é o único que pode mandar nas pessoas por aqui. Vá logo, antes que eu fique sóbria e perca a coragem. Você está prestes a ter a melhor dança no colo da sua vida, amigão.

Capítulo vinte e dois

PODEMOS TRANSAR AGORA?

Eu quase acabo com as minhas unhas, durante os vinte minutos em que o Vincent está enfurnado no chuveiro. Em vez de se sentar imediatamente na cadeira, como eu tinha pedido, para que eu pudesse dançar no seu colo, ele me disse que precisava tomar um banho antes, e eu quase comecei a chorar.

Mas então ele falou para eu não me mexer e que ele voltaria logo. Aquele homem e eu temos conceitos diferentes sobre o tempo. A boa notícia sobre esperar aqui na cadeira, era que eu tive tempo para ficar um pouco sóbria, graças ao meu nervosismo, que acabou mandando embora o álcool da minha corrente sanguínea.

A notícia ruim... Bem, tive tempo para ficar sóbria, e o meu nervosismo tinha mandado embora quase toda a minha coragem líquida.

Antes que eu pudesse contemplar o pensamento de me trancar no quarto e fingir que tinha desmaiado, escuto a porta do banheiro abrir e vejo quando Vincent aparece no corredor.

Nossa Senhora das calcinhas molhadas...

Claro que ele tinha trocado a calça jeans e a camiseta, e colocado a calça de moletom cinza que era a minha preferida e uma camiseta limpa. O seu cabelo ainda estava molhado do banho, e seus pés descalços batiam no chão de madeira, fazendo meu nervosismo dar lugar ao desejo.

Olho, fixamente, para Vince, que caminha na minha direção, como se ele fosse um copo de água no deserto. Até mesmo lambo os lábios e solto um gemido quando ele se aproxima de mim, e o cheiro do seu sabonete toma conta dos meus sentidos.

— Podemos transar agora? — Pergunto para ele, faminta, enquanto olho nos seus olhos.

Ai, meu Deus, Belle. Você soa como aquele meme idiota do gato com um hambúrguer. Por que você não diz "mim querer sexo agora" e confirma o fato de que você é uma idiota?

— Tem uma garrafa de *bourbon* quase vazia na minha mesa de centro, e a Cindy parecia bem sóbria quando saiu. Eu não acho que isso seja uma boa ideia.

Ele inclina a cabeça para baixo e acaricia a minha bochecha com a dele, até que seus lábios estão no meu ouvido.

— Eu quero que você realmente se lembre do que vou fazer com você — ele fala baixinho, com sua respiração quente fazendo cócegas no meu pescoço, e botando fogo em cada terminação nervosa do meu corpo.

De repente, ele dá um passo para trás e tira o celular do bolso. Vincent clica em alguns botões e, alguns segundos depois, os acordes suaves de uma música romântica enchem a sala.

— Dance para mim — ele ordena, colocando o celular no braço do sofá.

— Ahm, o quê? — pergunto, nervosa.

— Eu vi o que você fez com aquela cadeira — ele fala, contendo um sorriso e apontado para o móvel. — Agora quero ver o que você consegue fazer sem ela. Bem simples.

Ai, Deus, ai, Deus, ai, Deus... Ele considera ISSO simples?!

— Isso é outra aula? — Sussurro.

— Não. Isso é para mim.

Suas palavras me deixam mais excitada do que jamais imaginei ser possível. Esse homem lindo, parado na minha frente, realmente queria me ver dançar para ele. E considerando que ele tão gentilmente tinha me dado um orgasmo na biblioteca sem pedir nada em troca, eu meio que devo para ele.

Nervosa, afasto o cabelo dos olhos e passo as mãos pela saia do meu vestido.

— Ok. Dançar. Eu consigo fazer isso — digo as palavras calmamente, mais para mim do que para o Vincent.

Balançando a cabeça no ritmo lento da música, começo a me mexer. Primeiro, levanto um braço e depois o outro na minha frente, depois bato com cada mão no ombro oposto, uma de cada vez. Então, cada mão vai para trás da minha cabeça e depois desce para o meu quadril, que estou rebolando.

— O que diabos é isso? — Ele pergunta, fazendo com que eu pare de me mexer abruptamente.

— É a Macarena. Heeeeeeeey, Macarena! É a única música que eu sei dançar sem usar aquela cadeira. E você acabou com a minha concentração. Agora vou ter que começar tudo de novo.

— Meu Deus... — ele murmura, baixinho.

Suspirando, volto a balançar a cabeça no ritmo da batida de novo. Bem quando levanto um dos meus braços, Vincent o segura e me puxa na sua direção, até que estou colada nele, do peito até a coxa. Rapidamente, ele se senta na cadeira, segura meu quadril, me levanta com facilidade e me coloca montada no seu colo.

Acho que eu deveria ter me alongado antes de começar isso. Jesus amado, ele tem coxas grandes.

Vincent se inclina na cadeira, pressionando o peito contra o meu, e volta a colocar os lábios perto do meu ouvido.

— Feche os olhos e apenas sinta a música — ele sussurra, e seu hálito quente faz minha pele arrepiar. — Faça o que você provavelmente fez mais cedo, quando Cindy estava aqui. Finja que eu não estou aqui e que você está sozinha.

— Na verdade, quando a Cindy estava aqui, eu fingi que você estava sentado bem aqui, onde você está agora.

Vincent afasta a cabeça da minha e olha para mim, e seus olhos ficam mais escuros enquanto suas mãos apertam o meu quadril. Meus olhos descem pelo seu pescoço e eu vejo seu pomo de Adão subir e descer conforme ele engole em seco, e sinto uma coragem renovada me atingir.

As mãos do Vincent descem do meu quadril para o lado de fora das minhas coxas, enquanto ele continua a olhar para mim. Quando ele toca na barra do meu vestido, suas mãos deslizam para debaixo do tecido e sinto as suas palmas quentes contra a minha pele, enquanto elas passeiam pelo meu quadril e agarram a minha bunda.

Ele me puxa para mais perto dele e assim que passo meus braços ao redor dos seus ombros, encontro outro motivo para eu gostar tanto daquela calça de moletom.

Ou devo dizer que, de repente, *senti* o motivo de eu gostar tanto dessas calças. Suas coxas, peito e braços não são as únicas coisas grandes nesse homem, e eu estou honestamente surpresa por ele ainda não ter arrebentado aquela área da calça, como o Hulk rasgando uma das suas camisetas.

Não pense no pênis dele rasgando a calça! Agora não é hora de rir!

Agora não tem nada nos separando, a não ser um pedaço de algodão e a minha calcinha de renda preta. Não achei que existiria uma sensação melhor do que a calça jeans dele esfregando em mim naquela noite, na biblioteca, mas isto aqui era o paraíso. Consigo sentir cada centímetro dele contra mim, e uma necessidade começa a arder no meu corpo e eu preciso aliviá-la imediatamente.

Liberando meus braços, que estão ao redor dos seus ombros, os levo rapidamente para a parte da frente do meu vestido, tirando de lá as anotações que eu tinha colocado ali, quando ele estava no banho.

— Sinta a música. Feche os olhos, se precisar. Faça contato visual e...

As anotações são arrancadas das minhas mãos e Vincent as joga do outro lado da sala. Mordo meu lábio enquanto as observo flutuar, até caírem no chão.

Ele aperta ainda mais a minha bunda, me puxando com força contra si, até que um gemido suave sai pela minha boca.

— O quão bêbada você está neste momento? — Ele pergunta, do nada.

— A sala não está mais girando, e tenho noventa e nove por cento de certeza de que não preciso mais vomitar.

— Bom — ele murmura, e sinto uma das suas mãos largando a minha bunda.

Vincent a leva para a minha cabeça e agarra meu cabelo, se inclinando enquanto me puxa para si, unindo nossas bocas.

Deslizo minhas mãos pelo seu peitoral musculoso e passo os braços ao redor do seu pescoço, me segurando enquanto ele continua a me punir com a sua boca, sua língua duelando com a minha. Meu quadril se mexe no seu colo, roçando em cada glorioso centímetro dele, quando Vincent termina o beijo de maneira abrupta, se afastando de mim o bastante para olhar nos meus olhos.

— Não pense. Apenas se mova. Faça o que achar bom para você.

Estou ocupada demais pensando no quanto eu quero este homem agora, para me preocupar se vou ou não fazer papel de idiota. Faço o que ele disse, assim que os acordes suaves de um piano ecoam pela sala. Rebolo meu quadril no ritmo da batida sexy da música, deslizando sobre o corpo do Vincent várias e várias vezes, até que eu esqueço de tudo, incluindo meu próprio nome.

— Caramba, você não tem ideia do quão gostosa está neste momento — ele murmura, usando a mão que ainda está na minha bunda para me ajudar a aumentar a pressão no seu corpo.

Vincent move a mão que segurava o meu cabelo, para a minha nuca, forçando a minha cabeça para trás. Solto uma arfada de prazer quando ele inclina a cabeça para frente e morde e chupa gentilmente a pele do meu pescoço.

— Diga-me o que você quer — ele sussurra contra a minha pele, entre mordidas e lambidas.

— Continue fazendo isso. Puta merda, continue fazendo isso.

Começo a balançar o meu quadril contra ele, mais rápido, enquanto Vincent continua a chupar o meu pescoço.

— De acordo com um estudo recente, mulheres apontam que o pescoço é uma área erógena mais intensa do que os seios e os mamilos, e isso ocorre provavelmente por causa da grande quantidade de nervos que tem ali e... Ai, meu Deus — meu murmuro soa alto quando ele morde mais forte o meu pescoço.

Meu quadril parece ter vontade própria neste ponto, enquanto eu rebolo e me esfrego nele, não querendo que este momento acabe. Parece que todo o sangue do meu corpo está reunido entre as minhas pernas, pulsando e esquentando, e me deixando louca de necessidade e querer.

Minhas coxas se tensionam ao redor das dele enquanto eu me pressiono com força contra ele, gemendo alto quando Vincent se impulsiona na minha direção. Com a sua boca ainda colada no meu pescoço, devorando cada terminação nervosa que tenho ali, nos movemos em perfeita sincronia: eu descendo para encontrá-lo, e Vincent se elevando para me encontrar, até que o meu orgasmo explode tão rapidamente que eu não consigo parar de me mexer, mesmo se tentasse. E de maneira nenhuma eu quero qualquer coisa, a não ser o alívio da dor que o Vincent criou no meu corpo.

De repente, seus dois braços me envolvem, me segurando firmemente contra ele enquanto eu gozo, fechando meus olhos, com a cabeça inclinada para trás, gritando o nome dele tão alto que agradeço por ele não ter vizinhos.

Abro os olhos lentamente e levanto a cabeça, arfando e olhando para ele.

— Essa sua calça de moletom é mágica. Você deveria usar só isso.

— Sério? *Só* calça de moletom? — Ele resmunga, mudando de posição sob meu corpo.

Ele ainda está bem duro e eu ainda estou tremendo da minha liberação, então o movimenta faz com que eu gema que nem uma maldita gata.

— Tudo bem. Não *só* calça de moletom. Todo mundo adora uma boa bunda, mas não um bundão espertinho — respondo. — Por falar em bunda... — paro de falar e levanto minha sobrancelha, sugestivamente.

Ele ri suavemente, acariciando as minhas costas.

— Não, ainda não. Você ainda não está pronta. Isso foi só para você.

Meu coração se parte. Preciso morder meus lábios para me impedir de fazer um comentário sobre ele ser melhor do que qualquer príncipe que já li nos livros. Ele iria apenas negar, como sempre.

— Tudo bem. Que tal se você me mandar uma mensagem e me dizer quando eu estiver pronta?

Tento realmente não soar tão frustrada, especialmente quando ele me deu dois orgasmos e não pediu nada em troca.

Sou uma pessoa horrível quando fico sem sexo. Quem diria...

— O que foi que você acabou de dizer sobre ninguém gostar de um bundão espertinho? — Ele responde, me levantando do seu colo e me colocando de pé no chão.

— Só por causa disso, vou fazer você ficar sentado na biblioteca comigo, e ler até eu ficar com sono — falo, altiva, para ele, pego na sua mão, puxando-o da cadeira, e o arrasto pelo corredor.

Capítulo vinte e três

> VINCENT ARRANJOU UMA NAMORADA <

O som de um celular vibrando faz com que eu deixe o meu café em cima da pequena mesa, no canto da cozinha do Vincent, e comece a vasculhar a minha bolsa. Embora eu tenha deixado três mensagens, meu pai ainda não tinha me telefonado de volta, desde a sua chamada histérica no meio de um strip, no outro dia, e que tinha desligado na minha cara. Quando eu finalmente encontro meu celular, quase escondido no fundo da minha bolsa, não há nenhuma notificação de chamada perdida, então tento não ficar muito chateada por ele não ter retornado a minha ligação.

Escuto o barulho novamente, afasto o olhar da minha bolsa e vejo o celular do Vincent em um canto da ilha da cozinha, e percebo que ele esqueceu o aparelho em casa quando saiu, apressado. Ele tinha ido trabalhar cedo esta tarde, por causa de um telefonema que tinha recebido do PJ, sobre alguém ter faltado por ter ficado doente e eles precisarem de ajuda para descarregar um pedido de bebidas.

Vou até o celular, olho a tela e vejo que o identificador de chamadas mostra *Mãe e Pai*. Continuo olhando para o celular, até que ele para de vibrar. Começo a roer a unha quando uma notificação aparece na tela, dizendo que havia doze chamadas perdidas deles.

Isso não pode ser bom, certo? Quer dizer, ele me falou que conversa com os pais de tempos em tempos, e eu já tinha visto ele se desculpar e sair da sala para atender a ligação deles, várias vezes nas últimas semanas. Se eles estão ligando tantas vezes seguidas, alguma coisa deve estar errada.

Não atenda a ligação, Belle. Não é da sua conta.

Quando o celular fica quieto por cinco minutos, dou um suspiro, aliviada, e começo a me afastar.

Bzzzzzzzzzzz.

Paro e lentamente me viro. Inclinando-me sobre a bancada, vejo que, com certeza, é outra ligação dos pais dele.

E se o pai dele caiu de uma escada e quebrou o pescoço? E se a mãe dele foi atro-

pelada por um carro?

Se eu não atender a ligação, Vincent não vai saber o que está acontecendo, até bem depois da uma da manhã, e então pode ser muito tarde para ele pegar um voo para Paris, para doar um rim para a mãe e salvar a sua vida, depois que ela foi atropelada por um ônibus ao atravessar a rua, na Galerie Vivienne!

Antes que eu possa mudar de ideia, pego o telefone e atendo.

— Ahm... Telefone do Vincent, Isabelle falando.

— Vincent?! — Uma mulher fala.

— Não, desculpe, senhora, aqui é a Isabelle. Ahm, eu sou uma... amiga do Vincent.

— Harold! Venha aqui! Vincent arranjou uma namorada! — Ela grita.

— Não, não, não! Eu não sou a namorada dele. Sou apenas uma amiga do... ahm, trabalho. Nós nos conhecemos alguns meses atrás e ele foi meio rude e mandão, mas disse para ele parar com aquela atitude, e agora nossos amigos estão apaixonados, e o meu pai me expulsou de casa, mas eu não tinha um lugar para ir. Ele ficou dando uma de *stalker* e aparece na biblioteca onde eu trabalho, noite após noite, mas ele só estava se assegurando de que eu estava bem e a salvo, só que então ele descobriu que eu estava morando lá e agora o Vincent está me deixando ficar aqui com ele.

Ai, meu Deus. O que eu fiz?!

— Vou colocar você no viva-voz, querida! — A mãe dele fala, alegremente. — Diga olá, Harold.

— Olá, Harold! — O pai do Vincent fala, de repente, com uma risada.

Não consigo evitar uma risada, mesmo que eu queira que o chão me engula, depois de tudo o que eu tinha acabado de falar.

— Você não tem ideia de como fico feliz que o Vincent finalmente tenha achado alguém, depois de tudo pelo que ele passou — a sua mãe fala e dá um suspiro. — Vocês já marcaram a data do casamento?

— Diane, deixe a pobre garota em paz. — Harold murmura, antes de se dirigir a mim. — Você não tem que responder isso, querida.

— Então, você trabalha em uma biblioteca? Isso é tão legal! Vincent adora livros e leitura, mas ele não tem estado muito bem nos últimos anos e praticamente esqueceu a sua paixão, com aquela interesseira do caramba quebrando o coração dele e tudo o mais. — Diane reclama.

— Meu Deus, mulher, pare com isso. Você vai assustar a garota. — Harold ralha com ela.

— Pare de me dizer o que fazer, seu velho chato! Enfim, Isabelle, temos reservas para o jantar e não manteremos você ao telefone. Apenas diga ao Vincent que ligamos, e, querida, mal posso esperar para falar com você de novo e conhecê-la melhor. Eu só quero te agradecer por salvar o nosso filho. Você não tem ideia do quanto isso significa para nós — ela me fala, se emocionando um pouco. — Voltaremos para os Estados Unidos em alguns meses, e estou ansiosa para conhecer a mulher que tornou possível para o Vincent fi...

— Pare. De. Falar. — Harold a interrompe.

Não consigo conter a risada que sai da minha boca, quando percebo o quão parecidos são Vincent e o pai.

— Uhm, foi um prazer falar com vocês dois. Também estou ansiosa para falar com vocês novamente. E irei me certificar de que Vincent saiba que vocês ligaram — digo para eles.

Nós nos despedimos, eu desligo a ligação e fico olhando o celular na minha mão.

Que conversa mais estranha. Quer dizer, eu entendo o quão preocupados eles devem ter estado depois que a "interesseira do caramba" fez o que fez, mas salvá-lo? Eu não sei se o que estou fazendo com o filho deles pode ser considerado como salvação. Estou aliviada que a ligação deles não tenha sido uma emergência de verdade, mas agora eu me sinto ainda mais culpada por ter atendido e invadido a privacidade do Vincent, mais uma vez.

Ariel e eu entramos no Charming's meia hora depois. Tive que chantageá-la com três refeições caseiras para conseguir que ela parasse aqui, antes de me deixar na biblioteca; não porque ela odiasse o Charming's ou qualquer coisa do tipo. Ela só era teimosa. E algumas vezes irritante, mas, mesmo assim, eu ainda a adorava.

O clube estava vazio, já que não abriria por mais algumas horas, mas, ainda assim, demoro alguns minutos procurando Vincent, para encontrá-lo atrás do bar, arrumando o estoque de bebidas nas prateleiras.

Não importa quantas vezes eu tenha vindo aqui enquanto estava fechado, ainda fico surpresa com o lugar. Pelo que eu tinha visto na televisão e lido em livros, a maioria dos clubes era escura e decadentemente nojenta quando estavam fechados, mas cada foco de luz deste lugar estava aceso, iluminando todas as coisas que você não vê durante a noite, quando as luzes estão apagadas.

O Charming's é um lugar incrível, mesmo durante o dia. A parte principal do clube tem algo em torno de setecentos e cinquenta metros quadrados. Há um palco que acompanha toda a extensão da parede, que era coberta por cortinas de veludo preto. Uma passarela sai do centro do palco e vai para uma pequena área com um poste de pole dance no meio. As bordas do palco são iluminadas por suaves luzes cor-de-rosa, e a mesma cor também brilha no teto.

Em vez de cadeiras bambas e mesas mancas, o ambiente é rodeado por pequenas mesas pretas arredondadas, cada uma decorada com uma vela rosa no meio, e cada mesa tem poltronas de couro preto com braços e encostos altos. É acolhedor e convidativo, e elegante, e definitivamente não parece nada escuro e decadente.

— Eu ainda não consigo acreditar que conhecemos alguém que é dono de um clube de strip que não me deixa com a sensação de que vou contrair herpes só por tocar na parede. — Ariel murmura.

Vincent se vira, atrás do bar, quando escuta a voz da Ariel ressoando pelo clube vazio. O canto da sua boca se contorce daquela maneira que eu tanto gosto.

Caminho rapidamente pelo clube, com a Ariel atrás de mim.

— O que vocês estão fazendo aqui? — Vincent pergunta, quando eu finalmente chego ao bar.

— Pensamos em começar a beber cedo. Então, me passa um uísque. — Ariel fala para ele, batendo com a mão na bancada.

Reviro os olhos e tiro o celular dele de dentro da minha bolsa, deslizando-o pela bancada do bar, na sua direção. Mantenho minha cabeça abaixada e me recuso a fazer contato visual, não querendo ver a fúria no seu olhar quando eu lhe disser o que tinha feito.

— Você... ahm... você esqueceu o celular em casa.

Ariel me dá um cutucão no braço, com o cotovelo, e pigarreia. Cometi o erro de contar para ela sobre aquela ligação estranha, mas engraçada, enquanto estávamos vindo para cá, e agora estou começando a me arrepender disso.

Enquanto estou ocupada tentando encontrar a melhor maneira de contar para o Vincent que eu meio que invadi um pouquinho a privacidade dele, Ariel decide que está cansada de esperar e faz isso por mim.

— Belle atendeu a ligação porque os seus pais estavam ligando para você, tipo, um milhão de vezes seguidas, e ela ficou com medo de que eles tivessem morrido ou algo assim. Eles querem saber para quando é o casamento e agradeceram a ela por ter salvado você, seja lá que porra isso signifique. — Ariel fala, rapidamente. — Agora, passe para cá o meu maldito uísque. Tempo é dinheiro.

Cuidadosamente, levanto a cabeça para olhar para o Vincent e vejo que ele está parado, com as mãos em cima da bancada, e com o rosto sem expressão.

— Está tudo bem! Falei para eles que não estamos namorando nem nada do tipo, mas posso ter deixado escapar que eu estou morando com você, e eu realmente sinto muito por atender a ligação e dizer algo que eu não deveria. Mas os seus pais são muito gentis e engraçados e já falei que sinto muito, porque pensei realmente que a sua mãe pudesse ter sido atropelada por um ônibus e que teria sido minha culpa se o seu rim não chegasse até ela em tempo!

Vincent ainda não diz nada e começo a morder o lábio, esperando que ele solte os cachorros em cima de mim ou que escolha uma garrafa de bebida extremamente cara e a jogue na parede.

— Você sabia que em 1954, Joseph E. Murray e seus colegas do Hospital Peter Bent Brigham, em Boston, realizaram o primeiro transplante de rim de sucesso, de um gêmeo para o outro, e que isso foi feito sem qualquer medicamento imunossupressor? — Divago, nervosa. — Além disso, você sabia que os seus pais têm um sotaque um pouco estranho? Parece como o... canadense.

— Ah, graças ao bom Deus, você contou para ela!

Eric vem na minha direção, passando um braço sobre o meu ombro e me dando um aperto amigável.

Observo o rosto do Vincent finalmente mostrar alguma expressão desde que comecei a falar, mas, em vez de raiva, ele parece quase... apavorado. Seus olhos estão arregalados, e a sua boca começa a abrir e fechar sem fazer som algum.

— Você me contou o quê? — Pergunto, afastando o olhar de Vincent e me virando para o Eric.

Ele olha de mim para o Vincent, e o silêncio entre nós parece se prolongar tanto que *eu* estou ficando desconfortável.

— Que merda está acontecendo com vocês dois? — Ariel pergunta, de repente, do meu lado.

— NADA! — Eric e Vincent falam ao mesmo tempo.

Outro momento de silêncio acontece, antes de Eric soltar uma risada estranha.

— Ah, você sabe... essa coisa... ele... ahm... foi promovido! Vocês estão olhando para o mais novo gerente do Charming's. Caramba, Vincent, eu não acredito que você *não contou para a Isabelle essa informação importante.* — Eric fala, olhando para o Vincent do outro lado do bar.

— Você foi promovido?! — Pergunto, animada. — Ai, meu Deus, isso é incrível! Parabéns!

Vincent passa a mão pelo cabelo e solta um suspiro.

— Uhm, obrigado. É que acabou de acontecer, então... — ele fala, com uma voz baixa.

Eric tira o braço do meu ombro e se move atrás de mim, para ficar ao lado de Ariel.

— Então, gostosa, que tal se nós dois fôssemos até o meu escritório e eu mostrasse para você o quão resistente é a minha mesa nova?

— Nem que a vaca tussa. — Ariel responde, com um sorriso doce no rosto, antes de se afastar dele e olhar para mim. — Esqueça o que eu disse sobre não pegar herpes neste lugar. Se eu ficar perto desse imbecil por muito tempo, estarei toda emperebada com essa merda. Vou esperar no carro. Seja rápida.

Com isso, ela mostra o dedo do meio para o Eric, antes de se afastar e desaparecer pelo corredor que leva para a porta do estacionamento.

— Um dia desses ela vai se apaixonar perdidamente por mim. — Eric murmura antes de se afastar na direção oposta, de volta para a área dos escritórios, deixando Vincent e eu sozinhos.

— Sinto muito por você ter que lidar com os meus pais. Eles podem ser um pouco... demais.

— Você não está bravo por eu ter atendido o seu celular?

Ele balança a cabeça, se inclina para frente e encosta os cotovelos na bancada, se aproximando de mim.

— Alguma chance de você conseguir sair mais cedo hoje? — Pergunto, esperançosa.

— Possivelmente. Por quê? — Ele pergunta, olhando para mim de uma maneira que faz o meu corpo todo arrepiar, e tenho certeza de que ele está pensando na última vez que saiu mais cedo do trabalho e o que fizemos naquela cadeira.

— Quero comemorar a sua promoção. Fazer o jantar ou algo assim — digo para ele, esperando que saiba que estou pensando exatamente a mesma coisa.

A maneira sensual com que olhava para mim desaparece em um instante, e o seu rosto perde totalmente qualquer expressão.

— Vou ver o que posso fazer. Provavelmente nós deveríamos... conversar quando eu chegar em casa.

Não gosto muito da maneira como ele diz isso, e fico um pouco alarmada. Talvez ele não esteja gostando do que fazemos juntos, tanto quanto eu pensei que gostasse. Talvez ele tenha mudado de ideia e percebido que eu não valho todo esse trabalho. Meu coração parece despencar até o meu estômago, e eu engulo o nó que está se formando na minha garganta.

— Ok, parece bom! Então, vejo você quando chegar em casa — falo para ele, apressada, me virando e praticamente saindo correndo do clube o mais rápido que posso, antes que eu faça algo idiota, como chorar na frente dele.

Capítulo vinte e quatro

A BAGUNÇA PODE ESPERAR

Vestir a minha camiseta com as palavras *Book Nerd* estampadas, onde os "O" eram compostos por óculos de leitura, e a minha calça de pijama xadrez de flanela, não fez com que eu me sentisse melhor, mas ao menos estou confortável.

Depois de um dia mentalmente exaustivo, que começou com Vincent todo estranho e confuso, e que terminou com uma ligação do presidente do conselho me dizendo que eu deveria começar a me preparar para fechar a biblioteca, mesmo passando uma hora na banheira do Vincent, com um dos meus livros preferidos, nada tinha funcionado para melhorar o meu ânimo.

Além de tudo isso, eu tinha me esquecido completamente de pedir para a Cindy me levar ao supermercado antes de me deixar em casa, no seu caminho para uma festa de despedida de solteiro. Eu estava tão animada para cozinhar o jantar para o Vincent, para comemorar a sua promoção, e agora eu só queria dormir e fingir que este dia nunca aconteceu.

Desfaço o coque bagunçado e coloco o prendedor no meu pulso enquanto vou andando pelo corredor, pensando em olhar os cardápios de comida para viagem, para pedir alguma coisa para jantar. Quando eu chego ao final do corredor, paro subitamente.

— Eu não sabia o que você queria fazer, então peguei um pouco de tudo.

Vincent está parado atrás da ilha da cozinha, que está completamente coberta com o que parece ser praticamente todos os produtos do supermercado. Volto a andar, até que estou parada do outro lado da ilha, olhando maravilhada para tudo aquilo.

— Você comprou aspargos. E risoto. E.. couve? — Pergunto, chocada, pegando a sacolinha de folhas verdes.

— Isso é couve? Pensei que era uma salsinha gigante — ele murmura.

Dizer que estou chocada, é afirmar o óbvio. A geladeira do Vincent está cheia, com trinta embalagens de comida, um frasco de mostarda, e ao menos cem pacotinhos de molho do Taco Bell. Ele traz comida para casa todas as noites, depois que volta do trabalho, se assegurando de comprar o suficiente para que eu possa comer no dia seguinte. Comi tanta comida pronta nas últimas semanas que estou surpresa por não ter engordado uns quinze quilos. Pensei que ele nem sabia onde ficava o supermercado, menos ainda como fazer as compras. Claro, ele praticamente comprou o mercado todo, mas ainda assim... Ele tinha comprado vegetais de verdade. E pelo que parecia, havia ingredientes suficientes para que eu fizesse uns cinquenta pratos diferentes.

— Você ainda quer fazer o jantar, certo? Eu deveria ter ligado e perguntado primeiro...

Minha indisposição de momentos atrás desaparece em um instante. Ele soa tão nervoso e inseguro que eu não consigo evitar confortá-lo.

— Vou fazer o jantar, mas com uma condição: você tem que me ajudar.

Ele bufa, e eu rio.

— Você vai ter um ataque cardíaco, se continuar comendo essas porcarias. Vamos fazer algo fácil. Vai ser divertido — prometo para ele.

Dou a volta na ilha e juntos, afastamos tudo o que não usaremos. Ele me conta sobre a sua noite de trabalho, e eu reclamo sobre o conselho idiota da biblioteca.

O clima ao nosso redor está alegre e fácil, e eu começo a me perguntar se imaginei a maneira como ele disse mais cedo, sobre precisarmos conversar. Talvez fora isso o que ele quis dizer. Talvez ele só quisesse que nos conhecêssemos melhor, já que ele parece pensar que eu ainda não estou pronta para transar com ele. Sei que eu deveria dar uma de adulta e perguntar de uma vez, mas não quero arruinar o momento, se ele for dizer algo que vai partir meu coração. Contanto que ele não mude de ideia sobre gostar de mim e querer ver até aonde isso pode ir, não me importo com mais nada.

Vinte minutos depois, estamos parados lado a lado, na frente da bancada da cozinha. Sorrio quando o vejo concentrado no que está fazendo.

Ele reclamou bastante quando falei que faríamos uma lasanha, dizendo que de maneira alguma aquela era uma primeira receita fácil, para ele aprender a fazer. Mas quando percebeu o quão simples era usar a massa pré-cozida e o molho de tomate pronto, Vincent parou de reclamar.

— Continue colocando camadas de tudo: molho, queijo, massa. Espalhe, assente, repita, até chegar ao topo da vasilha — instruí, enquanto ele espalhava uma colherada de molho na terceira camada e respingava sobre toda a bancada, antes de pegar o pacote de queijo mussarela.

— Essa merda está em tudo que é canto — ele reclama, e suas mãos enormes são incapazes de espalhar delicadamente o queijo por cima da vasilha de vidro.

— Está tudo bem. Não precisa ser perfeito. A lasanha ainda estará deliciosa, mesmo se você jogar metade do queijo na bancada — brinco com ele. — Você sabia que a lasanha foi criada na Itália, durante a Idade Média, e teve sua receita escrita pela primeira vez, no começo do século quatorze?

— O seu cérebro é como o Google — ele murmura, enquanto amassa o pacote vazio de queijo e o joga em cima da bancada. — Dizer para mim que esse negócio existe há séculos, não faz com que eu me sinta melhor sobre o fato de que eu provavelmente ferrei tudo.

— Ok, então que tal se falássemos sobre o livro que terminei de ler hoje? O título é *Until the End*, e é um romance sobre segundas chances, que fala sobre...

— Um pai solteiro que se apaixona pela vizinha, que nunca quis filhos, até conhecer a filha dele, de três anos de idade, que rouba o seu coração. — Vincent termina, me deixando chocada. — Vi que estava no topo da pilha de livros que você deixou na minha biblioteca, outro dia. Li um pouco enquanto você estava no trabalho.

Vincent pega o pacote de queijo parmesão, que estava sobre a bancada, e espalha por cima da lasanha, e pedacinhos de queijo ralado flutuam para todos os lados, como se fossem neve.

— Pensei que romances não eram a sua praia — fiz questão de lembrá-lo, repetindo o que ele tinha dito para mim na primeira vez que conversamos sobre livros, na minha biblioteca. — Não consigo acreditar que você leu um romance contemporâneo popular.

Ele coloca o pacote de queijo de volta na bancada, e olha sobre o ombro para mim.

— Você gostou do livro? O que achou da reviravolta?

Isso definitivamente não é o que eu esperava que ele dissesse. Algum dia desses, eu ainda aprenderia que esse homem não é o que parece. Passo os próximos dez minutos totalmente esquecida da lasanha, e fico falando sobre a reviravolta maluca que envolvia a horrível ex-mulher do personagem voltando para a cidade, para reconquistar a família dela de volta, depois de tê-los abandonado, e para tentar se livrar do novo interesse amoroso do ex-marido.

Vincent se encosta na bancada, sorrindo para mim o tempo todo, e quando eu acabo de falar, me sinto feliz. Tenho a sensação de que Vincent me perguntou sobre o livro porque ele se lembrou de que eu tinha contado que o meu pai e eu costumávamos cozinhar juntos o tempo todo e falar sobre livros, e ele sabe o quanto sinto a falta disso.

A cozinha parece uma zona de guerra, com a gordura da carne que ele tinha refogado, espalhada por todo o fogão, a bancada toda respingada com molho de tomate, e queijos mussarela, parmesão e ricota polvilhados por toda a bancada *e* pelo chão, mas ele aprendeu rápido e a lasanha está com uma cara ótima.

— Tudo bem, agora vamos cobrir com papel-alumínio e colocar no forno por trinta minutos — instruo.

Ele rasga um pedaço de papel-alumínio e cobre a vasilha. Enquanto ele está ocupado lavando as mãos, me aproximo do forno e coloco o *timer*.

— Deveríamos limpar essa bagunça enquanto a lasanha está no forno.

— A bagunça pode esperar — ele fala, suavemente, secando as mãos no pano de louça antes de jogá-lo em uma poça de molho. — Que tal nós... conversarmos?

Assim como aconteceu mais cedo no Charming's, meu coração parece pesar com a maneira como ele diz a palavra *conversarmos*, todo sério e com um olhar concentrado no rosto. Antes de que ele possa dizer qualquer coisa, vou rapidamente para a frente dele e coloco minhas mãos no seu peito.

— Não sou exatamente o material perfeito para uma stripper, e considerando que você foi noivo de uma, tenho certeza de que está acostumado a um tipo de mulher muito superior a mim. Eu não tenho pernas quilométricas e nem seios grandes. Eu uso óculos, meu cabelo está sempre uma bagunça, sou uma tremenda nerd, e tentei usar cílios postiços uma vez, para trabalhar, e um deles caiu e o outro ficou colado na minha bochecha, por horas. Ninguém me disse que parecia haver uma aranha gigante no meu rosto. Eu não sei fazer as coisas básicas que as mulheres normais fazem. Eu não sou uma mulher normal. Sou apenas eu.

Quando termino de falar, a respiração do Vincent está pesada, e ele parece consternado.

— Do que é que você está falando? — Ele pergunta, com uma voz baixa e grave.

— Essa foi a minha maneira de perguntar se essa conversa tem alguma relação com você mudar de ideia sobre gostar de mim e querer ver até aonde isso entre nós pode ir. Quer dizer, eu entendo. Olhe para mim — sussurro e abaixo a cabeça, olhando para as minhas mãos no seu peito.

Vincent levanta uma das mãos e seus dedos tocam meu queixo, levantando minha cabeça até que meu olhar encontra o dele.

— Eu *estou* olhando para você. Tenho olhado para você desde o primeiro dia em que você apareceu no Charming's. Tentei bater a porta na sua cara, e você colocou as mãos na cintura e me mandou sair da frente — ele fala, com um olhar hipnotizante. — Você é o tipo de mulher que eu sempre quis conhecer na vida. Você não aceita as minhas merdas, não tem medo de mim, mesmo quando deveria ter, e você não tem ideia do quão linda e sexy você é.

Meus olhos começam a embaçar com lágrimas, e rapidamente pisco para afastá-las.

— Era *você* quem deveria mudar de ideia. Você deveria correr o mais rápido e longe possível de mim, antes que eu a machuque. Cada vez que eu passo pela porta, agradeço a Deus por você ainda estar aqui. Só concordei em ajudar você a se tornar uma boa stripper porque eu queria mais de você. Eu preciso dizer para você...

Levanto uma das minhas mãos e pressiono meus dedos sobre os seus lábios.

— Eu não me importo — sussurro. — O que quer que seja, não importa. Não agora.

Vincent beija meus dedos antes de afastar a minha mão da sua boca. Ele segura minha cintura e faz com que eu ande para trás, até que esbarro na ilha atrás de mim.

— Você deveria fugir. Eu acabarei machucando você — ele sussurra.

— Nunca. Nada do que você diga ou faça, poderia me fazer fugir de você. Estou aqui para ficar, então é melhor você se acostumar de vez com isso — falo para ele, com um sorriso.

Alguns minutos silenciosos se passam, onde apenas ficamos parados, um olhando para os olhos do outro. Meu coração começa a bater rápido, e um arrepio de antecipação corre pelo meu corpo.

— Temos em torno de quarenta minutos até que a lasanha esteja pronta. Você tem alguma ideia do que podemos fazer para passar o tempo?

Ele finalmente me dá um sorriso, que sinto como se tivesse esperado o dia todo para ver.

Em um piscar de olhos, ele passa as mãos no cós da calça do meu pijama e a puxa para baixo. Vincent se levanta rapidamente, até estar de pé na minha frente, e pega minha cintura. A maneira como ele olha para mim, com tanto desejo em seus olhos, com necessidade, faz com que eu esfregue minhas coxas uma na outra.

Arfo quando ele me levanta rapidamente, e eu seguro nos seus ombros enquanto ele me coloca sentada na bancada, que é o único lugar limpo de toda a cozinha. Deslizando as mãos pelas minhas coxas nuas, ele gentilmente as abre e se coloca no meio das minhas pernas.

— Incline-se para trás e se apoie nas mãos — ele ordena, gentilmente.

Faço o que ele diz, colocando as mãos na bancada atrás de mim, e observo enquanto ele sobe e desce as mãos pelas minhas coxas. A barra da minha camiseta levanta um pouco, deixando à mostra minha calcinha boxer de renda rosa.

Meus olhos se afastam das suas mãos e observo o seu rosto enquanto ele ainda está com o olhar vidrado nas palmas, que estão subindo lentamente pelas minhas coxas e param na borda da minha calcinha. Ele desliza a ponta dos dedos para debaixo da renda, mal encostando em mim, enquanto toca levemente as curvas das minhas coxas e entre as minhas pernas, e depois sobem.

Engulo, nervosa, e minha língua umedece meus lábios, enquanto ele continua a me torturar, até que eu quero gritar para ele enfiar os dedos lá e me tocar onde eu mais precisava. Consigo sentir que estou ficando molhada, e provavelmente eu deveria estar envergonhada por ele ver isso, considerando que seus olhos estão grudados no que ele está fazendo e as minhas pernas estão bem abertas.

Mas eu não me importo. Não me importo porque é ele quem está fazendo isso comigo. Este homem é frustrante e confuso, e é bem provável que ele mantenha segredos de mim, nos quais eu deveria estar concentrada, mas tudo o que ele me mostrou sobre o tipo de pessoa que é, prova para mim que, apesar do que ele disse, Vincent nunca me machucaria. Ele é um gigante gentil, que tinha transformado toda essa coisa de "experiência", em algo muito maior.

— Me dê a sua mão — ele fala, de repente, e seus olhos encontram os meus.

Olho para ele, confusa, mas faço o que pede e passo todo o meu peso para a mão esquerda, e levanto a direita para ele. Vincent envolve a minha mão com a sua, a puxa para baixo e a pressiona na renda entre as minhas coxas.

— O que você está fazendo? — Sussurro, nervosa.

— A primeira coisa que você precisa aprender é o que deixa *você* excitada. Do que *você* gosta. Você precisa estar confortável com o seu próprio corpo e com a sua própria sexualidade, e não apenas usá-los para conseguir dinheiro dançando. Você precisa fazer isso por *você*, para que *você* possa se sentir confortável e aproveitar — ele explica, aumentando a pressão na minha mão, até que ela se abre sobre mim.

Nervosa, lambo os lábios de novo. Claro, eu já tinha me tocado antes, mas eu estava sempre sozinha, sob as cobertas, e com todas as luzes apagadas. Eu nunca tinha feito algo assim com alguém me observando.

— Será que eu deveria fazer anotações? — Pergunto, quando ele guia a minha mão até a minha barriga.

Gentilmente, ele segura o meu pulso e então desliza minha mão para baixo, cada vez mais, até que ela entra por baixo da renda e meus dedos tocam a minha umidade.

— Toque-se. Faça o que você gostar.

Vincent volta a colocar as duas mãos na minha cintura, e ele abaixa a cabeça até tocar a base do meu pescoço. Assim que seus lábios tocam a pele bem abaixo da minha orelha, sinto um raio de eletricidade descarregar entre as minhas pernas, onde meus dedos estão no momento.

Seus dentes mordem suavemente a pele sensível do meu pescoço, e meu quadril se move para frente. Eu não consigo mais ficar parada. Preciso de algum alívio para o fogo que estava queimando dentro de mim, desde que ele tinha abaixado a minha calça. Começo a mover os dedos, enquanto ele continua a lamber e chupar o meu pescoço.

Eu me toco bem onde preciso, fazendo movimentos circulares com dois dedos, assim como faço quando estou sozinha, mas é muito melhor do que das outras vezes. É muito mais erótico porque posso sentir a respiração quente do Vincent na minha pele. É muito mais sensual porque posso sentir o calor do seu corpo e o forte aperto das suas mãos na minha cintura.

Ele sobe o meu pescoço, beijando todo o caminho até o meu queixo e subindo até o meu ouvido.

— Coloque-os para dentro — ele sussurra.

Um arrepio desce pela minha coluna e eu obedeço imediatamente, soltando um gemido baixo quando faço o que ele disse.

Vincent encosta a testa na minha e seu olhar vai para o meio das minhas pernas, e em vez de ficar envergonhada por ele estar observando eu me tocar, fico ainda mais excitada. Começo a mover meus dedos, empurrando-os cada vez mais para dentro, e usando meu dedão para me dar ainda mais prazer.

— Porra — ele rosna. — Você está sexy pra caralho.

Suas palavras me fazem choramingar e meus dedos se movem mais rápido, meu quadril se balançando para entrar no ritmo da minha mão. Olho para o seu rosto enquanto ele continua a me observar, e a fome em seus olhos é quase tão estimulante do que o meu próprio toque.

Estou tão inchada e sensível que cada movimento do meu dedão me faz gemer cada vez mais alto, até que estou arfando e ofegando, murmurando o nome de Vincent, então vejo sua mandíbula se apertar a cada movimento da minha mão, no meio das minhas pernas.

Uma das suas mãos se afasta da minha cintura e sobe por baixo da minha camiseta. Como meus seios são pequenos, normalmente eu não me incomodava em usar sutiã aqui à noite, e graças a Deus por isso. A palma da mão do Vincent desliza pela minha barriga e engloba meu seio nu. Assim que o seu dedão roça meu mamilo, sinto o choque bem no meio das minhas pernas.

— Ai, meu Deus, ai, meu...

Vincent esmaga a boca na minha, engolindo meus gemidos enquanto o meu orgasmo explode. Cada músculo do meu corpo fica tenso; meu quadril se levanta da bancada e roço meu dedão sobre aquele ponto, explorando cada centímetro de prazer, enquanto Vincent continua a me beijar e a acariciar meu seio.

Gemo na sua boca quando ele suaviza o beijo, voltando a abaixar a mão, até que está segurando de novo a minha cintura. Lentamente, ele afasta a boca da minha, e eu tiro a mão do meio das minhas pernas.

Não antes de ele beijar a ponta do meu nariz e sorrir para mim, e de me ajudar a descer da bancada, eu percebo que há um zunido soando nos meus ouvidos, que não tinha notado antes, durante o meu orgasmo, mas que na verdade era o *timer* do forno apitando.

Rapidamente afasto Vincent do caminho, pego duas luvas e abro a porta do forno. Uma fumaça preta sai, e abano o ar com as luvas, antes de tirar a lasanha de dentro do forno.

Coloco a massa carbonizada em cima do fogão, e olho para o Vincent por cima do ombro.

— Então, que tal pegarmos comida para viagem? Não consigo acreditar que o seu trabalho duro foi arruinado.

Vincent ri, se aproxima por trás de mim, e afasta o meu cabelo do ombro.

— Valeu a pena — ele diz, se inclinando e beijando o meu pescoço.

Enquanto ele se afasta para pegar os cardápios que estão em uma das gavetas, percebo que não quero apenas ficar aqui e ver no vai dar essa coisa entre nós. Quero que ele me dê mais, quero que ele me dê *tudo*.

Capítulo vinte e cinco

NÃO FIQUEI DE BARRACA ARMADA

— Se você continuar franzindo o cenho, acabará ficando com essa expressão congelada no rosto. Você é jovem e bonita demais para ficar com o rosto enrugado para o resto da vida.

Levanto o olhar da tela do computador e dou um sorriso triste para a sra. Potter. Eu não deveria ter me surpreendido ao vir trabalhar hoje de manhã e encontrar um e-mail do conselho esperando por mim. Dizia que, apesar dos meus "corajosos esforços" para encontrar maneiras novas e interessantes de levar mais pessoas para a biblioteca, o conselho tinha oficializado os planos de fechamento em duas semanas, a menos que, por algum milagre, eles conseguissem dinheiro suficiente para manter a biblioteca aberta.

Sinto como se uma bomba-relógio estivesse a ponto de explodir nas minhas mãos e devastar tudo. Essa última semana com o Vincent, depois que fizemos a lasanha e demos uns belos amassos sobre a bancada da cozinha, foi nada mais do que maravilhosa, mas estou a ponto de subir pelas paredes. Eu tinha dado mais algumas aulas de culinária para o Vincent, que não tinham resultado em desastre, e ele me deu tantos orgasmos que eu já tinha perdido a conta. Mas nunca havia acontecido nada além de alguns toques e amassos bem quentes, em todas as superfícies disponíveis da casa dele. Era maravilhoso e excitante, mas eu quero mais, só que Vincent continua me dizendo que ainda não estou pronta.

Sabendo que o meu tempo aqui na biblioteca está se esgotando, tenho telefonado sem parar para a Cindy e para a Ariel, pedindo para elas marcarem uma noite no Charming's para que eu possa dançar, e *elas* ficam me dizendo que ainda não estou pronta.

Além de tudo isso, meu pai ainda não retornou nenhuma das minhas ligações, o que indica que ele ainda não está pronto para me perdoar por Cindy ter mandado a mãe do PJ na casa dele, para lhe dar uma dança no colo.

Estou ficando cansada de todo mundo tomar decisões no meu lugar, sobre a *minha* vida, e se estou pronta para alguma coisa.

Pego o meu celular da mesa e digito rapidamente o número da Cindy. Assim que ela atende a ligação, eu a interrompo, sem me importar por ser rude.

— Diga ao PJ que eu vou dançar esta noite no Charming's, ele gostando disso ou não. Estudos comprovam que se conhecer e se valorizar, estabelecer metas e fazer planejamento, são fatores importantes de base, mas é necessário que você aja para fazer seus sonhos se tornarem realidade. Estou agindo, Cindy. Os seus sonhos se tornaram realidade, e agora é a minha vez.

Sorrio para mim mesma quando minha voz soa confiante e forte, em vez de fraca e insegura, sabendo que de maneira nenhuma Cindy diria não para mim.

— Ah, querida — ela suspira. — É só que... eu e o PJ achamos que você precisa de um pouco mais de tempo. Eu sei que você está ansiosa para começar, e acredite em mim, eu quero mais do que tudo que você participe totalmente do The Naughty Princess Club, mas eu não acho que você esteja pronta.

Enquanto ela continua a falar, eu aperto o meu maxilar tão forte que estou surpresa por não quebrar nenhum dente.

— PJ acha ótimo que você e o Fera estejam se aproximando e que você esteja tendo alguma experiência com um homem, mas você mesma me disse que vocês dois ainda não chegaram aos finalmentes. Eu sei que você era firmemente contra usá-lo para sexo, para ter *aquele* tipo de experiência, e eu acho que é maravilhoso que você esteja conhecendo-o melhor e indo nesse caminho, mas só acho que você precisa ser capaz de entender como realmente se prende os clientes e fazer com que eles queiram mais. Eu sei que strip-tease não é sobre sexo, mas ter esse tipo de experiência definitivamente ajuda, quando o assunto é tirar as roupas e prender a atenção da outra pessoa — ela explica, calmamente.

— Antes de mais nada, não é minha culpa se eu não consegui ter uma experiência total, com o Vincent colocando o P dele na minha V; ele fica me afastando! — Falo, um pouco alto demais, então vejo a sra. Potter arregalar os olhos, chocada, e alguns clientes olharem para mim. — Além disso, é sério que você conta para o PJ tudo o que eu disse para você, em confiança, sobre o que Vincent e eu fizemos nessas últimas semanas?!

— Ele é o meu namorado, e nos amamos! — Cindy argumenta. — Falamos tudo um para o outro.

— Vocês dizem tudo um para o outro sobre as suas próprias vidas!

Deixe a minha V fora disso!

— Viu? É isso daí que me diz que você ainda não está pronta. Você não consegue nem dizer a palavra vagina — Cindy reclama.

— Eu consigo dizer a palavra. Só não quero fazer isso — respondo, petulante.

— Vagina, vagina, vagina! — A sra. Potter canta, sussurrando e batendo as mãos, animada.

Eu a ignoro, ficando cada vez mais irritada com a minha amiga.

— Eu preciso fazer isso. Cindy. Você, de todas as pessoas, deveria saber o quão importante isso é para mim. E não é só pelo fato de que eu preciso começar a ganhar mais dinheiro. Eu preciso tomar as rédeas da minha própria vida. Eu preciso tomar as minhas próprias decisões, e não posso fazer isso parada aqui, sem fazer progresso. Isso está me matando — falo para ela, tentando não chorar.

— Querida, eu sei, acredite em mim. Só dê tempo ao tempo, e você chegará lá. Você realmente quer subir no palco, na frente de centenas de pessoas, e não colocar o seu melhor na dança? Isso vai acabar com a sua confiança e todo o progresso que você já teve.

Eu não digo mais nenhuma palavra quando ela me diz que tem que ir, e que nos encontraremos amanhã para treinar mais um pouco de dança e para que ela possa me passar mais algumas dicas sobre o que eu posso fazer para levar o Vincent até o limite e deixá-lo sem escolha, a não ser finalmente ceder.

Assim que desligo a ligação e dou um suspiro, vejo que a sra. Potter está olhando para mim.

— Ela disse que não — reclamo, colocando o celular na mesa.

— E daí?

— E daí que isso significa que não vou fazer strip-tease tão cedo, o que também significa que nunca terei o dinheiro em tempo para salvar este lugar; e que tenho que continuar a fazer o que *todo mundo* quer que eu faça, em vez de fazer o que eu quero.

— Bem, o que você quer fazer? — A sra. Potter pergunta.

— Eu quero subir naquela merda de palco e mostrar para todo mundo o que eu posso fazer!

— Então que diabos você está esperando? Nos últimos meses, eu vi você passar de uma nerdezinha tímida, que nunca discutiria com uma única alma, para uma jovem mulher forte e confiante, que não aceita as merdas dos outros. Então, por que você está aceitando as merdas dessas pessoas? Você quer tomar as rédeas da sua própria vida? Então faça isso!

Minha infelicidade de momentos atrás, por ter meus planos ignorados por outra pessoa na minha vida, rapidamente muda para animação, ao ouvir as palavras da sra. Potter. Ela está certa. Se eu quero que as pessoas parem de me dizer o que fazer com a minha vida, preciso me manter firme. Preciso parar de *deixar* que eles me digam o que fazer.

— Sra. Potter, pegue as suas chaves. Já que não tem quase ninguém aqui no momento, vamos fechar mais cedo e fazer uma pausa longa para o almoço.

Mais rápido do que uma mulher com mais idade se move, ela sai apressada para praticamente expulsar as pessoas que estavam na biblioteca. Depois que todos saem, pegamos nossas coisas e penduramos uma placa no lado de fora da porta, avisando que voltaremos em uma hora. Fechamos tudo e vamos embora.

Quinze minutos depois, abro a porta da casa da Cindy com tudo, e sem tocar a campainha ou anunciar a minha presença. Entro, apressada, na cozinha, e vejo Cindy digitando alguma coisa no seu notebook, na bancada, e PJ parado ao lado da mesa, olhando alguma coisa no celular.

— A Anastasia está em casa? — Pergunto, enquanto atravesso a cozinha.

Os dois levantam a cabeça e me olham, surpresos.

— Belle? O que você está fazendo aqui? — Cindy pergunta, enquanto eu caminho na direção do PJ, parando bem na sua frente, e olho sobre o meu ombro.

— A. Anastasia. Está. Em. Casa? — Pergunto novamente sobre a sua filha.

— Não. Ela foi na casa de uma amiga, depois da escola. O que aconteceu? Você está bem?

Ela fecha o notebook e contorna a ilha da cozinha, parando quando eu levanto uma das minhas mãos no ar. Abrindo o aplicativo de música no meu celular, o qual estou segurando com força, rapidamente escolho uma música qualquer e clico em *play*, e jogo o celular na mesa ao meu lado.

— O que você...

— Cale a boca e deixe eu me concentrar! — Eu a interrompo, respiro profundamente e empurro o peito do PJ com as mãos, até que ele tropece para trás e se sente na cadeira.

— Ahm, Belle. Acho que não é...

— Eu disse para calar a boca! — Grito para ele, interrompendo o que quer que ele estivesse dizendo.

    Assim que a música começa a ficar mais rápida, eu a deixo abafar tudo o que está ao meu redor, e permito que a batida sensual tome conta de mim. Penso em todas as coisas que o Vincent fez com o meu corpo nessas últimas semanas, e até mesmo na frustração por ele não ter levado as coisas adiante; penso no quão sexy ele faz com que eu me sinta. Canalizo a maneira como o meu corpo se moveu em cada momento íntimo que tivemos juntos. Esqueço o fato de que estou a ponto de dar uma dança no colo para o namorado da minha amiga, e me concentro no poder que sinto, porque finalmente estou tomando uma decisão por mim mesma.

    PJ arregala os olhos e parece petrificado, enquanto eu, lentamente, dou a volta na cadeira, passando minha mão pelo seu peito e ombros, e volto a ficar na sua frente. Parada no meio das suas pernas, passo as minhas mãos sensualmente sobre o meu corpo, me inclino para baixo e volto a me levantar, arrancando o prendedor e fazendo o meu longo cabelo castanho cair em ondas ao redor dos meus ombros. Consigo balançá-los sem me deixar cega ou acabar com mechas de cabelo na boca. Inclino-me para frente e coloco as mãos nos seus joelhos, enquanto lentamente me abaixo novamente até o chão, empinando o peito e me deslizando contra o corpo do PJ ao me levantar.

    Ele abre a boca, chocado, e levanta as duas mãos acima da cabeça, como se alguém estivesse apontando uma arma para ele. Seu olhar vai de Cindy para mim.

    — Ai, Deus... — PJ murmura, horrorizado, quando eu coloco minhas mãos atrás da sua cabeça e subo no seu colo e sento nele.

    Solto meu peso nas suas coxas e roço meu corpo no dele; volto a levantar e viro, me inclinando para frente e balançando a minha bunda. Faço tudo o que Cindy me ensinou, naquela noite em que ela levou a cadeira na casa do Vincent, e imito cada movimento que vi em centenas de milhares de vídeos no YouTube, nos últimos meses. Dou tudo de mim, e quando a música termina, meu coração está batendo acelerado, e estou arfando pelo esforço de ter oficialmente feito a minha primeira dança no colo de alguém por quem não estou atraída.

    Estou sentada no colo do PJ, olhando para ele, montada nas suas coxas, com as mãos em seus ombros, enquanto seus braços ainda estão levantados no ar, e ele parecia totalmente assustado.

    De repente, escuto uma salva de palmas ecoar pela cozinha.

— YOLO, vadias! Se eu tivesse a idade de vocês, faria chover dinheiro! — A sra. Potter grita, do canto da cozinha.

— Você deveria esperar no carro — falo para ela, afastando o olhar da expressão chocada do PJ para ver a sra. Potter sorrindo para mim.

— Como se eu fosse perder isso! — Ela fala para mim, antes de ir até a Cindy e se apresentar. — Olá, eu sou a sra. Potter. Você tem uma casa adorável.

Cindy a cumprimenta com a mesma expressão chocada que o namorado.

— Então, estou contratada? — Pergunto, voltando a olhar para o PJ.

— Você pode ter o que quiser. Só saia logo do meu colo, antes que o Fera apareça aqui do nada e me mate — ele responde, rapidamente, ainda com as mãos para cima.

— Foi o que pensei — falo, altiva, para ele, enquanto saio do seu colo.

— Puta merda, Belle... — Cindy finalmente fala, quando vou até onde ela e a sra. Potter estavam.

— E aí, foi bom para você? — Pergunto, sarcasticamente.

Mesmo feliz por ter conseguido fazer a minha primeira dança no colo sem vomitar, ainda estou um pouco chateada pelo fato de minha amiga ter me subestimado.

— Honestamente, eu nem me importo se você acabou de armar a barraca do meu namorado. Aquilo lá foi incrível!

— Eu só quero deixar claro que não fiquei de barraca armada! — PJ fala, ainda sem sair da sua posição na cadeira. — Você pode se assegurar de que o Fera saiba que EU NÃO FIQUEI DE BARRACA ARMADA?!

Eu meio que me sinto mal por ele soar tão preocupado, mas PJ merecia ficar assustado, depois de presumir que eu não estava pronta para dançar no seu clube.

— Ah, pare de ser um bebê chorão. — Cindy reclama, revirando os olhos. — Diga para a Belle que foi uma ótima dança no colo.

— Foi uma ótima dança no colo. Incrível. Mas eu não fiquei de barraca armada — ele volta a afirmar, todo sério.

— Querido, você pode abaixar os braços agora. — Cindy ri, colocando um braço ao redor dos meus ombros e me dando um apertãozinho.

PJ ainda está murmurando para si mesmo sobre barracas e ereções, e sobre ter uma testemunha para assinar um documento afirmando aquele fato, quando ele finalmente abaixa as mãos e se levanta da cadeira.

— Diga que ela pode dançar hoje à noite — Cindy ordena.

— Você pode dançar hoje. Mas se assegure de dizer ao Fera...

— Sim, sim, sim, nós entendemos! — A sra. Potter se manifesta. — Você não ficou de barraca armada. Embora eu não entenda como isso é possível, porque eu fiquei com o bico do peito duro só de ver aquilo! Então, a que horas eu devo estar no clube hoje? E é um lugar chique, onde eu preciso usar um dos meus vestidos, ou uma blusa legal e calça já está bom?

PJ sai da cozinha, me avisando de que serei eu quem contará para o Vincent a novidade sobre eu dançar esta noite, porque ele gostaria de manter todos os membros do seu corpo a salvo. Enquanto Cindy e a sra. Potter conversam, animadas, sobre o que eu deveria vestir, o que eu fiz e o significado de tudo aquilo me atingem.

Eu vou dançar em um clube de strip hoje à noite.

Eu vou subir no palco na frente de centenas de estranhos, e tirar a minha roupa.

Ai, meu Deus. O que foi que eu fiz?!

Capítulo vinte e seis

> ESTOU AQUI SÓ PELO APOIO MORAL

— Que diabos você está fazendo aqui?

Viro-me para encarar Vincent, nos fundos do clube lotado. Coloco as mãos na cintura e levanto a cabeça, totalmente preparada para dizer o que estou pensando. Em vez de ligar para ele quando cheguei em casa mais cedo, para avisar o que aconteceria nesta noite, decidi ensaiar o que eu diria quando ele me visse no clube. Achei que seria melhor apenas aparecer pronta para dançar, em vez de ter que lidar com ele tentando me fazer mudar de ideia, pelo telefone, e acabar com o meu ânimo.

— Eu vou dançar hoje, e não diga uma única palavra sobre eu não estar pronta; ou eu juro por Deus, Vincent, que vou pegar o copo da mesa mais próxima, quebrá-lo e fazer picadinho de você — falo para ele, canalizando a minha melhor atitude de Ariel.

Em vez de me lançar um olhar gelado, seus olhos passeiam pelo meu corpo, esquentando a minha pele.

— Você está usando a minha camisa? — Ele pergunta, levantando uma sobrancelha.

— Sim. Sim, estou. Você tem algo a dizer sobre *isso*? — Pergunto, irritada.

Seus olhos descem novamente pelo meu corpo, e eu tento conter um arrepio. Não preciso que ele saiba o quão fácil sou afetada por ele, quando tento permanecer calma e contida. Cindy me disse para usar uma camisa de botões quando eu viesse para o clube, para que não tivesse que passar nada pela cabeça, senão arruinaria o trabalho que a Ariel fez em mim depois que eu cheguei e me esgueirei para o camarim, sem que o Vincent me visse.

Antes de sair da casa dele, eu peguei a única camisa branca de botão do seu armário, que estava jogada atrás de todas as camisetas dele. Era três números acima do que eu costumo usar, então tive que enrolar os punhos até os cotovelos. Combinei com uma saia preta e curta e com os sapatos de salto prateados que a Ariel tinha me emprestado. Imaginei que eu precisaria usar essas coisas o máximo possível antes de subir no palco, para que eu pudesse me acostumar a andar com elas e não cair de cara no chão.

Ariel tinha ondulado meu cabelo, que agora estava levantado no topo da minha cabeça, com algumas mechas caindo de um prendedor que eu conseguiria tirar facilmente, no começo da minha dança, para deixar que todo o meu cabelo se soltasse. Eu me mantive firme sobre não colocar cílios postiços, então, em vez disso, Ariel usou uma máscara mágica, que deixou os meus cílios já naturalmente longos, ainda mais cheios e volumosos. Fico agradecida por ela não ter se empolgado demais com a maquiagem, e só ter complementado com um pouco de delineador e sombra com glitter. A única coisa que cedi foi o batom vermelho. Gosto de como ele faz com que eu me sinta sexy, e eu preciso de tudo neste momento.

— Você está ótima com a minha camisa — ele fala, em uma voz baixa, que transparece a sua fome enquanto olha para mim. Quero esquecer que tenho vantagem nessa situação, e me jogar nos seus braços e dizer para ele me tomar, aqui e agora.

Antes que eu possa dizer algo idiota e arruinar tudo, escuto meu nome ser chamado no meio do burburinho das pessoas conversando no clube, e da música suave que ecoa pelo sistema de som.

— Ai, meu Deus, você está incrível! Adorei a maneira como a Ariel fez a sua maquiagem! — Cindy fala, vindo na nossa direção, de braços dados com o PJ. — Ela não está incrível, PJ?

— Eu *não* fiquei de barraca armada! — Ele anuncia para o Vincent, se desvencilhando do braço da Cindy e levantando as mãos no ar.

— De que porra você está falando? — Vincent rosna.

— Nada! — PJ e eu falamos ao mesmo tempo.

Acho que agora não é uma boa hora para dizer ao Vincent que eu fiz uma dança no colo do amigo dele. Vou contar mais tarde. Tipo, quando ele estiver dormindo e eu puder sussurrar no seu ouvido, deixando a minha consciência livre da culpa e ao mesmo tempo não tendo que lidar com a ira dele.

Por sorte, sou salva do olhar interrogativo do Vincent para o PJ, quando escuto alguém me chamar. Rapidamente me afasto de Vince, com um sorriso no rosto, que imediatamente some enquanto eu arfo.

— Pai?! O que você está fazendo aqui? — Pergunto, descrente, e o vejo rapidamente desviar das pessoas e vir na minha direção.

E então percebo uma mulher ao lado dele, e meus olhos seguem pelos seus braços até parar nas mãos unidas. Meu pai percebe onde meus olhos estão grudados e encolhe os ombros.

— Estamos namorando.

— Fale o resto — Luanne diz para ele, batendo com o ombro no dele.

— Você quer dizer sobre como foi amor à primeira vista, no dia em que você entrou na minha casa e tirou as roupas, e que eu não consigo manter as minhas mãos longe de você desde então? — Ele pergunta para ela, com uma risada baixa que faz Luanne rir. Acho que sinto o vômito subindo pela minha garganta quando vejo o olhar íntimo que os dois trocam.

— Não, bobinho! Aquela *outra* coisa — Luanne fala, arregalando os olhos para ele.

Meu pai pigarreia e dá um passo na minha direção, e suas bochechas ficam vermelhas de vergonha enquanto me dá um sorriso triste.

— Isabelle, quero me desculpar pelas coisas que disse e pela maneira como tratei você. Desculpe-me por te sufocar, por ser superprotetor e por fazer você se sentir como se não pudesse viver a própria vida. Sempre me orgulhei de você e isso não mudou, não importa quantas coisas idiotas eu falei quando estava bravo e confuso — ele diz. — Não percebi que eu precisava parar de ser tão teimoso, até que Luanne entrou na minha casa naquele dia e me disse que eu estava agindo como um idiota.

— Acredito que as palavras exatas foram *'Pare de agir como um bundão. Honre as suas bolas e vá se desculpar com a sua filha, por agir como uma criança birrenta'* — Luanne adiciona, piscando para mim.

Meu pai assente com a cabeça, dando um sorriso para ela antes de continuar.

— Você tem todo o direito de fazer as suas próprias escolhas e o que quer que faça você feliz. E se isso significar tirar as roupas por dinheiro, então vou apoiar você de todas as maneiras, porque eu a amo.

Meus olhos ficam embaçados com lágrimas, e eu pisco rapidamente para afastá-las e não arruinar a maquiagem, e não ter que aguentar um ataque da Ariel.

Meu pai passa os braços ao redor de mim e me puxa para si, me dando um abraço apertado. Olho para Luanne, atrás dele, e sussurro *obrigada* para ela.

— Além disso, a sua amiga Cynthia disse para a Luanne que você ia dançar hoje, e eu não podia perder a primeira apresentação do meu bebê! — Ele fala, animado, e eu me libero do seu abraço.

— O QUÊ?! — Grito, olhando para o meu pai como se ele tivesse ficado louco.

Já era ruim o suficiente saber que em alguns minutos eu teria que subir naquele palco e dançar para um monte de estranhos, assim como para o Vincent e os meus amigos. Achei que meu pai só fosse passar aqui para se desculpar e depois ir embora. De maneira nenhuma vou tirar as minhas roupas, sabendo que ele está sentado entre os clientes. É só que é... nojento. E errado.

— Não se preocupe, querida, ele não vai assistir — Luanne me acalma. Então, ela abre a bolsa e tira algo de lá, levantando o objeto no ar.

— Usamos essa venda numa noite dessas — ela fala, passando o pedaço de cetim rosa, unido por um elástico, para o meu pai, enquanto os dois compartilhavam uma risada que me deixa cada vez mais desconfortável com a ideia do meu pai me assistir dançar e tirar as roupas.

— Ai, Deus. Acho que vou vomitar — PJ murmura, enquanto vemos nossos pais olharem um para o outro.

— Bem-vindo ao clube, amigo — falo para ele, me encolhendo quando meu pai se inclina e beija o pescoço da Luanne.

Ela o afasta com outra risada, pigarreia e volta a falar comigo.

— Enfim, achamos que vendar seu pai seria uma boa saída para esta noite.

Observo Luanne ajudar meu pai a colocar a venda sobre a cabeça e puxá-la até cobrir os olhos.

— Estou aqui só pelo apoio moral. Não consigo ver nada! — Meu pai fala, com um sorriso no rosto, tateando com as mãos, como uma pessoa cega.

Quero continuar enjoada pelo que está acontecendo na minha frente, mas não consigo. Nunca vi meu pai tão feliz e relaxado, e sei que devo a Luanne muito mais do que apenas um *obrigada*. Nunca pensei que meu pai pisaria em um clube de strip *ou* que fosse apoiar as minhas escolhas. Claro, apenas saber que ele estava no clube, mesmo que ele não fosse me assistir, me deixa ainda mais nervosa do que antes. Mas ao menos ele me perdoou e percebeu o erro que tinha cometido.

De repente, as mãos do meu pai batem no peito do Vincent. Ele começa a tateá-lo e dou a Vince um olhar de desculpas.

— Caramba, você é grandão, hein? — Meu pai murmura, enquanto continua a tatear o peito do Vincent e chega aos seus braços, apertando os bíceps. — Luanne me informou que a minha filha tem saído com um homem. É você?

Vincent esfrega a nuca, nervoso, e meu pai continua parado na sua frente.

— Ahm... Eu... Ela está dormindo no meu quarto de visitas e apenas lá, e eu nunca me aproveitaria da sua filha, senhor, porque ela é doce, gentil e inocente, e eu não quero acabar com isso — Vincent responde, rapidamente.

Dou um olhar zangado para ele, enquanto cerro os olhos.

Doce e inocente, o cacete. E quem disse que eu não posso me aproveitar de você?!

— Pai, obrigada por vir. Espero que aproveite o show que você não verá, porque alguém vai colar essa venda no seu rosto — falo para ele, me inclino para frente e lhe dou um beijo na bochecha. — Se vocês me dão licença, preciso me trocar.

Luanne segura o braço do meu pai e o guia até a mesa, e PJ e Cindy vão para o bar, então me viro para o Vincent, pressionando meu corpo no dele. Fico na ponta dos pés e coloco minha boca próxima ao seu ouvido.

— Aproveite o show — sussurro e sorrio ao sentir um tremor subir pelo seu corpo, quando minha respiração toca seu pescoço.

Deslizando pelo seu corpo, inclino a cabeça para trás e foco nos seus olhos, enquanto passo a minha mão pelo seu peito, pelo seu abdômen e, em um movimento ousado, desço até a sua virilha.

— Espero que não seja muito *doce e inocente* para você.

Dou um leve aperto na parte da frente da sua calça jeans, antes de dar um passo para trás, baixar a mão e me virar de costas, me certificando de adicionar um rebolado especial ao meu quadril enquanto me afasto pela multidão, para a área de trás do clube, onde os camarins ficavam.

Vou mostrar para você quem é doce e inocente.

Capítulo vinte e sete

EU QUASE GIREI ATÉ A MORTE!

Eu posso fazer isso. Eu consigo fazer isso. Vai acabar em menos de três minutos e será perfeito e todos finalmente verão que eu não sou tão inexperiente como eles pensam que sou.

— Ela não vai conseguir. Que merda estávamos pensando quando a deixamos fazer isso?!

Meu mantra motivacional é interrompido abruptamente; eu paro de andar de um lado para o outro do camarim e olho sobre o ombro para as minhas duas melhores amigas, paradas à porta.

— Jesus amado, o que são essas coisas nas paredes? — Ariel continua a falar, entrando no cômodo para examinar as coisas que eu tinha colado por todas as paredes, quando voltei aqui, alguns minutos atrás.

— São as minhas anotações de estudo. Óbvio.

Tento manter a minha frustração sob controle, mas fica impossível quando Ariel e Cindy param no meio do camarim e olham para mim como se eu tivesse enlouquecido.

— Belle, querida, você recortou centenas de partes de corpos femininos de revistas e as colou nas paredes. É... preocupante. — Cindy explica, com uma voz suave e gentil.

— Não é preocupante, é esquisito pra caralho! — Ariel rebate, andando até a parede mais próxima; ela arranca uma das imagens e a balança na sua frente. — Isso aqui é merda de assassino em série, Belle. Você encheu uma parede toda com olhos de mulheres. OLHOS! Eles estão nos olhando e nos observando e, ai, meu Deus. Você é uma assassina em série, não é? Eu sabia. Sempre são os mais quietos e que moram no porão da casa dos pais.

Bufando, vou até ela e tiro a imagem das suas mãos.

— Eu não sou uma assassina em série, e eu não moro no porão do meu pai há semanas. Já falei para vocês, essas são as minhas anotações. Assisti a um documentário sobre strip-tease que dizia que você precisa ser expressiva com os seus olhos. Então, eu recortei os olhos de todas as imagens de mulheres que tinham olhares expressivos, e tenho treinado no espelho para que eu possa imitá-las.

Assim que as palavras saem da minha boca, percebo o quão ridículas elas soam. Ariel está certa. Eu não consigo fazer isso. O que é que eu estava pensando quando me voluntariei para ser a próxima de nós a se apresentar no Charming's? Eu não apenas colei centenas de olhos em uma parede do camarim, como também enchi uma com imagens de torsos, outra de pernas e mais uma de braços, tudo de modelos posando e usando seus corpos de maneira sensual, que eu vinha praticando há muito tempo, fazendo de tudo para me assegurar de que eu estava pronta.

— O que você precisa é de motivação. Ariel, dê motivação para ela — Cindy fala, olhando para Ariel com os olhos arregalados e inclinando a cabeça na minha direção.

— Ahm, bem, eu chamaria você de fadinha sensual, mas esse seu vestido de tafetá amarelo é horrível.

Cindy respira fundo e solta um suspiro frustrado, murmurando baixinho:

— Você é péssima nesse negócio.

— Nós já não tínhamos estabelecido que eu não sou uma palestrante motivacional? — Ariel pergunta. — Ao menos o que ela tem por baixo dessa fantasia horrível não é tão ruim assim.

Seco minhas mãos na saia do vestido amarelo e sedoso, da fantasia de princesa que estou usando, sabendo que não é exatamente o que alguém chamaria de sexy. Mas Ariel está certa. O que eu tenho por baixo deste doce e inocente vestido é de fazer chover dinheiro, contanto que eu consiga encontrar coragem para arrancar o vestido, para que todos possam ver. Especialmente um homem sisudo e irritante, em particular.

Decidi abrir mão da coisa de bibliotecária sexy e ficar com o papel de princesa atrevida[6], assim como a Cindy fez quando dançou aqui. Afinal, foi essa linha que seguimos com o nosso negócio no 'The Naughty Princess Club', então nada mais justo do que manter a tradição, já que funcionou tão bem para ela. Além disso, seria uma ótima propaganda para nós.

Sob o vestido, estou usando uma minúscula calcinha de cetim amarelo, que mal cobre a minha bunda e que tem laços amarelos nos dois lados do meu quadril, e um sutiã *push-up* combinando. Ambos possuíam detalhes

---

6 Princesa atrevida – no original 'naughty princess', a autora faz alusão ao nome da série em inglês, que também é o nome do negócio de strip-tease das personagens.

em renda e pedras de *strass*, e havia uma rosa vermelha, de seda, atrelada a um dos bojos. Definitivamente, é a coisa mais atrevida que eu já vesti na minha vida. Este pensamento faz com que uma fina camada de suor frio cubra a minha pele, enquanto eu olho para os meus seios, que estão tão levantados naquele sutiã que eu poderia equilibrar uma xícara de chá neles. Ou um livro. Eu deveria ter trazido alguns dos meus livros comigo, em vez de apenas o que vou usar para a apresentação. Só de passar a mão sobre um deles já teria me acalmado e feito meu coração parar de bater como se fosse pular do meu peito.

— Belle, pare de pensar em livros — Ariel ordena, reconhecendo o olhar sonhador que sempre aparece nos meus olhos quando eu penso na minha coisa preferida no mundo.

Coloco a mão no meu decote e tiro de lá algumas anotações que tinha guardado ali, e as dou para a Cindy.

— Aqui. Faça perguntas para mim.

Ariel se aproxima e arranca as folhas das minhas mãos, antes que Cindy tivesse a chance de pegá-las.

— Jesus Cristo, você não precisa estudar anotações para tirar as suas roupas por dinheiro — ela fala, revirando os olhos. — Quantas vezes teremos que explicar que experiência na vida real era tudo o que você precisava para ganhar confiança e se sentir bem consigo mesma? E você teve tanto disso nessas últimas semanas, que eu fico cansada só de pensar.

— Eu tive encontros desastrosos, um atrás do outro, e tanta masturbação que provavelmente estou assada — eu a lembro.

Só de pensar em todos aqueles encontros que as minhas amigas me forçaram a ir, me dá vontade de vomitar.

— EXPERIÊNCIA! — Ariel fala, balançando as mãos no ar com um floreio, parecendo o Bill Nye, o Science Guy, quando ele fala a palavra *ciência*.

Cindy balança a cabeça para a Ariel e se aproxima de mim, passando o braço ao redor dos meus ombros e me dando um aperto gentil.

— Claro, alguns dos encontros foram... estranhos. Mas não vamos esquecer a sua atual situação de moradia e o homem que fez isso se tornar possível. Assim como todas as coisas que ele tem feito com você ultimamente. — Cindy sorri e me dá uma piscada.

Puta merda, as coisas que ele tem feito comigo... Por mais que eu odeie admitir, minhas amigas estão certas. Talvez todos aqueles encontros não tenham me ensinado sobre como funciona a cabeça de um homem ou a ser sexy e aprender a usar o meu corpo para deixar alguém excitado, mas *ele* definitivamente fez isso. Mesmo que Vincent tenha me deixado subindo pelas paredes por não transar comigo, mais vezes do que eu consigo contar, depois ele dizendo que eu era *doce e inocente,* alguns minutos atrás, tudo isso rapidamente transforma meu nervosismo em raiva e frustração.

Ariel tem razão. Eu não preciso de anotações e nem de estudos, mas é difícil se livrar de velhos hábitos, e o meu nervosismo tomou conta de mim quando eu estava colando imagens de olhos na parede e colocando as anotações no meu decote.

Solto-me do abraço de Cindy e começo a caminhar de um lado para o outro, no meio do camarim.

— Vocês sabiam que cem por cento das mulheres são blá, blá, porra blá, quem se importa com essa merda?! — Grito.

— Ai, Jesus. Acho que a quebramos. Cindy, eu acho que a quebramos — Ariel murmura.

Eu as ignoro e continuo a caminhar, quase fazendo um buraco no chão.

— Eu não sou uma virgenzinha inexperiente, que precisa ser tratada como se fosse de cristal — continuo falando. — Quase fiz sexo a três. Um filhinho da mamãe tentou que a mãe o ajudasse a dormir com alguém. Aprendi sobre as maravilhas dos orgasmos múltiplos. E aquele idiota filho da mãe pode ir se ferrar, mas eu *não* vou deixá-lo chegar perto da minha Larissinha pelos próximos quinze dias!

— Mas que merda você está falando?! — Ariel pergunta, olhando para mim como se eu tivesse perdido a cabeça.

— Eu não sei! Eu nunca falei essas coisas antes! — Grito, frustrada, empurrando a armação dos meus óculos de volta ao seu lugar. — Estou tentando me soltar. Achei que usar esse tipo de coisa ajudaria.

— Você, falando isso, só vai fazer com que as pessoas pensem que está louca. Pare. Você não precisa fazer isso. Você é uma mulher sexy e gostosa, que quase fez sexo a três, quase foi comprada como égua reprodutora pelo filhinho da mamãe, e teve orgasmos múltiplos. Você consegue fazer isso. Você vai levar essa sua bunda sexy até o palco e mostrar para aquele idiota irritante que não é doce e nem inocente, e foda-se o que ele diz!

Ariel levanta a mão para mim e eu bato nela com a minha.

— Viu? Você é uma palestrante motivacional — Cindy fala, dando um tapinha nas costas da Ariel.

— Só não estrague tudo caindo de cara no chão, ou então você não ganhará boas gorjetas. Especialmente do pau dele — Ariel adiciona.

— E lá vai você e arruína tudo — Cindy murmura, se afasta da Ariel e se vira para mim, sorrindo. — Você vai se sair bem. Só se esqueça das suas anotações, dos estudos, da mecânica de tudo, e pense em orgasmos. Pense no quão sexy e poderosa você se sentiu. Pense naquela incrível dança no colo que você fez no PJ hoje mais cedo, quando você estava tão determinada e irritada. Canalize esse poder sensual e se deixe levar pela música. Eu preciso de você, Belle. Não consigo fazer todas as festas sozinha. Você é a minha única esperança.

— Ok, ok, Obi Wan Stripper Kenobi, vamos lá para fora e deixar Belle se concentrar — Ariel fala, agarrando o braço da Cindy, puxando-a em direção à porta e falando por cima do ombro, antes de sair do meu campo de visão. — Pense que, talvez, depois que você terminar o show, aquele idiota grosso e gostoso pode aparecer por aqui e finalmente foder você contra a parede, até desmaiar, como o PJ fez com a Cindy!

De fato, PJ ficou tão excitado que quando a Cindy saiu do palco, eles transaram pela primeira vez aqui, neste camarim. A maneira como ela descreveu foi tão sensual e romântica que o meu coração chegou a palpitar. Pena que isso era algo que definitivamente não aconteceria *comigo*, já que eu não consigo fazer com que o Vincent leve essa coisa entre nós para outro nível. Cansei de esperar por um conto de fadas, como todos aqueles que li nos meus livros preferidos, e como aconteceu com a Cindy. Neste ponto, eu precisava aceitar o fato de que isso nunca aconteceria para mim, e parar de viver entre as páginas dos livros.

Claro, minha vida tem sido uma bagunça completa nesses últimos meses, mas também tem sido excitante. E *real*. Esta é a melhor parte. Estou finalmente experimentando a vida real, em vez de apenas ler sobre ela. Sou uma mulher forte, independente e no comando da própria vida, e preciso me lembrar de que isso é tudo o que importa. E talvez, se eu conseguir passar pela dança de hoje e começar a fazer festas, os membros do conselho não teriam escolha a não ser mudar de ideia, quando eu contasse para eles que poderia começar a fazer as minhas próprias doações, para manter a biblioteca aberta.

— *Agora, temos um presentinho especial para vocês. Deixem suas carteiras prontas, pessoal. Diretamente da biblioteca do castelo, procurando pela sua própria Fera para domesticar, a princesa mais gostosa que você conhecerá! Uma salva de palmas para Belle!*

Assim que escuto a voz saindo do sistema de som, na parte central do clube, pego o meu livro de capa dura de *A Bela e a Fera,* que trouxe comigo para usar como parte da apresentação, saio rapidamente do camarim e subo as escadas do palco.

Paro atrás da cortina de veludo, abro o livro e o seguro com uma das minhas mãos, na frente do meu rosto; agarro a cortina com a minha mão livre e respiro fundo para me acalmar, quando sinto o nervosismo querendo tomar conta de mim.

Quem se importa com o 'felizes para sempre'? Tenho um 'feliz neste momento', e parece muito bom para mim.

— Eu não *acredito* que você não me contou que aquele poste de pole dance girava sozinho! — Grito para Cindy, assim que entro no camarim, ainda sem fôlego e com o meu corpo coberto com uma fina camada de suor, por dançar sob as luzes quentes do palco.

— Era só um detalhe que eu deixei de fora. E quem se importa?! Você foi incrível! Você escutou todos os gritos e viu todo o dinheiro que jogaram no palco? — Cindy pergunta, e ela e Ariel me seguem para dentro do camarim, enquanto eu continuo a caminhar, irritada, e pego uma toalha de cima da penteadeira e seco meu rosto.

— Detalhe? DETALHE?! — Grito. — Poles de strip dance não deveriam girar. As strippers *neles* é quem deveriam girar. Toda a técnica que aprendi se resume a *eu* girar em volta do poste. Não em girar tão rápido e os meus sapatos saírem voando, sem saber como parar! Eu quase girei até a morte!

Assim que eu agarrei o pole no meio do palco, para começar a girar, meu corpo imediatamente pegou uma velocidade muito maior do que eu esperava. Não sei nem se eu consegui parecer sexy ou se mantive a expressão de pânico longe do meu rosto.

— Ah, pare de reclamar — Ariel murmura, se jogando na cadeira ao meu lado. — Só foram apenas alguns segundos onde eu pensei que você pudesse cair do palco e ter os dedos arrancados pelo pole. Você se recuperou muito bem, e ninguém soube que você quase saiu voando no público.

— Sério, Belle. Você fez um *Swan Spin,* um *Matrix,* e a porra de um *Arrow Spin*! Nem *eu* consegui fazer aquele *Arrow Spin* ainda! — Cindy fala, olhando maravilhada para mim e fazendo a minha raiva ceder um pouco.

— Assisti a um monte de vídeos no YouTube. Nunca mais ousem me dizer que estudar não vale a pena — respondo para elas.

— Acho que a sra. Potter quase teve um ataque cardíaco; ela estava batendo as mãos e gritando muito alto — Ariel ri. — E caramba, achei que o seu pai viraria a mesa quando você terminou; ele pulou tão rápido, batendo palmas e gritando, animado.

Quando ela vê o olhar horrorizado no meu rosto, me assegura rapidamente:

— Não se preocupe. A venda estava firmemente no lugar o tempo todo. E ele quase levou um soco apenas uma vez, quando se virou para o lado errado da cadeira e começou a jogar dinheiro em um motociclista nervosinho, com a cabeça raspada, usando um colete de couro, que estava sentado atrás dele — ela adiciona.

— Ficou tudo bem! — Cindy falou, rapidamente, dando um olhar enviesado para Ariel, quando as coisas que ela me diz não caem muito bem. — Luanne voltou a virá-lo e se desculpou com o cara.

Jogo a toalha de volta na penteadeira, pego a camiseta do Vincent, que estava no encosto da cadeira onde a Ariel tinha se sentado, e a visto, fechando os botões na parte do meio.

— Por acaso você deu uma olhada no Fera durante o show da Belle? — Cindy pergunta para a Ariel, enquanto pego a minha saia do chão e a subo pelas pernas.

— Ah, você quer dizer a barraca gigantesca nas calças dele, e como ele parecia que ia correr para o banheiro, para se aliviar, se a Belle rebolasse mais? — Ariel responde.

— Você vai se dar bem hoje, hein? — Cindy diz e balança a sobrancelha.

Olho de Cindy para Ariel enquanto fecho a minha saia na cintura, me perguntando sobre o que é que elas estão falando. Consegui olhar nos olhos do Vincent uma vez durante a minha dança, e ele parecia entediado. Ele estava recostado na parede ao lado da porta, com os braços cruzados, e com o rosto completamente sem expressão.

— Vocês duas estão malucas — murmuro e, do nada, a porta do camarim se abre com tudo, batendo na parede com um estrondo.

— Vocês duas. Fora! — Vincent rosna, apontando para Cindy e Ariel.

Ele parece muito imponente e bravo, parado ali, tomando conta da porta inteira, dando um olhar assassino para as minhas amigas, mas talvez elas estivessem certas. Talvez me ver dançar possa realmente ter acendido

NA *Cama* COM A *Fera*   171

a chama, e ele finalmente me dará o que eu quero.

Ariel tropeça na cadeira e segura no braço da Cindy, enquanto as duas se apressam para a porta, parando na frente do Vincent.

— Seja gentil. Se você a magoar, vou cortar essas árvores que você chama de braços, em pedaços pequenininhos, e farei você comê-los. — Ariel o ameaça.

— Isso mesmo. — Cindy concorda, assentindo com a cabeça.

Vincent suspira, irritado, dá um passo para o lado e deixa que as minhas amigas passem pela porta.

Quando as duas saem e estamos só nós no camarim, a antecipação pelo que está a ponto de acontecer é tão grande que quero gritar. Dou um passo para trás e agarro o encosto da cadeira onde a Ariel tinha se sentado, e seguro a respiração enquanto Vincent continua parado na frente da porta, olhando para mim.

Meu peito está pesado e parece que eu morreria, se ele atravessasse o camarim e me tocasse neste exato momento. Olho para ele com cada grama de desejo e necessidade que sentia, esperando que ele soubesse que eu nunca estive mais pronta para o que vai acontecer, do que neste momento. Quero tudo o que ele tem para me dar e sei que ele se sente do mesmo jeito.

— Pegue as suas coisas e vamos embora — ele anuncia, de repente.

— Ahm... o quê?

— Pegue. As. Suas. Coisas. Estou cansado. Quero ir para casa.

Com isso, ele se vira e sai do camarim.

Em vez de me sentir indesejada e frustrada, me senti puta da vida.

Agarro a minha bolsa, que estava no chão, e rapidamente jogo toda a maquiagem que a Ariel trouxe com ela, e saio apressada do camarim, atrás de Vincent, totalmente preparada para dizer poucas e boas para ele.

Capítulo vinte e oito

VOCÊ É UM EMPATA-FODA

Eu nem tive chance de dizer nada para o Vincent, assim que entramos na caminhonete dele. Depois de praticamente correr pelo clube tentando alcançá-lo e me despedir rapidamente do meu pai, que ainda estava vendado e se inclinou para me beijar na bochecha, mas acabou beijando o cabelo da Cindy, falei rapidamente com uma confusa Ariel que o plano não tinha dado certo e que Vincent só queria ir para casa e ir dormir. Ela me ligou assim que cheguei ao estacionamento.

Escutei-a gritar e xingar Vincent por todo o caminho, até chegarmos à casa dele. Tive que baixar o volume do meu celular enquanto a ladainha continuava e me encolher no outro canto do carro, para que ele não ouvisse o que a Ariel estava dizendo. Observei o seu perfil no escuro interior da caminhonete, durante o tempo em que Ariel falava, e só pelo brilho do painel interior, pude ver que os músculos da sua mandíbula estavam tensos durante todo o caminho, enquanto eu respondia com *uhmm* e *aham* a tudo o que Ariel dizia. Eu podia ver também que os nós dos dedos dele estavam brancos e que os músculos dos seus braços estavam rígidos, e isso quase fez com que eu colocasse a Ariel no alto-falante, só para que ele pudesse ouvir o que ela estava dizendo sobre ele. Vincent merecia escutar todos aqueles nomes criativos pelos quais ela o denominava, por causa da sua atitude.

Ariel presumiu que ele estava bravo porque eu dancei sem avisá-lo, e que ele não estava feliz comigo porque eu fiz algo que ele pensou que eu ainda não estava pronta.

Quanto mais nos aproximávamos da casa, mais eu pensava que ela poderia estar certa. Mesmo que ele não tivesse parecido bravo quando eu o vi, antes de subir no palco.

O que me traz de volta para onde eu estava algumas semanas atrás: me perguntando se ele não me queria desse jeito, e que ele estava bravo porque eu estava me esforçando demais para que algo acontecesse, quando não havia nada ali. Para fazê-lo me querer tanto quanto eu o queria, para fazê-lo entender que ele significa muito para mim, e que eu não quero que ele se segure mais.

Minha raiva está em guerra com os sentimentos de rejeição e mágoa e, assim que chegamos na garagem e Ariel finalmente para de gritar, eu honestamente não sei qual deles vai vencer.

Termino a ligação com a Ariel, fazendo com que ela me prometa não vir até aqui e acabar com a raça do Vincent, e vejo-o sair do carro sem dizer uma única palavra, caminhar pela calçada, abrir a porta e desaparecer dentro de casa.

Ele não podia nem esperar por mim?! Ah, não mesmo!

Decidindo que, no momento, a raiva está ganhando e que eu posso guardar as minhas lágrimas para depois, quando eu estiver sozinha na minha cama, desço da caminhonete e entro na casa. Vincent está parado na frente da lareira, com as mãos apoiadas no aparador e de costas para mim; a porta faz um estrondo quando a fecho.

— Qual é o seu problema, merda?! — Grito e vejo seus ombros ficarem mais tensos, enquanto ele agarra o aparador à sua frente, ainda mais forte.

— Agora não, Belle — ele murmura, sem fôlego.

— Não me venha com *agora não, Belle*! Se você está bravo por eu ter dançado hoje sem ter te avisado com antecedência, só lamento! No caso de você ter esquecido, eu mando em mim, e *eu* decidi que estava na hora de dar o próximo passo e parar de ser medrosa!

— Esse não é o problema. Só pare com isso — ele rosna, raivoso, ainda de costas para mim.

— Ah, então você admite que tem um problema! Bem, que maravilha, não é mesmo?! Porque você sabe o quê? Eu também tenho um problema! Estou me apaixonando por um cara que diz coisas realmente legais para mim, sobre como eu sou sexy, e faz coisas comigo que me deixam toda arrepiada, mas não me quer o suficiente para realmente transar comigo! Ele só fica falando que eu não estou pronta e um monte de outras merdas que me deixam para baixo e fazem com que eu pareça uma idiota que quer algo que nunca terá!

Quando eu termino de gritar, Vincent se vira lentamente para mim, e provavelmente eu deveria ter medo da intensidade do fogo em seus olhos quando ele me olha do outro lado da sala, mas não tenho. Que se foda essa merda! Estou cansada de ter medo e não falar o que penso.

— Por que você me disse que queria ver até aonde essa coisa entre nós poderia ir, se você não está fazendo nada? Sabe o que você é? Um empata-foda, Vincent Adams! Você é um maldito empata-foda!

Estou tão magoada, puta e sexualmente frustrada, que acabei de gritar as palavras "empata-foda". Eu deveria parar de falar.

— Pare. De. Falar. — Ele rosna, lendo a minha mente e me deixando ainda mais agitada.

— Ah, não se atreva a me dizer o que fazer! Não posso acreditar que eu realmente pensei que algo incrível estava acontecendo entre nós! Não acredito que eu pensei sobre como isso tinha deixado de ser uma ideia idiota para eu ser sexy e aprender a flertar, tempos atrás, e se tornado eu querendo *você*, de qualquer maneira que eu pudesse te ter! Você é um idiota do caramba! — Grito, enquanto luto contra as lágrimas.

Antes que eu consiga piscar, ele atravessa a sala e para na minha frente, com seu peito subindo e descendo e suas mãos fechadas em punho.

— Você acha que eu não quero transar com você agora? — Ele murmura, entredentes.

Quando eu não respondo, ele dá um passo para frente, seu peito batendo no meu, me forçando a ir para trás, contra a porta. Ele apoia as mãos atrás de mim, me deixando presa, mas recuso a me acovardar ou deixá-lo tentar me assustar. Levanto a cabeça, determinada, e olho para ele.

— Eu tenho estado duro como uma pedra, desde o maldito dia em que a conheci! Cada vez que eu a toco, cada maldita vez que vejo você gozar, quero me enfiar dentro de você e nunca mais sair!

— Bem, então por que diabos você não fez isso? — Grito em resposta.

— Porque toda vez que eu *pensava* em foder você, a fera dentro de mim começava a rugir para sair, e você não merece isso! — Ele argumenta, com raiva.

— Não tenho ideia de que merda você está falando — murmuro, irritada, balançando a cabeça.

Tenho quase certeza de que ele disse que me quer, mas Vincent ainda está parado, sem me tocar ou fazer algo sobre isso.

Com algumas respirações profundas, ele parece se acalmar bem na frente dos meus olhos. Afastando uma das mãos da porta, ele acaricia a minha bochecha e abaixa a cabeça para olhar nos meus olhos.

— Eu não quero machucar você — ele sussurra.

Maldito seja. É como acontece sempre: em um minuto, eu quero dar um soco na cara dele; e no outro, quero abraçá-lo e fazer com que tudo fique bem.

— Bem, contanto que você saiba o que diabos está fazendo, isso não deve ser um problema! — Respondo.

Sou recompensada por um pequeno tremor dos seus lábios, e toda a minha raiva desaparece em um milésimo de segundo, sem ficar nenhum resquício no lugar, além do arrepio da antecipação que vai da minha cabeça até a ponta dos pés.

— Ah, baby. Você já deveria ter percebido que eu sei o que estou fazendo.

Não sei quem é que se move primeiro, e não importa. Em segundos, nossas bocas estão grudadas uma na outra, e nossas mãos estão por todos os lados. Vincent arranca a camiseta que estou vestindo, e os botões quicam pelo chão. Agarro uma mecha do seu cabelo quando ele me segura e me levanta, pressionada contra si, e fecho as minhas pernas ao seu redor enquanto ele se vira e caminha pela sala, com nossas bocas ainda grudadas uma na outra.

Minhas unhas afundam nos seus ombros e gemo na sua boca quando ele aprofunda o beijo, enquanto caminha pelo corredor e entra no seu quarto. Ele me coloca lentamente na sua cama, pairando sobre mim quando interrompe o beijo.

— Última chance para mudar de ideia — ele fala, suavemente.

Minha mão solta o seu cabelo, e seguro seu rosto com as duas mãos.

— Pare com isso. Estou bem. Eu quero isso, quero *você*. Não vou mudar de ideia e não vou a lugar algum.

Ele vira a cabeça para o lado e beija a palma da minha mão.

— Promete? — Ele sussurra.

— Prometo.

Ele encosta o quadril na cama, entre as minhas pernas, segura meus pulsos e levanta meus braços sobre a minha cabeça.

— Então talvez você queira segurar na cabeceira, princesa — ele diz, dando uma piscada.

Abro a boca para falar para ele deixar de ser tão arrogante, mas a fecho rapidamente, e minhas mãos agarram a cabeceira quando ele começa a descer os beijos pelo meu pescoço, sobre os meus seios— que ainda estavam levantados por causa do sutiã que usei no show—, e continua a descer pela minha barriga.

Ele se move para baixo, arrancando a minha saia no meio do caminho, e a joga do outro lado do quarto. Assim que Vincent se posiciona entre as minhas coxas, observo-o abaixar a cabeça, e a sua boca se pressiona contra o cetim da minha calcinha.

— Ai, meu Deus — sussurro, sentindo as minhas coxas ficarem tensas quando ele roça a boca no cetim.

— Meu nome é Vincent. Mas você pode gritar o que quiser esta noite — ele responde, com uma risada, enquanto continua a me torturar.

— Olha só quem está engraçadinho hoje — respondo, sarcasticamente. — Só porque você... PUTA MERDA!

Agarro ainda mais forte a cabeceira, e minha cabeça inclina para trás quando ele rapidamente arranca a minha calcinha, como se ela fosse feita de papel, e sinto a sua boca em mim.

Não há nada que eu possa fazer, a não ser aproveitar e fechar os olhos.

Ele gira a língua de uma maneira tão incrível que eu arqueio, ofego e gemo.

Imaginei como seria ter um homem fazendo isso em mim, mas sempre me pareceu tão vergonhoso, e eu sempre me perguntei como as mulheres podiam esquecer o fato de que o homem está usando a língua no mais íntimo dos lugares, e aproveitar.

E agora eu entendo.

Vincent tinha razão. Ele definitivamente sabia o que estava fazendo, e todos os pensamentos deixam a minha mente, exceto o quão boa é essa sensação. Ele faz a pressão certa, e seus lábios e língua me atingem no lugar certo, até que eu solto a cabeceira e agarro o seu cabelo com tanta força que fico surpresa por não arrancar algumas mechas.

Ele me chupa com tudo, e meus olhos parecem explodir quando o orgasmo toma conta de mim, pulsando e tremendo enquanto ele continua a me acariciar com a língua, até eu relaxar sobre a cama.

Ainda estou ofegando e tentando recuperar o fôlego quando Vincent volta a subir pelo meu corpo, tira a camiseta e a joga para fora da cama.

Ele se apoia nas mãos, apoiando o peso enquanto abaixa a cabeça e me beija. Quando sinto o meu gosto nos seus lábios, o fogo dentro de mim começa a voltar à vida, então minhas mãos voam entre nós e desabotoo sua calça jeans. Ajudo a descer a calça pelas suas coxas, enquanto ele a chuta até ficar livre, voltando a se posicionar entre as minhas pernas, com o seu peito colado no meu.

Ele me observa e posso ver a preocupação tomar conta do seu rosto.

Passo meus braços ao redor dos seus ombros, puxo Vincent contra mim e envolvo seu quadril com as minhas pernas.

Posso senti-lo quente, duro e pesado entre as minhas coxas, e meu corpo reage imediatamente: meu quadril levanta, enquanto me esfrego nele.

Vincent solta um gemido baixo e eu levanto a cabeça, colando a minha boca na dele.

— Estou bem, eu juro. Por favor, Vincent — imploro, sussurrando contra seus lábios. — Preciso de você.

— Porra — ele murmura. — Se eu machucar você, um pouquinho que seja, é bom me avisar.

Rapidamente ele se inclina para o criado-mudo, abre a gaveta e tira de lá um pacotinho laminado. Meu corpo começa a se contorcer sobre a cama, com necessidade, enquanto o observo se endireitar e vestir a camisinha, antes de voltar a se inclinar sobre mim, passando os braços sob meu corpo e me puxando para mais perto.

— Eu *nunca* quis tanto alguém como quero você. Nunca se esqueça disso — ele rosna.

A sua boca volta a grudar na minha, e a próxima coisa que percebo é ele entrando em mim.

Minhas coxas ficam tão tensas ao redor da cintura dele que eu sei que elas vão ficar doloridas amanhã, e estou segurando tão forte em seus ombros como se estivesse a segundos de cair de um precipício. Mas é exatamente assim que eu me sinto quando ele decide entrar em mim, empurrando lentamente.

— Pare de me tratar como se eu fosse feita de cristal — murmuro, e levanto o quadril para levá-lo mais para dentro.

Ele solta um gemido baixo, investindo com o quadril até que está completamente dentro de mim, e eu me arrependo imediatamente do que falei. Gostaria de dizer que tudo está incrivelmente bem e não dói nem um pouco, mas...

Santa Mãe de Deus, em toda a sua santidade, como é que ele cabia lá?!

— Respire, Belle — ele sussurra no meu ouvido.

Ele se mantém totalmente parado, e a sensação da sua respiração sobre o meu rosto e suas mãos ao redor de mim, me mantendo próxima a si, fazem a dor desaparecer em um segundo.

— Diga-me que você está bem — ele sussurra de novo, beijando minha bochecha e queixo.

Sua preocupação comigo, e a sua gentileza, fazem com que eu me esqueça de tudo e só queira mais. Imediatamente, começo a mover meu quadril contra ele, querendo mais... precisando mais.

— Estou bem, juro. Você pode se mover agora.

E ele se move. Vincent faz amor comigo de uma maneira suave e doce, que eu nunca pensei que fosse possível para ele. Eu não sei para aonde foi a fera que ele disse que estava louca para sair, mas, neste momento, estou feliz de que ela tenha ido tirar uma soneca. Na próxima vez, o Vincent pode abrir os portões e deixar a fera se esbaldar com o meu corpo. Neste momento, eu só quero que seja suave, lento e perfeito. E é exatamente isto o que ele me dá.

Nossos corpos se encontram em perfeita sincronia, e antes que eu perceba, estou tremendo, no meu limite, arranhando as costas dele e gritando o seu nome.

Pensei que ele falar mais cedo o quanto me queria, tinha sido a melhor coisa que eu já tinha ouvido, mas estava errada. Escutá-lo gritar o meu nome enquanto gozava, foi imediatamente para o topo da minha lista.

Capítulo vinte e nove

VOCÊ NÃO VAI PRECISAR SER UMA PROSTITUTA

— Vou ligar para o trabalho e dizer que não vou hoje.

— Você não vai fazer isso. Não seja ridículo — falo para o Vincent, enquanto ele está parado na porta do banheiro, me observando dar os últimos toques na maquiagem.

— Eu poderia arrastar você para debaixo do chuveiro e ir mais devagar desta vez, e também fazer você perder a festa — ele rosna.

Meu corpo se aquece quando eu dou uma olhada para o chuveiro, lembrando do que ele tinha feito comigo ali, uma hora atrás.

Mesmo que a nossa primeira vez tenha sido lenta e gentil e perfeita, ainda demorei alguns dias para me recuperar, antes de atacá-lo assim que ele chegou em casa, depois do trabalho, mais tarde naquela semana. Ele tentou se manter firme, mas eu bati o pé e disse que também amava a fera dentro dele, e que era para parar de se segurar.

Não só bati o pé como também soltei logo de cara a palavra com a letra A, mas ele não comentou nada sobre isso. Vincent jogou tudo o que tinha na bancada da cozinha e no chão, e quase me deixou sem andar por uma semana, naquela vez.

Quando eu não respondo imediatamente ao seu comentário sobre o chuveiro, Vincent aparece atrás de mim, passa os braços na minha cintura e começa a beijar o meu pescoço.

— Pare de tentar me distrair — gemo, quando ele me morde levemente. Deixo o rímel cair na pia e coloco minhas mãos nos seus braços.

— Vou com você — ele murmura, contra o meu pescoço, levantando a cabeça e me olhando no espelho.

— Você não vai faltar ao trabalho, e, com certeza, não vai comigo. Honestamente, estou surpresa por PJ ter promovido você, considerando a quantidade de vezes que você tem saído mais cedo do trabalho, ultimamente.

Uma expressão parecida com culpa parece passar pelo seu rosto, e no mesmo momento me sinto mal por dizer aquilo, considerando que *eu sou* a razão pela qual ele saiu mais cedo, todas aquelas vezes.

— Já falei para você que a Ariel estará lá, para ficar de olho em mim durante a minha primeira festa oficial, e vai ficar tudo bem. Ela mostrou alguns movimentos de defesa ontem, durante a nossa reunião na casa da Cindy — falo para ele, rindo quando Vincent suspira profundamente.

Ele afasta os braços, segura meu quadril e me vira para encará-lo.

— Eu ainda não gosto disso — ele murmura, levantando a mão e arrumando a minha franja.

O "eu amo você" está na ponta da minha língua, mas seguro as palavras. Nunca conversamos sobre as coisas que eu disse na noite em que dancei no Charming's, sobre como eu estava me apaixonando por ele, e agora não queria estragar as coisas entre nós. Não havia necessidade de apressar as coisas ou tornar tudo esquisito. Sei que ele se importa comigo, pois me mostra isso todos os dias, e, por agora, é o suficiente para mim.

Além disso, estou animada demais por fazer a minha primeira festa esta noite, para me preocupar com qualquer outra coisa. Fico chocada por estar animada e nem um pouquinho nervosa, e sei que tudo isso tem a ver com o homem parado na minha frente e a autoconfiança que ele me ajudou a encontrar, especialmente nesses últimos dias, com todo o sexo no quarto, na cozinha, na biblioteca…

— É uma festa de despedida de solteira, cheia de mulheres bêbadas. Você não precisa se preocupar com nada — lhe asseguro, ficando na ponta dos pés, e acaricio o seu rosto antes de me virar e terminar o que estava fazendo.

— O PJ vai com a Cindy — ele fala, de maneira petulante, cruzando os braços na frente do peito enquanto afofo o meu cabelo, que estava estilizado em ondas, e passo um pouco de perfume.

PJ tem sido o guarda-costas da Cindy em cada festa que ela faz, e planeja continuar fazendo isso até que esteja entrando dinheiro suficiente para contratarmos alguém. Eu acho adorável que o Vincent queira fazer o mesmo, porque é sinal de ele se preocupa com a minha segurança. Mas ele não é o dono do Charming's e não pode ficar indo e vindo conforme deseja. Pelo menos, não se ele quer manter o emprego.

— A Ariel já tem o seu número programado no celular dela, para o caso de algo dar errado — eu o lembro. — Mas vai dar tudo certo.

— Como ela salvou o meu número no celular dela? — Ele pergunta, de repente.

Depois da primeira noite em que transamos, cometi o erro de contar para ele, na manhã seguinte, durante o café da manhã, das coisas que a Ariel o tinha chamado, quando estava ao telefone com ela, enquanto voltávamos para casa. Ele achou hilário quando contei todos os nomes que ela tinha inventado para ele, enquanto gritava no meu ouvido.

— Ahm... Acho que ela salvou como *Bundão Filho da Puta Lambedor de Cu* — falo, e ele ri.

Jogo todas as minhas maquiagens na gaveta e me viro, ficando na ponta dos pés para lhe dar um selinho.

— Pare de se preocupar tanto.

— Ligue-me assim que você terminar. Não quando estiver no carro, não quando estiver vindo para casa, e não quando você *estiver* em casa. Ligue. Assim. Que. Você. Terminar. — Ele ordena, pontuando cada palavra.

— Pare de ser tão mandão.

— Vou mostrar o quão mandão eu sou, quando voltar do trabalho — ele fala para mim e dá um sorriso sacana.

— Promete? — Pergunto, já pensando no que ele faria comigo quando eu chegasse em casa.

— Prometo — ele responde, sorrindo, e dá um beijo na ponta do meu nariz antes de se virar e sair do banheiro.

♛

— Onde estão as suas anotações? — Ariel pergunta, enquanto eu conecto meu telefone na caixa de som do cliente e seleciono a minha *playlist*.

— Eu não preciso de anotações, idiota — respondo, e coloco o meu celular na mesa.

Quando me viro para encará-la, Ariel está secando lágrimas imaginárias das bochechas.

— A nossa menininha está toda crescida. Ela tem uma boa foda, e agora eu nem a reconheço — Ariel fala, e dramatiza com uma fungada falsa.

Reviro os olhos para ela, enquanto a anfitriã e mãe da nossa cliente começa a levar as mulheres alegres e falantes, da cozinha para a sala.

Todas estão usando tiaras, e há tantos itens com pênis na festa, que é chocante: brincos de pênis, colares de pênis, garrafas de água em formato de pênis— que tenho certeza de que estão cheias de bebidas alcoólicas, a julgar pela maneira como as mulheres estão grudadas aos canudos, que também são em formato de pênis.

Elas chegam gritando e cantando, na sala cheia de produtos em formato de pênis, e sorrio para mim mesma, tão animada para começar a festa que quase não consigo me aguentar.

Estou imensamente contente por Cindy e Ariel terem decidido que esta deveria ser a minha primeira festa. É muito mais confortável ter a minha primeira vez com um grupo de mulheres, em vez de homens desconhecidos.

Quando uma atrasada chega na sala, depois de todas as outras, ela olha para mim e para na hora.

Ai, não.

— Isabelle? Isabelle Reading? — A mulher pergunta, olhando para mim com os olhos arregalados.

Tento permanecer profissional e não me apavorar, mas considerando que estou usando o menor vestido que a Ariel pôde encontrar na loja, e que me fez usar nesta noite para "mostrar os meus bens", é meio difícil. O algodão amarelo do vestido está colado em todas as minhas curvas e termina bem abaixo da papada da minha bunda, isso sem falar no decote extremamente baixo. O vestido tem pequenos botões na frente, e depois de muito treinar, consigo facilmente abri-lo com uma puxada, sem estourar os botões.

Vincent me fez testar o movimento com ele ontem à noite, o que resultou em todos os pratos voando da mesa da cozinha e eu sentada em cima dela, mas mesmo *esta* lembrança não me impede de querer sair correndo da sala, neste momento.

— Sra. Anderson, como você está nesta noite? — Pergunto, educadamente, apertando as mãos na minha frente, tão forte que acho que devo ter interrompido a circulação de sangue.

De todas as pessoas que poderiam estar nesta festa, tinha que ser justamente MaryAnn Anderson, esposa de um dos membros do conselho da biblioteca. Eu já a tinha visto algumas vezes, na festa de Natal que temos anualmente e quando ela ia na biblioteca para pegar alguns livros, de vez em quando.

Ela sempre foi educada, mas um pouco... como posso dizer isso? Nariz empinado? Talvez só um pouco esnobe, sempre fazendo questão de mostrar a última joia que o marido tinha comprado para ela ou de falar sobre o carro novo que ela estava dirigindo. O que me deixava irritada, considerando que o marido bonzinho dela era uma das pessoas responsáveis pelo fechamento da minha biblioteca.

— O que é que você está fazendo aqui, vestida com... isso? — Ela pergunta, olhando para mim de cima a baixo, franzindo os lábios.

Eu poderia lhe perguntar a mesma coisa, já que no momento ela estava com um colar de pênis em volta do pescoço, mas não quero entrar em uma briga com a amiga da minha primeira cliente.

— Eu sou o entretenimento — falo para ela, sorrindo docemente.

— Pensei que você administrasse a biblioteca, não? — Ela diz, com um ar suspeito e julgador.

Esqueça a parte de ser profissional. Vou dizer para essa mulher onde ela pode enfiar aquele nariz empinado dela...

— Ah, você não soube? A biblioteca está fechando — Ariel diz, se aproximando de mim, e me abraça. — Tadinha da nossa doce Isabelle.

Ariel suspira, dramaticamente, me dá um olhar triste e pisca discretamente, antes de se voltar para a sra. Anderson com a mesma expressão desolada.

— Ela perdeu a mãe muito jovem, em um trágico acidente, e passou toda a vida cuidando do pai adoentado. — Ariel lamenta, de forma dramática. — Sem a biblioteca, ela não tem mais nada. A pobre garota teve que apelar para o strip-tease só para poder pagar as contas. É uma vergonha, na verdade. Ela é uma jovem tão maravilhosa e inteligente, e olha no que se transformou.

Ariel continua a ladainha:

— Quem sabe o que vem depois?! Primeiro, o strip, e então é vender o corpo por dinheiro. O mundo é triste e frio, sra. Anderson, e o que uma garota como a Isabelle pode fazer, sem a sua preciosa biblioteca, para se manter segura?

Ela está mentindo descaradamente, e eu gargalharia se a sra. Anderson não estivesse escutando avidamente cada palavra; sua expressão rapidamente muda de nojo para preocupação, e logo se transforma em raiva.

— A biblioteca está fechando? — Ela pergunta, confusa.

Acho meio difícil de acreditar que ela já não saiba disso, mas a sra. Anderson parece claramente surpresa com a notícia.

— Bem, ahm, sim. O conselho decidiu que não valia a pena, e já que não temos fundos suficientes para manter a biblioteca aberta...

— Aquele filho da puta sorrateiro! — Ela fala, de repente.

— Desculpe?

Agora é a *minha* vez de ficar confusa.

— Aquele pedaço de merda com quem me casei, me prometeu que não fechariam a biblioteca! Ah, ele vai se arrepender disso. Não se preocupe, querida. Assim que eu chegar em casa, vou ter uma palavrinha com ele. Você não vai precisar ser uma prostituta, eu prometo — a sra. Anderson me assegura, acariciando meu braço.

— Ahm... Obrigada? — Murmuro.

Ariel e eu a observamos se afastar, tirando o celular da bolsa que estava pendurada no seu braço.

— Eu acabei de salvar a sua biblioteca? — Ariel pergunta.

— Eu não sei. Acho que sim.

— É isso aí! — Ela tira o braço dos meus ombros e dá uma palmada na minha bunda. — Agora vai lá e faça chover dinheiro!

Rio para ela e vou para o centro da sala, para silenciar a todas, tentando não me animar muito com a ideia de que a sra. Anderson possa ser a resposta para todas as minhas preces.

Assim que Ariel vai para o canto da sala, para ficar fora do caminho e me deixar trabalhar, me apresento e falo a pequena lista de regras, que deixamos clara no começo de cada festa. Sinto-me um pouco estranha por dizer as regras para as convidadas, já que elas servem mais para os homens, mas, ainda assim, eu precisava informá-las. Só fiz uma pequena alteração, já que seria estranho dizer para essas mulheres que era proibido que elas se masturbassem na minha frente.

— Sem toques, em mim e em *vocês mesmas* na minha frente, e sem retirar as próprias roupas durante a apresentação — digo para elas, com um sorriso.

— Você ouviu isso, MariAnn? — A dona da casa e mãe da noiva fala para a sra. Anderson, que está ao lado da lareira, ainda ao celular. — Sem dedadas durante a apresentação!

As mulheres começam a rir, e a sra. Anderson balança a mão para elas, se virando de costas e continuando a sua ligação.

Seguro a mão da noiva e a guio até a cadeira que tinha colocado no meio da sala, e todas se sentam nos sofás e poltronas enquanto Ariel coloca a música para tocar para mim.

É uma música popular, que todos conhecem, "Pillowtalk", do Zayn, e todas as mulheres começam a bater palmas e a cantar junto, quando começo a dança. Canalizo toda a minha energia sexy e começo a balançar o quadril na frente da noiva, deslizando as minhas mãos pelo meu corpo. Gritos agudos quase me deixam surda quando arranco facilmente meu vestido e o jogo para o lado.

Coloco toda a minha empolgação nesta dança; sento no seu colo, de costas para ela, e esfrego meu corpo no dela, enquanto rebolo sensualmente, no ritmo da música.

— Esta é a minha primeira dança no colo, e a minha primeira vez vendo uma stripper, e é incrível! — A noiva me diz.

— Você sabia que o primeiro registro de uma mulher fazendo uma dança erótica pode ser encontrado na Bíblia, onde alguns intérpretes nos dizem que Salomé, a filha da princesa judaica Herodíade, performou sensualmente a *Dança dos Sete Véus* para agradar o rei Herodes, durante a celebração do aniversário dele? — Digo para ela, me inclinando para frente em seu colo, tocando o chão e balançando a bunda, antes de voltar a me levantar e pressionar minhas costas no seu peito.

— Sério? Isso é incrível! — Ela me diz, e enquanto levo o braço até a sua nuca e continuo a rebolar no seu colo, a sala vai à loucura.

— Pois é. Herodes ficou tão impressionado com a dança que ele prometeu à filha o que quer que ela desejasse. Obedecendo ao pedido da sua mãe, a filha de Herodíade respondeu que queria a cabeça de João Batista em uma bandeja — adiciono, levantando do seu colo e me virando para ela.

— Esse é um preço muito caro para uma dança no colo — a noiva fala, rindo, enquanto coloco as minhas mãos no encosto da sua cadeira e levo meus peitos ao seu rosto e os chacoalho.

— Não é mesmo?!

Olho para Ariel e ela está com as mãos na cabeça, balançando para frente e para trás.

A música termina, e a mulher me dá um abraço rápido antes de se levantar da cadeira e perguntar quem seria a próxima. Um coro de gritos e assobios quase me deixa surda, mas não consigo parar de sorrir, porque é tudo muito divertido.

Uma hora depois, exausta e suada, e de volta ao meu apertado vestido amarelo, recebo um envelope recheado de dinheiro, da mãe da noiva, e Ariel dá a ela vários dos nossos cartões.

— Você se saiu bem, garota — Ariel fala, com um sorriso, me dando tapinhas nas costas, enquanto vamos para o carro estacionado. — Na próxima vez, diminua um pouco essa merda de Enciclopédia ambulante e se concentre mais em chacoalhar a bunda e os peitos.

Reviro os olhos para ela ao entrar no carro, então tiro o celular da bolsa e ligo para o Vincent, dizendo para ele que sim, terminei a apresentação; sim, estou bem; e não, não estou ligando para ele da casa da cliente, porque já estou no carro.

Ele resmunga ao telefone e meu sorriso fica ainda maior, sabendo que ele estará *extremamente* mandão quando chegar em casa, do trabalho.

Capítulo trinta

CONTOS DE FADAS SÃO MENTIROSOS

Eu praticamente entrei escondida no Charming's, segurando um pacote recheado de comida, olhando ao redor e procurando pelo Vincent, com um enorme sorriso no rosto. É difícil não estar um pouco nas nuvens depois de voltar do banco, onde depositei mais dinheiro na minha conta do que alguma outra vez na vida.

Fiz sete festas de sucesso na semana passada, e apesar de Ariel me dizer para diminuir a minha falação e os fatos inúteis enquanto danço, essa é a razão pela qual eu tive tantas festas. Todos os e-mails que especificamente me queriam, diziam: "Queremos a princesa stripper que fala fatos engraçados durante a apresentação."

Tudo parecia estar bem na minha vida, e às vezes quero me beliscar para ter certeza de que isso não é um sonho. Eu e o meu pai conversamos constantemente, e ele não se envergonha de me perguntar sobre o The Naughty Princess Club e como o meu trabalho está indo. Ele até mesmo fez pesquisas e me contou alguns fatos aleatórios sobre strip-tease, para que eu usasse na minha próxima festa. Vincent e eu estamos ainda mais próximos, e mesmo que não tenhamos colocado um rótulo no nosso relacionamento, ele finalmente parou de insistir que não é o meu cavaleiro de armadura brilhante.

Ele tirou todas as minhas coisas do quarto de visitas e as colocou no quarto dele, e me disse para esquecer as regras de antes e que eu podia colocar qualquer "coisa de mulher" que eu quisesse, pela casa. E com todo o meu dinheiro recém-conquistado, e Vincent quase entrando no modo fera quando eu disse a ele que queria ajudar a pagar as contas, consegui deixar uma mensagem de voz para os membros do conselho na noite passada, dizendo que precisávamos marcar uma reunião de emergência assim que possível, porque eu tinha mais dinheiro entrando para manter a biblioteca funcionando por um pouco mais de tempo, até que eu pudesse criar um plano melhor ou encontrar um patrocinador. Já que eu nunca mais escutei nada sobre a sra. Anderson, acredito que toda a bronca que ela deve ter dado no marido não resultou em nada.

— Bem, olá, adorável Belle. Você parece brilhar hoje.

Eric surge do corredor e me cumprimenta com um beijo na bochecha.

— Eu tenho muitos motivos para brilhar ultimamente — falo para ele, com um sorriso. — O Vincent está por aqui? Trouxe o almoço para ele.

Levanto o pacote com as sobras do *fettuccine* Alfredo que o Vincent tinha feito sozinho ontem à noite, sem a minha ajuda.

— Ele teve que ir até o distribuidor de bebida, porque eles erraram um pedido, mas deve estar de volta logo mais. — Eric explica. — Então, estou vendo que as coisas estão indo bem entre vocês dois.

Meu sorriso se abre ainda mais, e eu balanço a cabeça, assentindo.

— Estão. Especialmente agora que ele está me deixando ajudá-lo.

Vincent está realmente aprendendo com as aulas de culinária, e é tão legal ver a geladeira dele cheia de potes plásticos, em vez de embalagens de comida.

— Ah, graças a Deus! Ele contou para você? Jesus. Eu achava que o cara nunca ia jogar a real — Eric fala, balançando a cabeça.

Eu não acho que admitir que ele não sabia cozinhar era algo tão grande assim. Isso ficou bem óbvio na primeira vez em que eu abri a geladeira dele.

— Eu falei que ele precisava confiar em você e dizer a verdade. Mesmo que ele aja como um animal e não esteja exatamente em sintonia com os sentimentos dele, acho que o grandão estava com tanto medo de magoar você que não conseguia ver por cima dessa merda. Eu sabia que você entenderia o problema e que estaria mais do que disposta a ajudá-lo com essa tolice.

Ok, acho que não estamos mais falando sobre aulas de culinária. Tento não ficar envergonhada pelo fato de o Eric saber sobre a minha vida sexual com o Vincent e por que ele me afastava, mas não é como se eu não tivesse compartilhado esses detalhes íntimos com a Cindy e a Ariel.

— Ah, sim! Ele me contou, e está tudo bem. Está tudo perfeito, na verdade. Ele admitiu tudo na noite em que eu dancei aqui, e claro que eu compreendi, mas foi bobo da parte dele ter tanto medo de me magoar — falo para ele, encolhendo os ombros.

— Exatamente! Bobo! Quer dizer, você é uma mulher doce e compreensiva. Não é algo tão absurdo assim o cara precisar de uma esposa, para conseguir o visto de permanência para ficar no país.

Eric ri e demora alguns segundos para que as suas palavras façam sentido. Balanço a cabeça, pensando que talvez eu tenha entendido errado, mas Eric continua falando alegremente, alheio à minha pulsação acelerada gritando nos meus ouvidos e ao meu silêncio, enquanto eu processo o que ele estava me dizendo.

— E mesmo se você não concordasse com o plano, não é como se o Canadá fosse do outro lado do mundo. Existem lugares piores para ser enviado — Eric diz, com outra risada, enquanto eu procuro a cadeira mais próxima para me apoiar, sentindo como se o chão estivesse se abrindo sob meus pés. — Não é como se ele fosse culpado por esse plano. Quer dizer, tenho certeza de que ele contou para você que era eu quem estava no bar na frente da biblioteca, e que vi você fechando tudo, mas nunca saindo de lá. Juntei dois mais dois e descobri que você estava morando lá, por qualquer que fosse a razão. O cara já tinha uma queda por você, mesmo que ele nunca admitisse isto, então não precisou de muito da minha parte para convencê-lo a pedir para você se mudar para a casa dele, para dar continuidade nas coisas. Mas, honestamente, eu teria poupado muito mais tempo de vocês dois se tivesse falado para você que o visto de trabalho dele estava acabando e que ele precisava se casar para ficar aqui.

Não preciso mais me beliscar para ver se isso é um sonho. Toda a felicidade que eu estava sentindo quando cheguei, trazendo o almoço do Vincent, desaparece, e o pacote de comida que eu ainda estava segurando, escorrega da minha mão e cai no chão. Isso não é um sonho, é um pesadelo.

Como eu pude ser tão idiota? Tão sem noção? Eu, a mulher com o cérebro tão cheio de conhecimentos inúteis, não pude ver a verdade que estava bem na minha frente o tempo todo. Meus instintos estavam certos desde o começo, e eu deveria tê-los escutado.

Claro que um homem como o Vincent não se interessaria realmente por alguém como eu, a menos que tivesse um motivo importante. E agora acho que sei o que é. Faz todo o sentido. Vincent me chamando para morar com ele, quando mal me conhecia; seus pais me agradecendo por salvá-lo; Vincent tentando me dizer que tinha algo importante, sobre o qual precisávamos conversar, e estando tão preocupado em me magoar. Todo esse tempo ele estava mantendo um segredo enorme de mim, e era a única razão pela qual ele tinha deixado as coisas entre nós irem além. Não porque ele realmente gostava de mim e queria ver se poderia evoluir para algo mais. Porque ele queria me *usar*.

— Eu... Eu tenho que ir — sussurro, distraída, para o Eric, enquanto me viro e caminho cegamente pelo clube, batendo nas cadeiras e não prestando atenção no que estou fazendo, sentindo meus olhos se encherem de lágrimas.

— Eu digo para o Fera que você apareceu por aqui! — Eric grita para mim, do outro lado do clube.

— Não se incomode — murmuro, secando as lágrimas com raiva, enquanto elas caem pelas minhas bochechas.

Graças ao Vincent, eu tenho confiança sexual suficiente para ser uma stripper. E agora também sei como é ter o coração quebrado. Quem adivinharia que, mesmo depois de anos e anos lendo romances, o amor fosse realmente uma dor física que explode dentro do peito, como uma faca cravada diretamente no meu coração?

— O que diabos você está fazendo?

Eu nem pulo quando escuto a voz de Vincent atrás de mim, enquanto termino de jogar todas as minhas coisas na mochila, que está em cima da cama. Imaginei que assim que ele voltasse para o Charming's, Eric contaria para ele que eu estive lá e as coisas que ele tinha dito para mim. Eu sabia que era uma questão de tempo até que o Vincent aparecesse aqui para tentar se desculpar, embora eu estivesse surpresa por ele ter vindo tão rápido. Pensei que ele passaria um tempo dando uma surra no Eric por ter dito a verdade.

— Acho que é bem óbvio que estou indo embora — murmuro, fechando a mochila e a arrastando para fora da cama.

Ele xinga baixinho quando me viro para encará-lo, provavelmente horrorizado pelo meu estado. Meu rosto está todo vermelho e meus olhos estão injetados de sangue e inchados, pelo tanto que chorei desde que saí do clube.

— Você não vai embora — ele rosna, segurando meus braços quando eu tento passar por ele na porta.

Livro-me do seu agarre e pretendo olhar para ele, desejando que eu estivesse com mais raiva do que estou agora. Neste momento, estou apenas triste. Sinto-me uma idiota, e me sinto usada, derrotada e... triste.

— Esta é a última vez que você tenta me dizer o que fazer — lhe informo, minha voz falhando com a emoção enquanto passo por ele, meu ombro batendo no seu corpo, e vou para o corredor, na direção da sala de estar.

— Belle, pare! Você não pode ir embora assim — Vincent ordena, e eu me viro para encará-lo.

— Não, pare *você*! Pare de me dar ordens e pare de fingir que se importa com o que eu faço! — Grito para ele. — Eu entendi. Eu era uma presa fácil. A doce e inocente garota que vive com o nariz nos livros e que nunca teve experiências na vida real. Caramba, você deve ter dado boas risadas de mim esse tempo todo, pelo quão fácil foi.

— Não diga isso — ele rosna e passa as mãos pelo cabelo, frustrado. — Não foi assim que aconteceu e você sabe disso. Eu deveria ter dito a verdade para você, e sinto muito que você teve que ouvi-la de Eric. Eu ia contar para você. Eu *tentei* contar para você algumas semanas atrás, mas você não me deixou!

— Ah, não *ouse* colocar a culpa em mim! — Eu grito, sentindo as lágrimas caírem mais rapidamente agora. — Você só sente por ter sido pego! Qual era o seu grande plano, Vincent? Você ia me manter aqui, fazer com que eu me apaixonasse ainda mais por você do que eu já estava, e me pedir em casamento? Como é que essa situação do visto aconteceria? Você ia me contar *depois* que nos casássemos, quando não teria nada que eu pudesse fazer sobre isso? Ah, já sei! Você sabe como eu adoro grandes gestos românticos. Aposto que, de alguma maneira, você ia salvar a minha biblioteca e me deixar aos seus pés! Cansei dos seus malditos jogos!

Viro-me e vou na direção da porta, escutando o barulho de suas botas enquanto ele vem atrás de mim. Assim que eu abro a porta, ele bate com a mão na madeira e a fecha com um estrondo.

— Porra, você pode me deixar explicar?! — Ele berra.

Seu corpo está pressionado nas minhas costas, me encurralando contra a porta, e eu odeio isso. Odeio que o seu cheiro e a sensação dele parado tão perto de mim fazem com que a minha cabeça fique confusa e também o meu coração. Odeio que eu queira ficar e escutar o que ele tem a dizer.

— Nunca foi um jogo para mim.

Ele fala, entredentes, sua voz soando bem no meu ouvido, e apesar de estar muito magoada, ele ainda consegue fazer com que o meu corpo fique todo arrepiado. Fecho os olhos e faço que tudo o que eu sinto por ele se afaste, deixando nada mais do que um enorme vazio no meu coração e na minha alma.

— Sim, no começo pedi para você se mudar para cá porque tinha deixado o Eric me influenciar com esse plano idiota dele, mas essa ideia foi direto para o ralo na primeira hora que você ficou aqui. Eu sabia que não poderia me aproveitar de você dessa maneira. Eu sabia que as coisas seriam diferentes com você, e foi exatamente assim — sua voz agora fica mais suave. — Você me mudou, Belle. Você fez com que eu quisesse ser feliz de novo. Você fez com que eu parasse de me arrepender de toda decisão idiota que eu tomei no passado, e fez com que eu quisesse ser um homem diferente. Um homem que não magoaria você, em quem você pudesse confiar para cuidar de você. Eu ainda sou esse homem, e é tudo por *sua* causa. Por favor, não vá embora.

Faço o possível para ignorar o desespero na sua voz. Ele está apenas desesperado porque a sua chance de permanência no país está saindo pela porta.

— Você mentiu para mim. Cada palavra que saiu da sua boca foi uma mentira para que você tivesse o que queria — sussurro, com a voz embargada.

— Eu nunca menti para você. Eu posso não ter dito a real na hora, mas mostrei para você. Em cada maldito dia eu mostrei o que você significava para mim. O que você *ainda* significa para mim. Eu não me importo com o maldito visto, não me importo com nada além de você.

Viro-me lentamente para ele, levantando a cabeça e cometendo o erro de olhar em seus olhos. Ele parecia tão acabado e frustrado quanto eu, mas era uma mentira. Era tudo mentira.

— Você deveria ter me dito a verdade. No minuto em que me disse para ficar aqui, você deveria ter me contado! — Argumento.

Ele levanta as mãos no ar, exasperado.

— Sério? Eu deveria ter contado para você que eu precisava de uma esposa para ficar aqui, porque o meu visto de trabalho estava quase acabando e o PJ não conseguiu estendê-lo?! — Ele grita, incrédulo. — Você é romântica, você acredita em contos de fadas. Não há nada romântico nessa merda! Você teria rido da minha cara e corrido de mim o mais rápido possível. Admita, Belle, de maneira alguma você teria ficado, se soubesse que não teria a possibilidade de um final feliz!

— Sim, eu teria ficado! Você acha que me conhece, mas não sabe do mais importante sobre mim! — Grito, secando as lágrimas com raiva. — Se você tivesse me dito a verdade, eu teria ficado. Porque é isso o que você faz quando alguém precisa de ajuda, mesmo se é alguém que você mal conheça. Você faz sacrifícios e ajuda os outros quando eles precisam, porque é isso o que uma pessoa gentil e preocupada faz!

Ele tem a audácia de parecer culpado, mas eu não me importo. Vincent arruinou a parte dentro de mim que se importa e quer ajudar as pessoas, com as suas mentiras e a sua falta de confiança em mim. Arruinou tudo ao fazer com que eu me apaixonasse por ele e não me dando em troca todas as partes de si.

— Eu teria feito *qualquer coisa* por você — digo, suavemente, balançando a cabeça, triste porque ele não tinha entendido isso, em todo esse tempo que passamos juntos. — Você ficou dizendo que eu precisava confiar em você e que eu precisava me sentir confortável com você, mas nunca teve planos de retribuir, não é? Eu teria me casado com você no dia em que entrou na biblioteca e ordenou que eu juntasse as minhas coisas, e que viesse para casa com você. Tudo o que você tinha que fazer era confiar em mim, me dizer a verdade, e só pedir.

Minha voz embarga e sei que preciso ir embora, antes que eu não consiga mais me segurar e comece a soluçar incontrolavelmente de novo.

— Eu ferrei com tudo, Belle. Eu sei que ferrei. Mas me dê uma chance para consertar isso — ele implora.

Balanço a cabeça, me afastando, e seguro a maçaneta da porta.

— É tarde demais. Você está certo, eu sou romântica e queria um final feliz. Queria um homem que não mentisse para mim, que confiasse em mim tanto quanto eu confiei nele, e você arruinou isso. Você pegou o meu final feliz e o *arruinou*.

Desta vez, quando eu abro a porta, ele se afasta e não tenta me impedir. Ao menos, não fisicamente.

— Você disse que nada do que eu dissesse ou fizesse, faria você se afastar de mim. Você prometeu que ficaria.

A voz do Vincent é baixa e tão cheia de dor que me parte ainda mais o coração. Quero confortá-lo, mas não posso. *Não vou.* Não depois do que ele fez.

Viro-me de costas, não querendo ver a expressão devastada em seu rosto enquanto eu saio pela porta. Isso não importa. Não me importo se ele sente muito agora e que se arrepende. Ele deveria ter pensado nisso semanas atrás. Deveria ter confiado em mim, mas não.

— É, bem, acho que nós dois somos mentirosos, então — sussurro.

Assim que saio pela porta e caminho até o Uber que estava me esperando, percebo que Vincent acabou muito mais do que com o meu coração e a minha confiança.

Ele acabou com a minha crença de que contos de fadas podem acontecer com qualquer pessoa, especialmente com alguém como eu. Contos de fadas são mentirosos, e eu era uma idiota por pensar o contrário.

Capítulo trinta e um

FECHADO INDEFINIDAMENTE

Estou me debulhando em lágrimas quando o Uber sai da frente da casa do Vincent, e olho pela janela me sentindo anestesiada. A única coisa que me impede de enlouquecer é o caminho familiar para a biblioteca. Sinto que meu coração começa a bater novamente quando vejo a enorme estrutura de pedra aparecer.

Quando o motorista para na esquina, pego a minha mochila cheia de coisas, do banco de trás, e caminho rapidamente até a porta da frente. Sei que assim que eu estiver lá dentro, rodeada por todos os meus livros, me sentirei melhor. Seguir a minha rotina de trabalho, caminhar pelos corredores e passar as mãos pelas lombadas dos livros, fará com que eu volte a mim e me ajudará a esquecer tudo o que aconteceu hoje.

Seguro a maçaneta da porta para abrir, mas ela não funciona. Deixo a minha mochila no chão e tiro as chaves do bolso do meu vestido, depois encaixo a da porta e a coloco na tranca, mas não funciona. Retiro-a e procuro por outra no chaveiro, imaginando que tinha escolhido a chave errada, quando algo chama a minha atenção.

Olho para cima e vejo um pedaço de papel colado na parte de dentro da porta, que eu não tinha notado antes. Em letras grandes estavam as palavras *Fechado Indefinidamente*.

— Não, não, não... — murmuro, enfiando a chave de volta na tranca e tentando abrir a porta novamente.

Viro a chave com toda a minha força, até que meus dedos começam a doer.

Bem quando eu acho que já não tenho mais lágrimas para chorar, elas começam a cair dos meus olhos novamente, enquanto eu continuo tentando abrir a tranca da porta fechada. Depois de alguns minutos, eu finalmente entendo o que isso realmente significa: o conselho tinha fechado a biblioteca. Eles vieram, fecharam a biblioteca e mudaram a tranca, mesmo eu tendo dito que estava começando a entrar dinheiro para mantê-la aberta.

Eu não entendo por que eles não me ligaram de volta, e por que decidiram fazer isso antes do que disseram que fariam.

Eu nunca mais andaria por aqueles corredores, nem passaria as mãos sobre as lombadas dos livros novamente. Nunca mais abriria uma caixa de encomendas, olharia o conteúdo e respiraria aquele cheiro maravilhoso de livros novos. Nem me sentaria ao chão, rodeada de crianças, observando seus rostinhos animados e nem ouviria suas risadas enquanto eu contava histórias. Nunca mais veria o olhar maravilhado de uma criança quando ela conseguisse o seu próprio cartão da biblioteca. Eu sabia que tudo isso era uma possibilidade, mas eu nunca pensei que realmente aconteceria. Não me preparei para dizer adeus para o meu lar nos últimos nove anos, porque eu *acreditei* e *esperei* que essa biblioteca teria um final feliz.

Assim como com Vincent, eu fui tola por acreditar em algo tão idiota.

Meus joelhos cedem e eu caio no chão, chorando tanto que mal consigo respirar. Então, pego minha mochila e a puxo para perto, procurando meu celular. Quando finalmente o encontro, vejo que tenho cinco ligações perdidas da sra. Potter, e três do Vincent.

Eu já sabia o que a sra. Potter diria, já que ela deveria abrir a biblioteca mais cedo e deve ter sido quem deixou o aviso na porta. E neste momento, não me importo com nada vindo do Vincent. Seco as lágrimas e ligo para a única pessoa com quem consigo lidar no momento.

♛

— Uau. Você tem... um monte de coisa — falo, parada no meio da sala de estar da Ariel, olhando ao redor.

Sempre achei estranho nós nunca termos estado na sua casa, considerando que ela mora na rua da Cindy, mas agora eu entendo o porquê. *Um monte de coisa* era uma maneira educada de dizer que ela poderia participar de um dos episódios de *Acumuladores Compulsivos*. Eu sabia que ela tinha sido dona de um antiquário, e quando perdeu o negócio, depois do divórcio, tinha trazido tudo para cá. Mas pensei que ela tinha se livrado de várias das suas coisas nos últimos meses, para pagar as contas. Porém, havia objetos cobrindo todas as superfícies da sala, desde a lareira e as mesas, até o chão.

Ariel também tem várias peças de mobiliário antigo: baús, gaveteiros, cadeiras no estilo vitoriano, tudo isso empilhado com mais objetos. Molduras douradas de vários tamanhos e formas estão penduradas, e até mesmo encostadas ao chão e às paredes. Algumas delas têm pinturas a óleo e outras estão apenas vazias. Também há vasos e esculturas, máquinas de escrever e caixinhas de joias, relógios de bolso e aqueles antigos, de parede. Além disso, a coleção dela também inclui um armarinho antigo, com portas de vidro, cheio de bonecas de porcelana esquisitas.

Caminho até uma mesa antiga, que está em um canto da sala. Ela está completamente coberta por xícaras de chá de todos os tamanhos, formatos e cores possíveis, além de um objeto que se destaca entre as lindas xícaras.

Eu o pego, me viro e olho interrogativamente para Ariel.

— Isso aqui é uma antiguidade?

Ariel se aproxima e tira o objeto das minhas mãos.

— Sim, é um pente de três dentes. Era usado para pentear o cabelo, no século dezesseis.

Quando eu não falo nada por vários segundos, ela revira os olhos para mim.

— É a porra de um garfo. E não, não é antiguidade. Eu estava comendo quando você ligou, chorando e fungando, e na minha pressa para ir até você, deixei tudo e saí correndo — ela explica, pisando com cuidado enquanto caminha da sala de estar para a cozinha.

Eu a sigo cuidadosamente, para não bater em nada, e arregalo os olhos quando chegamos à cozinha. Não fico tão chocada pelas antiguidades que cobrem todas as superfícies da casa, quanto pela outra coisa que vejo.

— Você tem sete aquários.

— Excelente, você sabe contar! — Ariel responde, sarcasticamente, jogando o garfo na pia.

— Eles são... aquários muito legais — falo, sem jeito, para ela.

E realmente são. Ela tinha decorado cada um deles com pedras de cores diferentes e, após uma inspeção mais detalhada, vejo o que parecem ser pequenos objetos antigos, como broches e relicários, e algumas chaves. Cada aquário tinha mais ou menos quarenta litros de água, e eles tomavam toda a bancada, com dois deles na ilha da cozinha. Mas, ainda assim... Ela tinha sete aquários. Na cozinha.

— Eu tenho um fraco por peixes. Pare de me julgar.

— Não estou te julgando. Só pensei que você tinha nos contado que vendeu um monte das suas coisas — respondo, calmamente, para ela.

— Você está louca?! Esta casa está praticamente vazia, de tanta coisa que vendi. E podemos parar de falar sobre as *minhas* merdas e seguir para as *suas*? Você não fez nada, na vinda para cá, além de chorar e balbuciar sobre contos de fadas serem mentira e como tudo era uma merda.

Meus lábios começam a tremer e meus olhos se enchem de lágrimas mais uma vez.

— Puta merda. Vamos precisar de bebida, não é?

Apenas aceno silenciosamente com a cabeça, enquanto ela se inclina sobre um aquário, abre o armário e tira de lá duas taças de vinho. Ariel vai até a geladeira, pega uma garrafa de vinho branco, me observa por alguns segundos e então volta a abrir a geladeira para pegar outra garrafa.

Ela me guia até a mesa da cozinha, que tinha ao menos dez jogos de porcelana fina, empurra uma pilha de pratos e vasilhas para o lado, e coloca as taças e as garrafas na mesa.

Ariel serve o vinho para mim, e antes de ela se servir, eu já virei tudo. Coloco a taça na mesa e peço mais um pouco.

— Se você vomitar em alguma das minhas porcelanas, vou ficar puta — ela murmura, serve mais vinho na minha taça e se senta, enquanto eu me jogo na outra cadeira. — Fale.

Pelos próximos vinte minutos, eu conto tudo para ela. Desde as coisas doces que o Vincent tinha dito para mim nas últimas semanas, que eram mentiras, até quando descobri o segredo que ele vinha mantendo escondido de mim esse tempo todo.

— Ele é canadense?! — Ariel pergunta quando eu paro de falar, secando mais lágrimas.

— Essa é a parte onde você mais ficou chocada?

Ariel encolhe os ombros.

— Quer dizer, os canadenses não são conhecidos por serem extremamente educados? Aposto que eles não aceitariam o Fera de volta. Tudo o que ele teria que fazer era rosnar, e eles falariam: *Não! Você não é um de nós! Volte para a América, com todas aquelas pessoas rudes e irritantes!*

Ela ri da própria piada, enquanto eu me sirvo de mais vinho.

— Estou apaixonada por ele — sussurro, olhando para a minha taça. — Estou apaixonada por um cara que mentiu para mim sobre tudo.

Ariel suspira, pega a minha taça e a afasta de mim.

— Esse foi o seu erro final. Você deveria ter mantido tudo apenas no sexo. O amor é uma merda e só causa dor nas pessoas. E, honestamente, como você sabe que ele mentiu sobre tudo? Ele não disse que as coisas mudaram assim que você foi morar lá? — Ela pergunta.

— De que lado você está?

— Estou do seu lado, idiota! Acredite em mim, quero matar aquele infeliz enquanto dorme, por fazer você chorar, mas pense nisso por um minuto. Ele é grosso e irritante, mas não me parece ser o tipo de cara que deixa uma mulher tomar conta da sua casa, ensiná-lo a cozinhar e essas coisas; que deixaria isso acontecer depois de outra mulher ter ferrado com a sua vida e tê-lo feito perder o emprego; que ficaria todo superprotetor e essas merdas com você, e se recusasse a transar até que você estivesse confortável, se ele não tem sentimentos reais por você. Sentimentos que são muito mais profundos do que você imagina.

Ariel continua:

— Sim, ele mentiu sobre essa coisa do visto, mas se coloque no lugar dele. O Vincent gosta de você, gostava antes mesmo de você se mudar para a casa dele, e depois que te conheceu melhor, ele provavelmente ficou morrendo de medo de que você fosse odiá-lo.

Eu não quero que o que ela está dizendo faça sentido, não quero me sentir mal por ele ou repensar a minha decisão de deixá-lo, então me inclino sobre a mesa e pego de volta a minha taça de vinho.

— Eu não quero mais falar, só quero ficar bêbada. Trêbada.

Como uma boa amiga, Ariel não diz outra palavra. Ela mantém a minha taça cheia e até mesmo vai correndo comprar outro vinho quando eu bebo tudo e peço por mais.

Quando ela me ajuda a ir até o quarto de visitas e tira de sobre a cama treze vestidos *vintage* de noiva e os joga em uma cadeira no canto, ela não fala nada idiota e clichê como *amanhã tudo estará melhor*.

Perdi a minha crença no "felizes para sempre", e um novo dia não vai mudar isso. Assim como a biblioteca, meu coração está oficialmente fechado indefinidamente.

Capítulo trinta e dois

VAMOS INVADIR O CASTELO

— Você sabia que é mais fácil dizer se um estranho está mentindo, do que o seu companheiro? Pesquisadores da Universidade da Califórnia estudaram estatísticas de duzentas e cinquenta e três provas sobre mentiras e descobriram que temos apenas cinquenta por cento de chance de distinguir pessoas que mentem, das que falam a verdade — falo para o homem em quem estou sentada no colo, enquanto balanço o quadril no ritmo da música.

Ele assente e sorri para mim, sem dizer uma única palavra, e coloca gentilmente as mãos no meu quadril. Paro de me mover e ele rapidamente tira as mãos, e então mudo a dança, colocando as mãos nos seus ombros.

— A cada treze segundos, um casal nos Estados Unidos se divorcia. E você sabia que ter o seu coração quebrado pode fazer você ficar doente? Nosso cérebro libera hormônios de estresse, o que pode deixar o nosso sistema imunológico comprometido e os nossos corpos mais suscetíveis a doenças — falo para ele ao me levantar do seu colo e ficar no meio das suas pernas.

— Isso é... interessante — ele murmura, observando minhas mãos passarem pelos meus seios e descerem pelo meu corpo, enquanto me movo sensualmente com a música.

— Também é verdade que o seu coração pode literalmente quebrar. A cardiomiopatia de Takotsubo, também conhecida como *Síndrome do Coração Partido*, é tipicamente causada por estresse emocional ou físico. Os hormônios criam um efeito impressionante nos músculos cardíacos, que podem causar uma disfunção temporária, bem parecida com um ataque cardíaco.

Escuto alguém pigarrear do canto da sala e balanço a cabeça para afastar todos os pensamentos depressivos que insistem em continuar na minha mente, tentando fazer o meu melhor para colocar um sorriso e finalizar o show. Quando a música termina, olho ao redor, contente ao perceber que já dancei no colo de todos que queriam.

Agradeço rapidamente ao noivo e me desculpo pela falta de fatos divertidos hoje, e todos os homens vão para a cozinha, para continuar as bebedeiras da festa de despedida de solteiro. Então, encaminho-me para o canto mais afastado da sala de estar.

— Você já pode se virar.

— Você está vestida? — PJ pergunta, com o nariz praticamente enfiado na parede e os braços cruzados à sua frente.

Solto um suspiro profundo.

— Estou usando sutiã e calcinha, não estou nua.

— Você ainda não está vestida, e não vou me virar até que esteja. O Fera vai comer o meu fígado no jantar — ele murmura.

— Posso garantir a você que não — falo para ele, revirando os olhos.

Pego o meu vestido cinza de algodão, da bolsa que está aos pés do PJ, e me visto rapidamente.

— Pronto, você pode se virar agora.

PJ vira a cabeça lentamente, abrindo os olhos. Ele me observa por alguns segundos e quando vê que estou vestida, finalmente se vira para me encarar.

— Olha, eu sei que você está puta com ele, e tem todo o direito de estar. Mas já se passou uma semana, Belle. Você nunca mais vai falar com ele? — PJ pergunta, pegando a minha bolsa do chão e a carregando pela sala, enquanto eu vou atrás dele.

Acredite quando digo que sei exatamente quanto tempo faz desde a última vez que vi ou falei com o Vincent. Sinto todos os dias, em cada minuto e em cada segundo, como se fosse uma faca cravada no meu coração. Por mais que eu não queira deixar que o que a Ariel disse me atinja, suas palavras acabam entrando em mim. É tudo no que penso em todos os dias desde então, enquanto limpo a casa, no meio da bagunça dela, e quando danço sem prestar atenção, nas festas a cada noite.

PJ me leva para fora da casa e vamos na direção da sua caminhonete, que está estacionada na rua. E ele não fala novamente, até que estamos no meio do caminho da casa da Ariel.

— Ele deveria ter contado a verdade para você, e sabe disso. O Vincent está se sentindo um merda por ter mentido, mas você tem que saber que essa foi a única coisa que ele manteve em segredo. Tudo o mais que ele disse para você era verdade.

— Bem, é uma coisa bem importante para se mentir, não acha? — Respondo, irritada, na hora.

— Sim, com certeza. Mas nunca o vi assim, Belle. Nem mesmo quando aquela vaca da Kayla quebrou o coração dele. Quando isso aconteceu, ele só ficou puto da cara. Agora, ele está...

Seguro a respiração, esperando o PJ continuar.

Ele solta um suspiro, e olha para mim quando para no semáforo.

— Agora, ele está só blah.

Olho, confusa, para ele.

— Blah? Que merda significa isso?

— Significa blah! — PJ responde, frustrado. — Ele não está puto, não está triste, está só... nada. Ele não se importa com nada. Vai trabalhar, faz o que tem que fazer, mas não se importa. Eu e o Eric fomos até a casa dele algumas noites atrás, para fazer uma intervenção, e ele só ficou sentado na biblioteca, olhando para as prateleiras, sem dizer uma palavra. Ele está miserável.

— Você acha que eu também não estou miserável? Ele quebrou o meu coração, PJ. Eu confiei nele e olhe no que deu — faço questão de lembrá-lo, e engulo o nó que se forma na minha garganta.

Finalmente consegui passar um dia inteiro sem chorar, e não vou começar agora, ou nunca mais vou parar. Ele me usou, pura e simplesmente. Claro, talvez em algum momento, no meio do caminho, ele realmente começou a gostar de mim, mas, ainda assim, me levou para morar com ele sob falsos pretextos, e deixou que as coisas entre nós evoluíssem, algo que eu acreditei ser real, bom e incrível.

Mas foi tudo construído sob uma mentira tremenda, porque ele precisava de alguma coisa de mim.

— Uma das melhores coisas em você é que acredita em contos de fadas. Você acredita no amor e em felizes para sempre. Ao menos você costumava acreditar. Não tem motivo para não acreditar novamente. Ele pode lhe dar todas essas coisas, se você deixar — PJ fala, suavemente. — As pessoas cometem erros. Algumas pessoas cometem erros *enormes*. Você não me parece ser o tipo de pessoa que guarda rancor e não perdoa as pessoas. Especialmente alguém que mudou tudo sobre si mesmo, por *você*. Alguém que já foi ferrado por uma mulher e ainda assim correu o risco com você, acreditando que você não faria a mesma coisa. Olhe tudo o que você fez com a sua vida, nesses últimos meses: saiu de casa, começou um negócio de sucesso, de strip-tease, com as suas novas amigas, achou um cara que era de verdade, e não apenas parte de uma história de um livro. Você fez as suas escolhas, correu riscos. Falo por experiência: não há nada mais gratificante do que o risco de se apaixonar. Algumas vezes você atinge uns obstáculos no caminho, mas, no fim, sempre vale a pena.

 Não digo uma palavra para o PJ enquanto ele dirige o resto do caminho até a casa da Ariel, além de agradecê-lo por ser meu guarda-costas esta noite. Talvez o que ele disse fosse verdade, mas, mesmo que fosse, por que o Vincent não tentou entrar em contato comigo? Além de algumas ligações perdidas no dia em que eu fui embora, ele não ligou de novo. Se ele está miserável e se sente tão *blah*, por que não me disse isso ele mesmo? Sei que não sou o tipo de mulher que nunca perdoa alguém ou que guarda rancor para sempre. E mesmo que eu fosse negar para qualquer pessoa que me perguntasse, uma parte de mim ainda acreditava em finais felizes. Uma parte de mim ainda sonhava com isso.

 Mas você não vai conseguir o seu final feliz, quando o homem que pode lhe dar isso não quer nem ao menos tentar.

 Encolho-me sob as cobertas, no quarto de visitas da Ariel, depois de tirar a maquiagem, tomar um banho e vestir um pijama confortável, e passo quase a noite toda me virando de um lado para o outro, sem conseguir dormir, remoendo o que o PJ tinha dito.

O sol brilhando entre as cortinas me acorda cedo demais, considerando que eu não tinha conseguido dormir mais do que umas duas horas.

 Rolando na cama, com um grunhido, pego meu celular do criado-mudo e ligo para o meu pai, imaginando que depois de tudo o que perdi recentemente, pelo menos eu ainda o tenho, e com sorte talvez ele queira sair para tomar café da manhã comigo e me animar um pouco.

 — Não posso falar agora, Belle — meu pai responde, sem nem dizer olá. — Estou um pouco ocupado aqui.

 E lá se vai o café da manhã.

 Escuto uma mulher xingando ao fundo, e me sento rapidamente na cama.

 — É a Ariel? Por que você está com ela? — Pergunto, me livrando das cobertas e saindo correndo do quarto; vou pelo corredor até o quarto da Ariel, que está vazio.

 — As suas amigas são incríveis! — Meu pai fala, alegremente. — Sinto muito por tê-las julgado. Desculpem-me por ter julgado vocês, meninas!

— *Nós perdoamos você! Vamos lá, Silver Fox! Temos coisas para fazer!*

— Essa é a Cindy? Pai! O que vocês estão fazendo?

Escuto uma risada e balanço a cabeça, completamente confusa.

— Estamos com forquilhas e tochas, e vamos queimar a casa daquela fera, por ter magoado você! — Meu pai grita, do outro lado do telefone.

Fico de boca aberta, chocada, enquanto volto correndo para o meu quarto, pegando rápido um vestido de dentro da minha mochila, que estava no chão.

— Do que é que você está falando?! Pai, onde você está? — Pergunto, colocando o celular no viva-voz e jogando o telefone na cama, enquanto tiro o meu pijama.

— *Na verdade não temos forquilhas e tochas, sr. Reading. Isso foi uma maneira de falar* — escuto Ariel dizer para ele.

— Então, não vamos acabar com a raça dele e nem queimar nada? — Meu pai pergunta para ela.

— *Ahm, não. Mas, assim, poderíamos parar em uma loja ou algo do tipo.*

— Não temos tempo — meu pai suspira. — Que pena. De qualquer maneira, Belle, o importante é que vamos invadir o castelo dele e defender a sua honra! Ninguém faz a minha menininha chorar e se safa dessa!

Termino de tirar o pijama e coloco o vestido, depois pego o celular.

— Pai, não se atreva a fazer nada idiota! Fique longe da casa do Vincent!

Escuto mais risadas e então a ligação cai.

— Filho da puta! — Grito, e rapidamente abro o aplicativo para chamar um Uber.

Parece que vou ter que ver o Vincent, estando pronta ou não. Era exatamente disso que eu precisava agora: um bando de gente doida indo até lá para ameaçar um cara que poderia quebrá-los ao meio, como se fossem gravetos, caso ficasse irritado demais.

Capítulo trinta e três

DOMEI A FERA

Eu não achava que nada poderia doer mais do que me afastar do Vincent e da sua casa, uma semana atrás, mas parar na frente do imóvel e ver o lugar que eu aprendi a gostar e que me ajudou a me tornar uma mulher forte e independente, que pensou ter encontrado o homem dos sonhos, dói quase tanto quanto.

Honestamente, estou surpresa por não encontrar pessoas se socando na varanda da frente, quando saio do carro, e se não fosse por ter visto o automóvel do meu pai parado ao lado da caminhonete do Vincent, eu poderia ter pensado que a conversa que tive mais cedo com o meu pai, tinha sido um sonho.

Enquanto caminhava pela calçada até a porta, discuti comigo mesma se deveria bater à porta ou entrar direto. Por semanas, eu passei por aquela porta livremente, mas agora me sentia como uma estranha. Felizmente, sou poupada de ter que tomar uma decisão quando a porta se abre, assim que chego perto dela.

— Já estava na hora! — Meu pai me cumprimenta com um sorriso e uma xícara de café na mão.

— O que você está fazendo aqui?! — sussurro alto, escutando risadas vindas de dentro da casa.

— Estamos tomando um café. O que você está fazendo aqui? — Ele responde com a mesma pergunta e toma um gole do líquido da xícara.

— Pai! — Falo, refreando com todas as minhas forças, o impulso de bater o pé no chão. — O que aconteceu com o discurso de invadir o castelo e defender a minha honra?

Não que eu realmente quisesse que ele fizesse aquilo, mas ver o meu pai parado casualmente na porta da casa de Vincent, e escutar as minhas amigas rindo lá dentro, definitivamente não é o que eu esperava encontrar. Achei que ao menos haveria gritaria e confusão. Talvez algumas coisas quebradas. Mas ao olhar atrás dele, não vejo nenhuma confusão.

— Ah, soava legal na teoria. E acredite em mim, tive uma palavrinha bem séria com o homem. Ariel até deu um soco na barriga dele. Foi engraçado de se ver! — Meu pai dá risada. — Foi como um ratinho tentando derrubar um elefante. Agora ela está ocupada, colocando gelo na mão, caso você esteja se perguntando. Ela ficará bem.

Estou a dois segundos de gritar, quando Vincent aparece e gentilmente tira o meu pai do caminho; sinto meu coração dar uma cambalhota e ficar pesado.

Vê-lo depois de uma semana é como respirar novamente após ter ficado muito tempo sem ar. Quero arfar e pressionar a mão sobre o meu coração acelerado, mas não consigo fazer nada a não ser olhar para ele. Vincent está visivelmente abalado, como se não tivesse dormido uma semana, e parece tão miserável quanto eu.

Senti falta do seu rosto, da forma como ele parece dominar a porta toda e da maneira como olha para mim, como se nunca fosse se cansar. Senti falta do cheiro da sua pele e da sensação dos seus braços ao meu redor, do quão confiante e sexy ele sempre fez com que me sentisse, mesmo quando eu estava vestindo uma camiseta velha e uma calça de pijama. Senti falta até mesmo de ele ser todo mandão e superprotetor comigo. Eu simplesmente senti falta dele, e agora, tudo o mais parece trivial. Apesar do enorme segredo que ele tinha mantido escondido de mim, eu *confio* nele, com a minha vida e com o meu coração.

Mesmo com o meu pai ainda falando e gritando alguma coisa para a Cindy e para a Ariel, Vincent não tira os olhos de mim. Quero dizer para ele o quanto senti saudades, e que o perdoo. Então, olho para ele e percebo que não posso passar nem mais um minuto longe dele. Olhando para esse homem tão forte e autoritário, que parece tão nervoso e inseguro de si mesmo, enquanto me observa, sei que vou perdoá-lo por qualquer coisa. Porque é isso o que você faz com alguém que ama. Ele me mudou. O seu comportamento inicialmente rude e retraído me deu voz e fez com que eu quisesse me defender, provar que eu poderia ser forte e fazer o que eu quisesse com a minha vida. Eu devia isso a ele. Eu devia ao Vincent o meu perdão e o meu coração.

Quero dizer tantas coisas para ele, mas não consigo fazer as palavras saírem. Não vou cometer o mesmo erro de antes e entrar de cabeça em algo, sem conhecer todos os fatos primeiro. Escutar do PJ é uma coisa. Eu precisava escutar do próprio Vincent. Talvez eu não necessitasse mais de um gesto grande e romântico, e palavras floreadas, mas eu ainda precisava de algo. Eu só precisava saber que nem tudo fora mentira.

— Você iria a um lugar comigo?

Sua pergunta não é exatamente o que eu pensei que seriam as suas primeiras palavras para mim, mas estou ocupada demais pensando no quanto senti falta do som rouco da sua voz, para me importar.

— Eu tenho escolha? — Pergunto, não querendo que as coisas fossem fáceis demais para ele.

— Não muita.

Ele dá aquele sorriso de canto de boca, que eu tanto adoro, e meu coração bate ainda mais rápido.

— Você sabe que eles vão nos seguir, não é?

Vincent finalmente afasta o olhar de mim e olha sobre o ombro para o meu pai, Cindy e Ariel, os três parados atrás dele, com sorrisos enormes e famintos nos rostos. Ele volta a me encarar.

— Na verdade, estou contando com isso. Talvez eu precise da ajuda deles para segurar você, caso queira ir embora de novo.

Eu o observo enquanto ele passa por mim na porta, e dou um olhar raivoso para o meu pai e para as minhas amigas.

— Traidores — murmuro para eles, enquanto seguem animadamente Vincent, com o meu pai saindo por último e fechando a porta.

Vincent permaneceu em silêncio quando entramos na sua caminhonete, e eu passo o caminho todo mandando mensagens furiosas para os três vira-casacas que estão no carro atrás de nós. Com a cabeça abaixada e digitando furiosamente no meu celular, eu não estava prestando muita atenção para aonde estávamos indo. Levanto a cabeça apenas quando a caminhonete para. Quando vejo onde estamos, balanço a cabeça e pisco para afastar as lágrimas.

— O que estamos fazendo aqui? Está fechada — sussurro, olhando para a minha biblioteca pela janela.

Nem me incomodei em voltar para o meu antigo local de trabalho nessa semana que se passou, e me dói estar aqui agora, sabendo que não posso entrar. A sra. Potter e eu ligamos diversas vezes para os membros do conselho, mas nenhum deles retornou as nossas ligações, a não ser a sra. Anderson, que ligou e jurou que tinha feito tudo o que podia, chegando até mesmo a ameaçar o marido de morte, se ele não reabrisse a biblioteca. Infelizmente, era tarde demais e eles já tinham tomado uma decisão.

Vincent sai da caminhonete e dá a volta até estar do meu lado, abrindo a porta e estendendo a mão para mim.

— Confie em mim. Por favor. Eu sei que não dei muitas razões para você fazer isso, mas juro que nunca mais farei nada para te machucar. Só, por favor, confie em mim — Vincent implora.

Engulo as lágrimas e coloco a minha mão na sua, acreditando nas suas palavras quando sinto a sua palma se fechar sobre a minha, e imediatamente me sinto segura.

Ele me puxa para fora da caminhonete e andamos de mãos dadas até a porta da biblioteca. Olhando para mim sobre o ombro, Vincent me dá um sorriso nervoso, enquanto vira a maçaneta e abre a porta.

— Mas o que...

Minhas palavras chocadas são interrompidas quando Vincent me dá um empurrãozinho para dentro da biblioteca, onde está escuro, e o cheiro dos livros ao redor faz com que as lágrimas ameacem voltar.

De repente, todas as luzes são acesas, e eu pulo quando um coro alto emitindo "Surpresa!" ecoa pela biblioteca.

Neste momento, já não consigo segurar as lágrimas. Na frente do balcão não está apenas a sra. Potter, mas também todos os vinte ex-funcionários que eu tive que demitir, todos com sorrisos animados nos rostos.

— O que está acontecendo? — Pergunto, enquanto as lágrimas rolam pelas minhas bochechas e Vincent aperta a minha mão, a qual ele segura firmemente.

Enquanto olho para todas as pessoas, a sra. Anderson sai do meio das pessoas e vem na nossa direção.

Com um sorriso no rosto, ela segura uma chave que tem um pequeno laço vermelho.

— Parabéns, Isabelle. A biblioteca é sua novamente.

Com a mão tremendo, pego a chave dela.

— Não estou entendendo... — sussurro.

Ela dá uma piscada para Vincent, antes de voltar a falar comigo.

— Nesses últimos dias, o conselho recebeu várias ligações furiosas, assim como uma doação bem generosa, suficiente para manter a biblioteca aberta e os funcionários trabalhando, por um ano. Depois disso, o conselho fará uma nova revisão da situação, mas estou certa de que quando você colocar em prática todas as suas ideias incríveis, eles não terão problemas para concordar em manter a biblioteca aberta — ela explica. — Pessoalmente, se eu fosse você, perdoaria esse homem bonitão, que está parado aí atrás de você. Ele realmente sente muito pelo que fez.

Não consigo evitar uma risada, secando uma lágrima enquanto a sra. Anderson volta para junto dos demais. Então, viro-me para o homem bonitão parado atrás de mim, que, no momento, tem o meu pai, a Cindy e a Ariel parados atrás dele.

— Será que vocês podem nos dar um pouco de privacidade? — Peço para eles.

— Droga — Cindy murmura, passando por Vincent e indo falar com a sra. Potter.

Olho para Ariel, com uma sobrancelha levantada.

— Tá. Mas só para que você saiba, estou indo sob protesto — ela me diz e para na frente de Vincent. — Não ferre com isso, ou vou ferrar com a sua cara.

— Como está a sua mão? — Ele pergunta, e vejo o canto da sua boca tremer.

Ela responde mostrando o dedo do meio antes de se afastar, e então me volto para o meu pai.

— Primeiro não posso acabar com a raça dele ou queimar a casa, agora não posso nem ficar para a melhor parte — ele resmunga, indo se juntar aos outros.

Quando finalmente estamos sozinhos, pelo menos o máximo que conseguiremos aqui, olho para Vincent e balanço a cabeça.

— O que foi que você fez?

Ele diminui a distância entre nós, segurando meu rosto com as mãos.

— Você, de todas as pessoas, merece um final feliz e um gesto grande e romântico — ele fala suavemente, olhando nos meus olhos. — Eu tinha um dinheiro guardado e tive um pouco de ajuda do Eric, porque ele sente muito por ter aberto aquela boca enorme dele.

— Não posso deixar você fazer isso. É demais.

Abaixando a cabeça, ele encosta a testa na minha.

— Tarde demais. É sua, e não vou aceitar nada de volta. E só para você saber, não fiz isso porque tenho algum motivo secreto ou porque espero algo em retorno. Não me importo se eu tiver que voltar para o Canadá, contanto que você não me deixe de novo. Prometa-me que você não vai embora. Podemos tentar um relacionamento à distância. Não é tão longe assim. Você pode ir me visitar e eu posso voltar aqui, desde que não fique por mais do que seis meses em cada vez — ele diz, com um sorriso.

Afastando minha cabeça da dele, olho para o homem que começou como uma fera e que terminou sendo o homem mais incrível, porém, algumas vezes irritante, que já conheci.

Ele é muito melhor do que qualquer herói dos livros que li, e a melhor parte é que ele é meu e é *real*.

— Como se eu fosse deixar você voltar para o Canadá, depois de comprar a biblioteca. Não sou um animal — falo para ele, com um sorriso. — Eu já falei, tudo o que você tem que fazer é perguntar.

Vincent tira as mãos do meu rosto e se inclina para a mesa próxima a si, pegando um livro que estava ali. Não consigo segurar uma risada quando vejo que é o mesmo livro que ele costumava *não* ler quando se sentava aqui todas as noites, por uma semana.

— Abra — ele diz, me entregando o livro.

Faço o que ele pede e o meu sorriso imediatamente se transforma em arquejo, quando vejo o que tem dentro. As palavras nas páginas se transformam em borrões, enquanto meus olhos se enchem de lágrimas.

— Você fez um buraco no livro e colocou um anel ali? — Pergunto, chocada, olhando com os olhos arregalados para o anel de diamante em corte de princesa, aninhado entre as páginas, brilhando com as luzes da biblioteca.

Olho para Vincent e o vejo ficar de joelhos na minha frente, mal prestando atenção nas pessoas a poucos metros de distância.

— Isabelle Reading, você aceita se casar comigo? E não por causa do maldito visto, mas porque eu preciso de você. Eu amo você e quero que seja a minha esposa.

Eu nunca escutei nada tão romântico em toda a minha vida, e logo estou assentindo, secando as lágrimas enquanto ele se levanta. Vincent tira o anel do livro, jogando-o de volta na mesa, então levanto a mão esquerda e as lágrimas rolam soltas, enquanto ele desliza o anel no meu dedo.

— Belle, eu sinto muito. Eu...

Dou um passo para frente e coloco minha mão sobre seus lábios.

— Pare. Você não tem que dizer mais nada. Você já me mostrou como se sentia muito antes de me comprar esta biblioteca, e eu fui uma idiota por não perceber isso. *Eu* sinto muito por quebrar a minha promessa e ir embora, mas nunca mais vou fazer isso. Não preciso de palavras. Este gesto grande e romântico fala mais do que qualquer coisa que você possa dizer.

Ele beija a minha mão e gentilmente a afasta do seu rosto.

— Que pena, porque eu preciso dizer algumas palavras e eu sei que você precisa escutá-las, mesmo pensando que não. Você mudou isso em mim, você *me* mudou. Fez com que eu quisesse ser feliz e me fez querer fazer o possível para me assegurar de que *você está* feliz, mesmo falando essas coisas românticas de mulherzinha — ele me diz, com um sorriso. — Você me faz rir e me acalma quando estou irritado. Você é tudo o que eu nunca pensei que precisava.

Ele passa os braços ao redor de mim e me puxa contra o seu corpo; e eu me agarro nele enquanto nos beijamos, e todos na biblioteca começam a aplaudir e a assobiar. Termino o beijo antes de nos empolgarmos demais, na frente de todas essas pessoas, e inclinando a cabeça, olho para o meu noivo, que é surpreendentemente bom nessa coisa de palavras floreadas e românticas.

— Você sabe que vou ter que multar você por ter destruído um livro ao abrir um buraco nele, certo? Um estudo conduzido durante três anos mostrou que sessenta e quatro por cento das bibliotecas públicas reportaram ter ao menos um incidente com vandalismo em livros. É melhor você rezar para ninguém mais destruir um livro ou essa estatística estará desatualizada, e isso não seria legal.

Sinto a risada do Vincent vibrar no seu peito, que estava colado no meu, enquanto ele me abraça mais apertado e balança a cabeça.

— Você é tão estranha — ele sussurra, com um sorriso.

— E você é o meu cavaleiro de armadura brilhante.

— Ah, caramba... — ele murmura e balança de novo a cabeça, o sorriso nunca deixando o seu rosto enquanto ele colava a boca à minha.

Eu domei a fera, e de quebra, ganhei uma biblioteca.

Acho que os contos de fadas realmente se tornaram realidade para uma nerd louca por livros e stripper.

A The Gift Box é uma editora brasileira, com publicações de autores nacionais e internacionais, que surgiu no mercado em janeiro de 2018. Nossos livros estão sempre entre os mais vendidos da Amazon e já receberam diversos destaques em blogs literários e na própria Amazon.

Somos uma empresa jovem, cheia de energia e paixão pela literatura de romance e queremos incentivar cada vez mais a leitura e o crescimento de nossos autores e parceiros.

Acompanhe a The Gift Box nas redes sociais para ficar por dentro de todas as novidades.

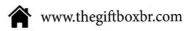 www.thegiftboxbr.com

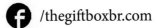 /thegiftboxbr.com

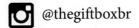 @thegiftboxbr

 @thegiftboxbr

 bit.ly/TheGiftBoxEditora_Skoob